ULLSTEIN

Das Buch

Alles beginnt ganz harmlos: mit einem Brief von einem Fan. Mit der Bitte um ein Autogramm. Mit dem Wunsch, ein bisschen mehr über das berühmte Gesicht vor der Kamera zu erfahren. Für die Fernsehmoderatorin Eliza Blake ist das Alltag, ein Teil ihres Jobs ... bis ihr Job und ihre Berühmtheit eine tödliche Gefahr werden, für sie und für andere. Denn irgendjemand möchte mehr über sie erfahren. Irgendjemand möchte ihr nahe kommen. Und dieser Mensch beobachtet sie schon seit langem. Und er wird nicht davor zurückschrecken, einen Mord zu begehen, um sein Ziel zu erreichen. Jeder kann es sein, jeder, der einen Fernseher besitzt ...

Die Autorin

Mary Jane Clark arbeitet als Produzentin bei CBS in New York City. Mit ihrem Roman *Ich sehe was, was du nicht siehst* avancierte sie zur Bestsellerautorin. *Tödliche Nähe* ist ihr vierter Roman. Mary Jane Clark hat zwei Kinder und lebt in New Jersey.

Von Mary Jane Clark sind in unserem Hause bereits erschienen:
Du weißt zu viel
Ich sehe was, was du nicht siehst
Ich weiß nichts von dir

Mary Jane Clark

Tödliche Nähe

Roman

Aus dem Englischen
von Anke Grube

Ullstein

Besuchen Sie uns im Internet:
www.ullstein-taschenbuch.de

Umwelthinweis:
Dieses Buch wurde auf chlor- und säurefreiem Papier gedruckt.

Ullstein Taschenbuch
Der Ullstein Taschenbuchverlag ist ein Unternehmen
der Econ Ullstein List Verlag GmbH & Co. KG, München
Deutsche Erstausgabe
1. Auflage Oktober 2002

Published by Arrangement with Mary Jane Clark
Titel der amerikanischen Originalausgabe:
Close to you (St. Martin's Press, New York)
Übersetzung: Anke Grube
Redaktion: Maria Buchwald
Umschlaggestaltung: Thomas Jarzina, Köln
Titelabbildung: Photocina Hamburg
Gesetzt aus der Sabon
Satz: Buch-Werkstatt GmbH, Bad Aibling
Druck und Bindearbeiten: Ebner & Spiegel, Ulm
Printed in Germany
ISBN 3-548-25431-4

Für David,
meinem liebevollen und liebenswerten Sohn,
und für all jene,
die tapfer und auf Heilung hoffend
mit dem Martin-Bell-Syndrom leben.

Prolog

Seit zwei Jahren moderierte sie jetzt die Zehnuhrnachrichten des Garden State Network und nie zuvor hatte es ihr etwas ausgemacht, nach der Sendung über den gut erleuchteten Parkplatz zu gehen. Sie war so souverän gewesen, ihrer selbst so sicher.

Jetzt lebte sie in Angst. Und hasste es.

Es war Ende Oktober und die Nachtluft war bereits kühl und frisch. Sie eilte auf ihr abgeschlossenes Auto zu, ein blaues, zweisitziges Cabriolet. Wieder hatte sie eine Arbeitswoche hinter sich. Zitternd unter dem Wollmantel, den sie gerade aus der Reinigung geholt hatte, hantierte sie mit dem blitzblanken Autoschlüssel herum. Die Nervosität machte sie ungeschickt. Endlich. Mit einem Seufzer der Erleichterung stieg sie ein und verriegelte die Tür.

Sie war entschlossen, kein Opfer zu werden. Sie hatte einen Selbstverteidigungskursus in ihrem Fitness-Club belegt und in ihrer Wohnung eine Alarmanlage installieren lassen. Sie zwang sich, mit ihrem Leben weiterzumachen, fest entschlossen, sich nicht von irgendeinem kranken Irren in Geiselhaft nehmen zu lassen.

Auf der Fahrt nach Hause tröstete sie sich mit dem Gedanken, dass ihr Chef, der Leiter der Nachrichtenredaktion, zwar Anteil nahm, aber nicht übermäßig besorgt schien. Er war seit zwanzig Jahren im Nachrichtenwesen und hatte es bestimmt schon ein Dutzend Mal erlebt, dass eine Sprecherin zum Objekt der Begierde eines Zuschauers wurde. Die meisten fanatischen Bewunderer waren harmlos.

Die meisten.

Sie fuhr auf ihren Parkplatz am Ende einer Reihe zweistöckiger Apartmenthäuser. Damals war sie so glücklich gewesen, das Endreihenhaus kaufen zu können. Nur auf einer Seite Nachbarn, auf der anderen ein Garten, den sie ganz für sich hatte. Jetzt wünschte sie, ihre Wohnung läge mitten in der Wohnanlage.

Sie zog den Zündschlüssel heraus, suchte die Hausschlüssel und hielt sie fest in der Hand. Bevor sie aus dem Auto stieg, sah sie sich nach allen Seiten um. Es waren nur ein paar Schritte bis zur Haustür.

Der erste Schlüssel glitt problemlos in das obere Schloss und sie hörte, wie der Riegel zurückglitt. Aber der zweite Schlüssel blieb stecken. Sie rüttelte panisch daran.

»Linda, du meidest mich doch nicht etwa?« Die Worte schnitten durch die stille Nachtluft und eine Hand schloss sich wie ein Schraubstock um die ihre.

*

Am nächsten Morgen klapperte ein eifriger Junge im Gorillakostüm, hocherfreut darüber, dass Halloween dieses Jahr auf einen Samstag fiel und er den ganzen Tag Zeit hatte, Süßigkeiten einzusammeln, die Reihenhäuser ab. Im letzten Haus kam niemand an die Tür. Er zuckte ungerührt die Achseln. Es gab noch viele Türen, an denen er klingeln konnte.

Er nahm die Abkürzung durch den Garten, auf ein Wäldchen und die nächste Siedlung zu. Dem Frauenschuh und der Dose Haarspray, die auf dem taubedeckten Gras lagen, schenkte er keine große Aufmerksamkeit.

*

Die Mutter der Nachrichtenmoderatorin schrie die Polizisten an, voller Wut und Verzweiflung. Ihre Tochter hatte doch gemeldet, dass sie verfolgt wurde. Warum war nichts unternommen worden?

Die Polizei rechtfertigte sich. Hatte man der Fernsehfrau nicht wochenlang Polizeischutz gegeben? Es waren keinerlei Probleme aufgetaucht, niemand hatte sie bedroht. Sie konnte schließlich nicht bis in alle Ewigkeit jeden Abend zum Studio begleitet und wieder abgeholt werden. Dafür reichten die Mittel nicht.

Sie würden alles tun, was in ihrer Macht stand, um Linda Anderson zu finden, schworen die Beamten. Dem öffentlichkeitswirksamen Fall wurde höchste Priorität eingeräumt. Der Fernsehsender saß dem Polizeichef im Nacken, jeden Tag kamen Nachfragen nach den Fortschritten der Ermittlungen. Aber die Liste der Verdächtigen war endlos lang.

Es konnte jeder sein, der ein Fernsehgerät besaß.

August

1

»Eliza! Ich hab's gefunden! Aber du musst kommen und es dir ansehen. Sofort, es wird nicht lange auf dem Markt bleiben.«

Eliza Blake lauschte Louise Kendalls atemloser Stimme und ihr Herz schlug schneller. Sie warf einen Blick auf die Uhr, drehte sich in ihrem Ledersessel um und schaute aus dem Sichtfenster ihres Büros auf das Sendestudio unter ihr. Die Techniker bereiteten den Set für die heutige Nachrichtensendung vor, die gleich aufgezeichnet werden würde.

»Himmel, Louise«, wandte sie ein. »Ich kann jetzt unmöglich weg.«

»Aber du musst.« Die Maklerin blieb fest. »Das ist dein Haus, Eliza. Hundert pro. Wir haben gerade den Maklerauftrag unterzeichnet und es ist eine Mehrfachvergabe an mehrere Makler. Morgen früh wird alle Welt dieses Haus besichtigen und ich schwöre dir, so verrückt, wie der Markt im Moment ist, ist es morgen um diese Zeit weg.«

Wenn das Haus so besonders war, wie Louise versprach, hatte die Maklerin wahrscheinlich Recht. Eliza suchte erst seit einigen Wochen ernsthaft nach einem Haus und es war wirklich erstaunlich, mit welch atemberaubender Geschwindigkeit hochwertige Immobilien in Bergen County den Besitzer wechselten. Sie wollte mit Janie unbedingt an einen friedlichen Ort ziehen, sie wollte weg von New York City und den unerfreulichen Erinnerungen der letzten Zeit. Sie hatte eine schöne Wohnung, die ohne Zweifel groß genug für zwei Personen war. Aber Eliza wollte ihre kleine Tochter in eine neue Umgebung bringen, heraus aus der Stadt, Kulturhauptstadt der Welt hin oder her.

Louise ließ nicht locker. »Und, Eliza, das hatte ich fast vergessen. Der Erbe verkauft das Haus. Es steht leer, du kannst also sofort einziehen. Janie kommt doch jetzt in die Vorschule und sie könnte schon am ersten Schultag in ihrer neuen Klasse sein.«

Kein Wunder, dass bei Louise Kendall Abschlüsse über eine Million Dollar keine Seltenheit waren, dachte Eliza. Sie war Expertin darin, ihren Kunden die Häuser schmackhaft zu machen.

»Hör zu, Louise, ich schaffe es frühestens gegen acht. Ich könnte Janie direkt nach der Sendung abholen und losfahren.«

»Großartig!«, rief Louise triumphierend aus. »Dann ist es noch hell. Wir machen erst einen Rundgang durch den Garten, solange wir noch was sehen können, und dann besichtigen wir das Haus. Du wirst dich in dieses Haus verlieben, Eliza, das weiß ich. Ich bringe den Vertrag gleich mit. Vergiss dein Scheckbuch nicht.«

2

Im lärmigen »Like-it-Rare«-Steakhaus, nicht weit vom Lincoln Tunnel in Moonachie, New Jersey, war jeder Platz an der Theke besetzt. Die Zeiger der Wanduhr rückten auf halb sieben vor und die Stammgäste stöhnten auf, als der Mann am Tresen den oben in der Ecke angebrachten Fernseher auf »KEY aktuell« mit Eliza Blake umschaltete.

»Ach, komm schon, Meat. Hör auf damit, ja? Ich wollte das Ringen sehen.«

»Herrje! Meat, wir kommen her, um der wirklichen Welt zu entgehen. Wieso guckst du ständig die blöden Nachrichten?«

»Vergesst es, Jungs. Mittlerweile solltet ihr es doch geschnallt haben. Meat steht total auf Eliza Blake. Da könnt ihr machen, was ihr wollt, er wird kein anderes Programm einschalten.«

Cornelius Bacon schien die Kommentare seiner Gäste zu ignorieren, aber in Wahrheit hörte er sie gar nicht. Gebannt und dann verärgert verfolgte er, wie Eliza Blake im Bild erschien. Sie saß nicht am Pult wie ihre männlichen Kollegen von den anderen Networks, sondern schritt, wie jeden Abend, selbstsicher durch das Studio. Der Sender konnte es abstreiten, so viel er wollte – KEY News schlug eindeutig Kapital aus Elizas Sexappeal.

Die hoch gewachsene, gertenschlanke Brünette begrüßte die Zuschauer und gab einen Nachrichtenüberblick in Kürze. Die Kamera folgte ihr. Dann, während die Fanfare von »KEY aktuell« ertönte, nahm sie ihren Platz am Pult ein.

Das Kostüm, das sie anhatte, gefiel Meat gar nicht. Der Rock war viel zu kurz.

Hatte er sie nicht gewarnt? Er hatte ihr doch gesagt, was er machen würde, wenn sie noch mal wagte, so viel von ihren wohlgeformten Beinen zu zeigen.

Wieso hatte sie nicht auf ihn gehört?

3

Noch bevor der Nachspann abgelaufen war, hatte Eliza sich abgekabelt, den Kopfhörer aus dem Ohr genommen und ein stilles Dankgebet gesprochen, dass es heute keine Patzer gegeben hatte, die es nötig gemacht hätten, die Aufzeichnung zu wiederholen. Die Sendung war technisch perfekt. Jeder Filmbeitrag und jede Live-Schaltung war reibungslos abgelaufen. Keine Rechtschreibfehler in den Schriftzügen, keine versehentlich eingeblendeten Grafiken. Die Sendung konnte so an die rund zweihundert örtlichen Fernsehstationen gehen, die von KEY News mit Material versorgt wurden.

»Gute Arbeit, allesamt.« Der Redaktionsleiter Range Bullock, der hinter der Scheibe im Regieraum agierte, verabschiedete die Mannschaft.

Als Eliza das Pult verließ, erschien Doris Brice, ihr Kosmetikköfferchen in der Hand, eine mit goldenen Pailletten besetzte Baseballkappe schräg auf dem dunklen Haar, zum allabendlichen Ritual. Aber heute winkte Eliza ab.

»Danke, Doris, aber heute brauchst du mich nicht abzuschminken. Ich muss los. Ein Haus.«

Die Maskenbildnerin wusste alles über Elizas Haussuche. In den letzten Wochen hatten sie sich ausführlich darüber unterhalten, vor jeder Sendung, während Doris das Gesicht der Anchor-Frau schminkte und puderte. Wie fast alle bei KEY News kannte sie Elizas Geschichte. Eliza hatte den qualvollen Krebstod ihres Mannes John mitansehen müssen, während sie mit ihrem ersten Kind schwanger war. Dann der Kampf mit der Depression nach der Geburt der gemeinsamen Tochter und das Bemühen, wieder in den Beruf zurückzukehren. Und erst im letzten Monat der Verrat der Frau, die Eliza mit der Betreuung ihrer heiß geliebten Janie betraut hatte. Ein Verrat, der mit Schüssen geendet hatte. Eliza zuckte immer noch zusammen, wenn sie eine falsche oder zu schnelle Bewegung machte. Die Wunde in der Seite, obwohl mittlerweile fast verheilt, war immer noch empfindlich.

Nach allem, was Eliza durchgemacht hatte, konnte Doris gut verstehen, dass die Frau, die ihr eine Freundin geworden war, irgendwo neu anfangen wollte. Sie hoffte, dass dieses Haus Elizas Wünschen entsprach. Verdient hätte sie es.

Leisten konnte sie es sich zweifellos, jetzt, wo sie Anchor-Frau von »KEY aktuell« war, den Hauptnachrichten des Senders.

»Viel Glück«, rief Doris der aus dem Studio eilenden Eliza hinterher. Die Nachrichtenmoderatorin drehte sich um, grinste und reckte siegessicher den Daumen.

4

Seitdem Eliza Blake »KEY aktuell« moderierte, hatte Jerry Walinski seine Massagen auf den Abend gelegt. Denn nach den Nachrichten war er immer so aufgewühlt, dass er Loris einstündige Therapie brauchte, um sich wieder zu beruhigen.

Heute Abend war er besonders froh über Loris Gegenwart. Mit geschlossenen Augen lag er in seinem gut ausgestatteten Schlafzimmer bäuchlings auf dem Massagetisch, während die Masseuse seine Schenkel bearbeitete. Er spürte nicht, wie sie seine Beinmuskeln knetete. In Gedanken war er bei dem, was er gerade auf dem Bildschirm gesehen hatte.

Eliza Blake war seine Traumfrau. Sie war schön, intelligent und hatte Klasse. Das elegant geschnittene gelbe Kostüm, das sie heute Abend getragen hatte, brachte ihre Figur perfekt zur Geltung. Wie anmutig sie immer durch das Studio schritt, wie gerade sie in ihrem Stuhl saß. Ihr Gesicht war bezaubernd und ihre durchdringenden blauen Augen schauten direkt in seine Seele. Sie verstand ihn, da war Jerry ganz sicher. Wenn Eliza sprach, war es, als spräche sie zu ihm allein.

Er hätte sein Leben damit zubringen können, sie anzusehen. Und tatsächlich starrte er manchmal stundenlang auf ihr Foto, das in einem Silberrahmen auf seinem Nachttisch stand. Es war leicht gewesen, an das signierte Foto zu kommen. Er hatte einfach an Eliza bei KEY News geschrieben und um ein Foto gebeten. Ein paar Wochen später war es in der Post gewesen.

Lori meinte, es sei das Autogrammfoto, das der Sender an alle Fans schickte, die eines wollten. Er war zornig geworden, als sie das gesagt hatte, aber er hatte versucht, es nicht zu zeigen. Er wusste, dass Eliza ihm das Bild geschickt hatte, ihm ganz allein, und er würde nicht zulassen, dass Lori es ihm kaputtmachte. Sie war ja nur eifersüchtig, weil er es nie bei ihr versucht hatte.

Er spürte Loris starke Hände auf seinem Rücken, die die Verspannungen in seinem Oberkörper lösten.

»Ich sehe, Sie haben Ihre Übungen gemacht«, bemerkte sie. »Die Muskeln hier oben werden immer kräftiger.«

»Mm-hmmm.«

Lori verstand den Hinweis und setzte ihre Arbeit schweigend fort. Als sie das angewärmte Öl zwischen seinen Schulterblättern verrieb, traf Jerry eine Entscheidung. Er würde Eliza anrufen und ihr sagen, wie schön er sie fand und wie sehr er sie bewunderte.

Er hatte so angestrengt versucht, sich zu beherrschen, aber er schaffte es nicht mehr. Er musste sie wissen lassen, was er empfand.

5

MIT LAUFENDEM MOTOR wartete der blaue Lincoln vor dem Sender, als Eliza sich atemlos durch die Drehtüren schob und in die feuchte Schwüle des frühen Augustabends trat. Janies lächelndes, erwartungsvolles Gesicht war gegen das Autofenster gedrückt. Eliza sah Katharine Blake neben ihrer fast fünfjährigen Enkelin sitzen. Der Fahrer öffnete die Wagentür und Janie sprang auf den Bürgersteig, rannte los und umarmte ihre Mutter.

»Mmmm. Das fühlt sich gut an«, rief Eliza, als die Arme des kleinen Mädchens sie umschlangen. »Du hast mir gefehlt. Hattet ihr einen schönen Tag?«

Janie nickte glücklich. »Ja. Wir waren im Zoo. Wir haben die Affen gesehen. Poppie war zu müde, er wollte nicht mit. Er hat ein Nickerchen gemacht.«

Eliza warf einen Blick auf den Rücksitz des Wagens. Katherine war mittlerweile Ende sechzig und es konnte kein Vergnügen für sie gewesen sein, an einem heißen Sommernachmittag mit einem Kind in den Zoo zu gehen. Die Schokoladeneisflecken auf Janies gelbem T-Shirt bewiesen, dass das Kind es gut gehabt hatte, aber als Mutter und Tochter in den Wagen stiegen, sah Eliza, wie erschöpft ihre Schwiegermutter war.

»Was würde ich nur ohne dich tun?«, flüsterte Eliza ihr zu und küsste sie auf die weiche Wange.

Katherine tätschelte wortlos ihre Hand. Beide Frauen wussten sehr gut, warum es in den letzten Wochen für Janie das Beste gewesen war, tagsüber bei ihren Großeltern zu bleiben, während Eliza im Sender war. Keine der Frauen hatte das Kind aus den Augen lassen wollen. Es war nur eine vorübergehende Lösung, das war ihnen klar, aber Mutter und Großmutter fürchteten sich vor der unvermeidlichen Suche nach einer neuen Kinderfrau. Wie konnten sie ihre heiß geliebte Janie wieder jemandem anvertrauen nach den Erfahrungen, die sie letztes Mal gemacht hatten?

Aber es ließ sich nicht vermeiden. Eliza wusste, dass Katharine und Paul nicht ewig auf das kleine Mädchen aufpassen konnten. Es war nicht fair ihnen gegenüber. Sie hatten hart gearbeitet, ihre Schulden bezahlt und das schlimmste Schicksal erlitten, das Eltern widerfahren konnte: Sie hatten ihr einziges Kind – Janies Vater – sterben sehen.

Und dann hatten sie befürchten müssen, auch noch ihre Enkelin zu verlieren.

Sollte Janie durch den Verlust von Mrs. Twomey, der Haushälterin, die auf sie aufgepasst hatte, so lange das Kind zurückdenken konnte, ein Trauma erlitten haben, war jedenfalls nichts davon zu bemerken. Und das beunruhigte Eliza. Das kleine Mädchen war Zeugin geworden, wie ihre Mutter von der Haushälterin angeschossen wurde, eine Situation, die ein so kleines Kind unmöglich begreifen konnte. Wie sollte sie verstehen, dass ihre vergötterte Mrs. Twomey zwei Morde begangen hatte und Eliza fast getötet hätte, als die versuchte, die Missetaten ihres Sohnes aufzudecken? Janie schien die Erklärung, Mrs. Twomey sei krank und hätte nicht gewusst, was sie tat, bereitwillig zu akzeptieren.

Eliza hatte eine Kinderpsychologin aufgesucht, die der Ansicht war, dass zwar viele Kinder traumatisiert wurden, es aber im Allgemeinen nicht ein einziges Vorkommnis war, das ein Kind fürs Leben schädigte. Erst wenn ein Kind wiederholt misshandelt, missbraucht, verlassen oder verraten wurde, erlitt es Schaden an seiner Seele. Wenn Janie sich weiterhin der Liebe ihrer Mutter und Großeltern sicher fühlen konnte, unbedroht in ihrem Umfeld blieb und wohl behütet wurde, würde das Kind diese traumatische Erfahrung höchstwahrscheinlich verarbeiten können, meinte die Psychologin. Ja, es stimmte, Janie hatte keinen Vater, aber da er vor ihrer Geburt gestorben war, hatte sie keinen Verlust erleiden müssen.

Wenn sie älter wurde und mitbekam, dass die anderen Kinder Vater und Mutter hatten, würde sie sich zweifellos irgendwann nach einem Papa sehnen. Aber dann würde sie immer noch jederzeit eine Therapie machen können.

»Du musst erschöpft sein, Katherine. Ich bin so froh, dass du trotzdem mitkommst. Ich lege großen Wert darauf, deine Meinung zu hören. Und nach dem, was Louise sagt, werden wir uns sofort entscheiden müssen.«

Katherine schüttelte müde den Kopf. »Ich begreife das nicht. Zu meiner Zeit konnte man ein paar Tage darüber nachdenken und sich dann entscheiden. Das ist doch verrückt.«

»Du hast Recht.« Eliza nahm Janies Hand und blickte aus dem Autofenster auf den Hudson. Sie fuhren den West Side Highway hinunter in Richtung George Washington Bridge und New Jersey. »Es ist verrückt.«

So viel war verrückt gewesen, unkontrollierbar. Durch den Umzug würde sie vielleicht wieder etwas Stabilität in ihr Leben bringen.

6

Wenn Eliza Blake über den Brief jedes Irren in Kenntnis gesetzt wurde, der ein krankhaftes Interesse an ihr hatte, würde die Frontfrau von »KEY aktuell« nie wieder ruhig schlafen können, davon war Joe Connelly überzeugt. Der Sicherheitschef von KEY News hatte es sich zum Prinzip gemacht, sie und alle anderen, die vor der Kamera standen, erst über derartige Briefe zu informieren, wenn sie tatsächlich etwas zu ihrem Schutz unternehmen sollten. Es gehörte zu seinem Job, den Personenkreis, für den er verantwortlich war, vor grundloser Angst zu schützen; und ebenso, zu beurteilen, welche Briefe von harmlosen Spinnern stammten und welche gefährlich waren.

Eliza bekam die Briefe der Verrückten, die ihr in den Sender geschickt wurden, nicht einmal zu Gesicht. Ihre Sekretärin öffnete die Post und schickte sofort alles an den Sicherheitsdienst weiter, was ihr sonderbar oder bedrohlich erschien. In all den Jahren, die Eliza das Morgenmagazin moderiert hatte, hatte Connelly lediglich einige wenige Briefe ans FBI weitergeleitet. Aber seitdem sie »KEY aktuell« präsentierte, hatte sie weitaus mehr Zuschauer und bekam somit auch mehr Zuschauerpost.

Connelly ging durch die Sicherheits-Kommandozentrale, die im Keller des Senders versteckt war, und seine Augen wanderten wachsam über die Dutzenden von Videomonitoren an der Wand. An jeden Monitor waren sechzehn Kameras angeschlossen, die im Zeittakt verschiedene Bereiche des Gebäudes aufnahmen. Kameras waren auf alle Ein- und Ausgänge des Senders gerichtet, auf jeden Fahrstuhl, auf jeden Flur. Wenn es nach Joe ginge, gäbe es auch Kameras in den Toiletten, aber das war natürlich gegen das Gesetz. Die Überwachungsmonitore waren nicht ständig besetzt. Das war leider unmöglich, dafür hatte er zu wenig Leute. Früher war alles auf Band aufgezeichnet und zehn Tage lang aufbewahrt worden – Zeit genug, jedes Band noch einmal abzuspielen, festzustellen, ob es irgendwo Probleme gegeben hatte, und nach Sicherheitslücken zu suchen. Jetzt lief alles digital, was es viel leichter machte. Alles wurde auf Diskette gespeichert und die Zeit ließ sich auf die Sekunde genau bestimmen.

Trotzdem, wenn die meisten Moderatoren im Haus waren, sorgte Connelly dafür, dass immer ein Wachmann an den Monitoren war.

»Alles im grünen Bereich?«, fragte er den Wachmann, der gerade vor der Monitorwand saß.

»Ich versuche nicht einzuschlafen, so ruhig ist alles.«

Connelly nickte, ohne zu lächeln. »Gut. Halten Sie es so.«

7

LOUISE KENDALL STAND WARTEND auf dem Rasen, als der Wagen mit Eliza, Janie und Katherine in die Auffahrt einbog.

»Einfach wunderschön«, flüsterte Eliza ihrer Schwiegermutter zu und holte tief Luft, als sie zum ersten Mal das Haus im Kolonialstil sah, von dem sie bereits sicher war, dass sie es kaufen würde. Der reizvolle Backsteinbau lag weitab von der Straße in einem wohlgepflegten Grundstück, das bestimmt 12 000 Quadratmeter groß war. »Schau mal, es hat ein Schieferdach!«

»Zeig der Maklerin nicht, wie begeistert du bist«, warnte Katherine. »Du solltest nicht allzu angetan wirken.«

Eliza drückte ihrer Schwiegermutter einen leichten

Kuss auf die Wange. »Ja, KayKay«, sagte sie gutmütig. »Ich werde mich nicht verraten.«

Aber Janie war nicht gut im Bewahren von Geheimnissen. Sie schoss aus dem Wagen, ihren geliebten Stoffaffen Zippy am Arm gepackt, und lief über den Rasen auf Louise zu. »Meine Mama findet das Haus schön«, verkündete sie stolz.

Eliza und Katherine folgten ihr langsamer und die Jüngere lachte. »So viel dazu, sich nichts anmerken zu lassen.« Eliza zuckte die Achseln. »Gut, Louise, du hast mich am Haken. Machen wir die Besichtigungstour.«

Im Dämmerlicht wanderten sie langsam um das Haus herum. Janie lief voraus und verkündete lautstark, was sie als Nächstes zu sehen bekommen würden.

»Mama!«, rief sie aufgeregt. »Ein Swimmingpool!«

»Großartig«, stöhnte Katherine sarkastisch. »Jetzt kannst du dir auch noch darüber Sorgen machen.«

Eliza erwiderte nichts, da ihr klar war, dass Janies Großmutter mittlerweile alles und jedes fürchtete, was irgendwie eine Gefahr für ihre Enkelin darstellen könnte.

»Einen Whirlpool gibt es auch«, bemerkte Louise und ignorierte den negativen Kommentar. »Und, wie Sie sehen, ein Badehäuschen.«

Sie öffnete die unverschlossene Tür und sie betraten das kleine Nebengebäude. Im Hauptraum befand sich eine voll ausgestattete Küche mit einem großen Kühlschrank, einer Doppelspüle, Herd und Geschirrspüler. Dann gab es noch ein gekacheltes Badezimmer mit einer riesigen Dusche und eine Waschküche mit Waschmaschine und Trockner.

»Denk nur an die Partys, die du hier feiern kannst«, begeisterte sich Louise.

Eliza stellte sich gerade vor, ruhig in einem bequemen

Gartenstuhl zu sitzen und Janie beim Schwimmen zuzusehen oder sich nach einem langen Tag im Whirlpool zu entspannen, als ihre Tochter aus der Tür flitzte.

»Mama, KayKay, kommt, guckt mal!«

Sie folgten der Kinderstimme und entdeckten, dass Janie gerade dabei war, die Holzleisten zu erklimmen, die an eine riesige Ulme genagelt waren. »Da oben ist ein Baumhaus!«, rief sie voller Staunen.

»Sei vorsichtig, Schätzchen. Du weißt nicht, ob die Stufen halten.« Katherine eilte auf den alten Baum zu.

In dem Augenblick wusste Eliza, dass sie das Richtige tat. Sie wollte nicht, dass Janie zu einem ängstlichen, zaghaften Kind wurde. Sie wollte, dass sie selbstsicher und stark war. Zwar hätte sie ihre Tochter am liebsten vor allem bewahrt, was sie verletzen könnte, aber sie wusste, Janie würde im Leben Risiken eingehen müssen, verletzt werden und lernen, sich wieder davon zu erholen. Die Kleine besaß einen starken, schönen Geist und obwohl es schmerzlich sein mochte, würde sie die Nackenschläge des Lebens aushalten müssen, um zu lernen, in der Welt, wie sie nun einmal war, zu überleben und ihr volles Potential zu verwirklichen. Katherine und Paul waren wunderbare, liebevolle Großeltern, aber ihre verständliche Überbehütung würde langfristig nicht gut für das Kind sein. Eliza und Janie würden wieder ihren eigenen Lebensrhythmus finden müssen, als Familie, so klein die Familie auch sein mochte. Und wenn es weiter so gut lief, würde Mack vielleicht bald ebenfalls dazugehören.

Eliza dachte an Mack, während sie zusah, wie ihre Tochter triumphierend vom Baumhaus herablächelte. Mack McBride, ein intelligenter, nüchterner Fernsehreporter, ging sanft und liebevoll mit Janie um. Und mit Eliza. Sie waren noch nicht lange zusammen, aber ihre emotionale Bindung hatte sich nach den tumultartigen Ereignissen der letzten Wochen rasch gefestigt. Mack war wie ein Fels in der Brandung gewesen und es war ein schönes Gefühl, ihn neben sich zu wissen. Sie war so lange allein gewesen. Voller Staunen dachte Eliza, dass ihr vielleicht noch eine Chance zu lieben geschenkt wurde.

8

IM MANHATTAN OCEAN CLUB in der West 58th Street saß Yelena Gregory, die Chefredakteurin von KEY News, Mack McBride gegenüber. Als der Kellner die Cocktails brachte, hob sie ihr Glas.

»Auf Sie, Mack, und die großartige Arbeit, die Sie für unseren Sender leisten.«

Mack atmete aus, nickte seiner Chefin zu und nahm einen Schluck Scotch. »Ich bin erleichtert«, erklärte er. »Ich hatte mich schon gefragt, ob Sie mich ausgeführt haben, um mir etwas Unangenehmes mitzuteilen.«

Yelena erwiderte sein Lächeln nicht. Irgendwas war im Busch und er war gar nicht sicher, ob ihm gefallen würde, was er zu hören bekommen würde. Er wartete.

»Nun, ich habe Ihnen in der Tat etwas mitzuteilen. Aber ich hoffe, Sie werden sich darüber freuen.«

Er zog die Augenbrauen hoch.

»Wie Sie zweifellos wissen, Mack«, fuhr Yelena vorsichtig fort, »werden manche Auslandskorrespondenten-Posten für wichtiger angesehen als andere.«

Mack nickte. »Fahren Sie fort.«

»Wir haben Sie für einen dieser Posten vorgesehen.«

Macks Gedanken jagten. Er würde aus New York wegmüssen, so viel war klar. Aber wohin?

Yelena nippte an ihrem Drink. Sie verspürte leichten Groll, denn sie wusste, er würde das Geschenk, das sie ihm machte, nicht so richtig zu schätzen wissen.

»Wir wollen Sie zum Europakorrespondenten machen. Mit Sitz in London, natürlich.«

Noch vor wenigen Monaten hätte Mack sich sehr beherrschen müssen, um die ältere, stämmige Frau vor sich nicht auf den Mund zu küssen. Schon seit den Tagen von Edward R. Murrow, seit den Anfängen des Fernsehjournalismus, war der Posten des Londoner Korrespondenten das Höchste, was ein Journalist sich erträumen konnte. Mack hatte sich oft ausgemalt, so gut in seinem Beruf zu werden, dass er diese Position angeboten bekam.

Aber jetzt war der Erfolg bittersüß. London. Einen Ozean und fünf Zeitzonen von Eliza entfernt.

Yelana musterte ihn scharf. Er achtete sorgfältig darauf, durch sein Mienenspiel nichts von dem Aufruhr zu verraten, der in ihm tobte.

»Wann würde ich anfangen?«

»Fast sofort«, entgegnete Yelena fest.

Der gedünstete Hummer, den der Kellner vor ihn hinstellte, blieb fast unberührt, während Yelena sich weiter über die Wichtigkeit des Postens ausließ und darüber, dass der Sender frisches Blut wollte, um das Yelenas Ansicht nach allzu selbstzufriedene Londoner Büro neu zu beleben. Zu diesem Zweck war eine neue Studioleiterin ernannt worden. Marcy McGinnis mischte da drüben alles auf und stellte Bisheriges auf den Kopf.

»Jetzt haben wir zwei Paddys in London«, scherzte Yelena politisch unkorrekt.

Mack McBride brachte ein Lächeln zustande. Ihm war klar, dass die Fernsehchefin von seiner Beziehung mit Eliza Blake wusste, aber sie sprach das Thema nicht an. Und noch etwas, das beide wussten, blieb unerwähnt. Wenn Mack es ablehnte, nach London zu gehen, würde er sich von dem Karriereknick nie wieder erholen.

9

Es war schon nach elf, als Eliza ihre Tochter endlich ins Bett brachte. Janie fielen die Augen zu, sobald ihr Kopf das Kissen berührte. Eliza strich ihr das braune Haar aus der Stirn und küsste die weiche Haut über den Brauen.

»Schlaf gut, mein Engel«, flüsterte sie.

Ihre Kostümjacke aufknöpfend, ging sie ins Schlafzimmer und dachte über das nach, was sie da gerade getan hatte. Sie hatte ein Haus gekauft, das teurer war, als sie es sich je hätte träumen lassen.

Nicht, dass sie es sich nicht leisten konnte. Sie konnte es durchaus, dank des neuen Vertrages. Aber sie war nicht mit Geld aufgewachsen. Obwohl sie ihren Eltern angeboten hatte, ihnen etwas Größeres zu kaufen, wohnten sie immer noch in dem kleinen Haus in Newport, Rhode Island, in dem Eliza ihre Kindheit verbracht hatte. Sie hatte keine Privatschule besucht und war auf der erschwinglichen Universität von Rhode Island gewesen, wo sie Journalismus und Politik studiert hatte. Wenn die Leute hörten oder lasen, dass Eliza in Newport aufgewachsen war, nahmen sie automatisch an, sie hätte ein privilegiertes Leben geführt. Sie bedachten nicht, dass es auch in Newport viele Menschen gab, die gerade mal so zurechtkamen.

Talent, harte Arbeit und viel Glück auf ihrem beruflichen Weg hatten sie nach oben gebracht.

Eliza hörte ihren Magen knurren, als sie ihr Kostüm in

den Schrank hängte, und ihr fiel ein, dass sie ja noch gar nichts gegessen hatte. Sie zog sich ein Nachthemd über, ignorierte das blinkende rote Licht des Anrufbeantworters auf dem Nachttisch und ging in die Küche.

Es war zu spät für eine richtige Mahlzeit und sie hatte sowieso nicht die Energie, eine zuzubereiten. Sie schüttete sich etwas von Janies Rice Crispies in eine Schale, schnitt eine Banane in Scheiben und goss Milch darüber. Mit diesem Abendessen kehrte sie ins Schlafzimmer zurück und sank dankbar aufs Bett nieder. Nach drei oder vier Löffeln drückte sie auf den Knopf des Anrufbeantworters.

»Ich bin's. Ruf mich an, wenn du zurückkommst. Egal, wie spät es ist.«

Macks Stimme klang angespannt. Hatte sich das Essen mit Yelena als Desaster erwiesen?

Sein Vertrag lief aus. KEY News konnte doch nicht so dämlich sein, ihn nicht zu erneuern? Aber man wusste ja nie, die Hierarchen da oben hatten schon früher hochgradig dämliche Entscheidungen getroffen. Eliza wählte Macks Nummer, die sie auswendig konnte, und wappnete sich.

10

WENN PAIGE MORGENS ins Büro kam, hörte sie immer als Erstes die Nachrichten ab, die seit Büroschluss eingegangen waren. Heute empfand sie Mitleid für den irgendwie bedauernswerten Anrufer, der seine tiefe Verehrung für Eliza Blake zum Ausdruck brachte. Laut der Zeitangabe hatte er kurz nach Mitternacht angerufen.

»Traurig, das Leben mancher Menschen«, seufzte sie und drückte auf die Löschtaste.

Meistens genoss Paige Tintle die nächste Aufgabe, die vor ihr lag, die Durchsicht von Elizas Post. Es gab alle möglichen Briefe und Einladungen von interessanten Leuten, die wichtige Sachen machten. Als Elizas Sekretärin war es Paiges Aufgabe, die Post zu sortieren, das herauszunehmen, was Eliza selbst sehen musste, und die Anfragen an die Nachrichtenmoderatorin, irgendwo eine Rede zu halten oder an irgendwelchen Veranstaltungen teilzunehmen, zu beantworten. Es gab jeden Tag Dutzende solcher Anfragen.

Paige war auch für die Zuschauerpost verantwortlich. Der größte Teil war Routine. Zuschauer beglückwünschten Eliza zu einem Bericht, ihrer Kleidung oder ihrer Frisur. Es gab auch kritische Stimmen, die Eliza beschuldigten, eine liberale oder konservative Haltung einzunehmen, je nachdem, und diese politische Position als Moderatorin der Hauptnachrichten eines großen Fernsehsenders auf unfaire Weise zu fördern.

Aber es gab auch Post, die Paige fürchtete. Die Briefe der Verrückten. Einige waren leicht beunruhigend. Und einige jagten ihr regelrecht Angst ein.

Heute war wieder ein echt perverser Brief gekommen von einem Mann, der schon mal geschrieben hatte, und Paige las ihn nervös erneut durch und befingerte dabei das kleine, diamantenbesetzte Silberkreuz, das um ihren Hals hing.

Liebe arrogante, trotzige Miss Eliza Blake,
wie oft muss ich es dir denn noch sagen?
Trotz meiner wiederholten Warnungen trägst du diese engen, kurzen Röcke, die viel zu viel zeigen.
Du siehst aus wie eine Nutte.
Du willst es offenbar nicht anders.

Nur weiter so, Nachrichtenmädchen, und ich schwöre bei Gott, wenn ich mit dir fertig bin, wirst du rot, wund und blutig sein.

Paige erschauderte, als sie die hingekritzelte Unterschrift las. MEAT.

Sorgsam ergriff sie den Brief an einer Ecke, wie man es ihr gezeigt hatte, und ließ ihn samt Kuvert in einen großen Umschlag gleiten. Mit Erleichterung schickte sie ihn an den Sicherheitsdienst weiter.

Sie wollte das Ding nicht in ihrer Nähe haben.

11

ELIZA HATTE NICHT GUT GESCHLAFEN und das sah man. Paige fielen die verquollenen Augen ihrer Chefin sofort auf.

»Sagen Sie nichts«, warnte Eliza. »Ich hab mich die ganze Nacht hin und her gewälzt. Gott sei Dank hab ich ja Doris, die ist eine richtige Zauberin.«

»Wie war das Haus?«, erkundigte sich Paige. Sie hatte den Fahrer bestellt, der Janie und ihre Großmutter für die Fahrt nach New Jersey abgeholt hatte.

»Wunderbar. Ich hab's gekauft.«

»Wow! Das ging aber schnell. Herzlichen Glückwunsch.«

Für eine Frau, die gerade ihr Traumhaus gefunden hatte, wirkte Eliza nicht allzu glücklich. Aber Paige fand, dass es ihr nicht zustand, da nachzuhaken. Sie war zweiundzwanzig und konnte immer noch nicht glauben, dass sie tatsächlich bei einem großen Fernsehsender und für Eliza Blake arbeitete. Sie verehrte ihre Chefin, obwohl sie sich große Mühe gab, es nicht zu zeigen.

»Irgendwas Wichtiges?«, fragte Eliza knapp.

»Range würde Sie gern sprechen, wenn es Ihnen passt, und Abigail Snow möchte wissen, wann Sie Zeit haben, die neuen Werbespots zu drehen.«

»Irgendwas in der Post?«

Der Brief von Meat ging Paige verstörend durch den Kopf, aber sie erwähnte ihn nicht.

»Die Martin-Bell-Gesellschaft hätte gern, dass Sie bei einem Benefiz-Dinner im Mai als Hauptrednerin auftreten. Es soll im Tavern on the Green im Central Park stattfinden.«

»Gut. Überprüfen Sie meine Termine. Wenn ich Zeit habe, nehmen Sie die Einladung für mich an. Sonst verschieben Sie den anderen Termin.«

Bevor Eliza Bill Kendall kennen lernte, ihren Vorgänger, den legendären KEY News-Moderator, der im Frühjahr Selbstmord begangen hatte, hatte sie noch nie vom Martin-Bell-Syndrom gehört, einer der häufigsten Ursachen für angeborene geistige Behinderung. Sein Sohn William hatte an dieser Krankheit gelitten. Bill war immer sehr freundlich zu Eliza gewesen, besonders in der schlimmen Zeit nach Johns Tod und der Geburt von Janie. Louise Kendall, Williams Mutter, hatte das Haus entdeckt, das Eliza kaufen würde. Und William war ein ganz reizender junger Mann. Nein, sie würde die Anfrage der Gesellschaft ganz bestimmt nicht ablehnen.

Eliza wollte gerade in ihr Büro gehen, als Paige noch etwas einfiel.

»Es ist wieder ein Brief von Sarah Morton gekommen.«

»Ach? Lassen Sie sehen.« In Elizas Stimme schwang Besorgnis und Traurigkeit mit. Sie nahm den Umschlag entgegen und begann den Brief zu lesen, während sie zu ihrem Schreibtisch ging.

Sarah Morton war ein zwölfjähriges Mädchen aus Sarasota, Florida, und schrieb Eliza jetzt schon seit Monaten. Eliza war ihr Idol. Das junge Mädchen hatte ihr geschrieben, als sie noch die Morgennachrichten moderierte. Der Brief hätte Eliza wahrscheinlich nie erreicht, das tat Fanpost selten. Aber Sarahs Fall lag anders.

Sarah Morton, die erst ein Dutzend Jahre auf dieser Erde verbracht hatte, unterzog sich gerade einer Krebsbehandlung. Die Einser-Schülerin, die gern Fußball und Softball spielte, sah sich, wie sie schrieb, jeden Tag das »Morgenmagazin« an und träumte davon, einmal Moderatorin zu werden. Von allen Fernsehfrauen, erklärte Sarah, hätte sie Eliza am liebsten.

Eliza hatte den Brief persönlich beantwortet, Sarah gedankt, sie ermutigt, sich weiter für die Nachrichten zu interessieren, und ihr viel Glück gewünscht. Eine Woche später schrieb Sarah zurück, ganz begeistert, dass sie eine Reaktion erhalten hatte, und bat um ein signiertes Autogrammfoto.

So hatte es angefangen. Eliza legte Wert darauf, sich jede Woche ein paar Minuten Zeit zu nehmen, um Sarahs reizende, handgeschriebene Briefe zu beantworten. Das Mädchen war so dankbar für die Brieffreundschaft mit der verehrten Nachrichtenmoderatorin, dass Eliza es nicht übers Herz brachte, den Briefwechsel zu beenden. Wenn Sarah die qualvolle Chemotherapie beschrieb, der sie sich unterziehen musste, wenn sie berichtete, dass ihr die Haare ausfielen, was sie furchtbar peinlich fand, weinte Eliza um das Kind. Obwohl ihr natürlich bewusst war, dass sie auch um John weinte. Oft dachte sie an Sarah, wenn sie Janie ins Bett brachte, und sprach ein stilles Dankgebet, weil ihre kleine Tochter gesund war.

In ihrem heutigen Brief schrieb Sarah, dass sie nächste

Woche nach New York kommen würde, um sich im Sloan-Kettering-Krankenhaus untersuchen zu lassen. Instinktiv stieg Angst in Eliza auf, als sie den Namen der führenden Krebsklinik auf dem weißen Blatt Papier las. In diesem Krankenhaus war John gestorben.

Es musste wirklich schlimm um Sarah stehen.

Noch ein zweiter, mit dem Computer geschriebener Brief befand sich in dem Umschlag, laut Briefkopf von einem Samuel Morton, Rechtsanwalt.

Liebe Ms. Blake,
ich danke Ihnen von ganzem Herzen dafür, dass Sie Sarah so großmütig und treu geschrieben haben. Für sie bedeutet das unendlich viel.
An ihren schlimmsten Tagen liest sie Ihre Briefe noch einmal, um sich von ihren Schmerzen abzulenken. Trotz der höllischen Behandlungen, denen sie sich unterziehen muss, gibt es keine Anzeichen echter Besserung. Im Gegenteil, es geht ihr immer schlechter. Die Reise nach New York ist ein letzter verzweifelter Versuch. Vielleicht kann ja doch noch etwas für sie getan werden.
Sarah weiß nicht, dass ich Ihnen schreibe, und es ist mir bewusst, wie anmaßend die Bitte ist, die ich an Sie richten möchte. Sehen Sie irgendeine Möglichkeit, persönlich mit Sarah zusammenzutreffen, während wir in New York sind? Für sie würde es die Welt bedeuten und ich würde meine Tochter noch einmal glücklich sehen.

Bevor sie stirbt, stand unausgesprochen dahinter.

12

LOUISE KENDALL LEGTE Larson Richards, dem Testamentsvollstrecker seiner Eltern, den unterschriebenen Vorvertrag vor. Er versuchte, unbeeindruckt zu wirken, als sie ihm mitteilte, wer das Haus kaufen würde, in dem er aufgewachsen war.

»Mir ist es egal, wer der Käufer ist, Mrs. Kendall, solange das Geschäft zu Stande kommt und ich das Geld pünktlich auf meinem Konto habe.«

Dieses Spiel beherrschte Louise. »Sehr begreiflich, Mr. Richards. Sie werden das Geld Ende nächster Woche haben. Meine Kundin legt Wert darauf, dass ihr Kind hier eingeschult wird.«

Selbst den aufgeblasenen Larson Richards musste ein Käufer beeindrucken, der in wenigen Tagen mehrere Millionen Dollar aufbringen konnte.

Aber sie hätte sich denken können, wie seine Reaktion ausfallen würde.

»Vielleicht haben Sie den Preis zu niedrig angesetzt. Ich frage mich, ob ich nicht mehr hätte verlangen sollen.« Selbstgefällig lehnte er sich zurück.

Louise setzte ihr bestes Pokergesicht auf. Sie weigerte sich, sich von ihm reizen zu lassen. »Das steht Ihnen natürlich frei, Mr. Richards. Aber wenn ich Sie wäre, würde ich das Geld nehmen. Und selbstredend fällt die volle Provision an, ob es nun zu einem Kaufabschluss kommt oder nicht. Wir haben einen Käufer für Sie gefunden, der die Immobilie zum vollen Preis und ohne Bedingungen kauft. Laut Maklervertrag haben wir damit unsere Verpflichtungen erfüllt.«

Damit hatte sie ihn und er wusste es. Zwar konnte er vor Gericht gehen, aber den Prozess würde er verlieren.

Das Letzte, was er im Moment brauchte, war ein Rechtsstreit. Er hatte Besseres zu tun.

13

Abigail Snow war in ihre Arbeit vertieft. Per Einzelbildschaltung sah sie Videobänder durch, auf der Suche nach genau den richtigen Aufnahmen von Eliza, die für die neuen Werbespots für »KEY aktuell« eingesetzt werden sollten. Obwohl die Einschaltquoten stabil geblieben waren, seitdem Eliza die Nachrichtensendung moderierte, war Range Bullock, der Redaktionsleiter, der einen ständigen Kampf um die Marktanteile führte, fest entschlossen, ihre Beliebtheitskurve steil ansteigen zu lassen. CBS, NBC, ABC und CNN wetteiferten um dieselben Zuschauer wie KEY und Bullock entwickelte ständig neue Ideen, wie neue Zuschauer angelockt werden konnten. Sein Ego – und die Sicherheit seines Jobs – hingen von den Einschaltquoten ab.

Meinungsumfragen zeigten, dass die Leute Eliza mochten, aber manche Zuschauer hielten sie für zu jung, um die Seriosität zu besitzen, die für die Moderation eines Nachrichtenmagazins notwendig war. Die Anchormänner der drei großen Sender waren alle um die Sechzig und konnten auf jahrzehntelange Erfahrung im Nachrichtenjournalismus zurückblicken. Die vierunddreißigjährige Eliza hatte gerade mal zwölf Jahre in dieser Branche gearbeitet. Zwar war sie ein Profi, eine ausgebildete Journalistin, die ihr Handwerk gelernt hatte, aber ihre Berufserfahrung ließ sich nicht mit der von Rather, Brokaw und Jennings vergleichen.

Dafür war sie viel attraktiver.

Abigail studierte das Videobild auf dem Monitor. Elizas kornblumenblaue Augen sprangen ihr quasi aus dem Bildschirm entgegen. Darüber wölbten sich perfekte Augenbrauen, genau im selben tiefen Braunton wie das schimmernde, schulterlange Haar. Die Natur hatte Eliza mit Alabasterhaut, einer kleinen, gerade Nase und vollen Lippen gesegnet – eine perfekte Kombination für den Bildschirm. Und fürs Leben.

Range hatte schon mehrere Gespräche mit Abigail darüber geführt, wie er sich die neuen Werbespots vorstellte. Er wollte ausspielen, was manche für Elizas Schwäche hielten, ihre Jugend. Der Slogan für die neuen Werbespots lautete:

DIE NEUE SICHT DER DINGE
ELIZA BLAKE
KEY NEWS

Abigail sah Videoband um Videoband durch und lud die Aufnahmen von Eliza in die elektronische Schnittbearbeitung, in denen ihre schönen blauen Augen am besten zur Geltung kamen. Für Abigail Snow war es eine Arbeit, die sie aus Liebe tat.

14

ELIZA DACHTE PANISCH AN ALLES, was noch erledigt werden musste. Louise Kendall hatte sie gerade telefonisch informiert, dass alle Verträge unterzeichnet waren. Sie hatte ein Haus gekauft. Anfang September, kurz vor Labor Day, würden die Abschlussformalitäten erledigt werden.

Louise hatte ihr zwar versichert, sie würde einen Sachverständigen beauftragen, alles mit den Notaren klären und ihr die ganzen Formalitäten abnehmen, die bei jedem Hauskauf anfielen, besonders wenn es so schnell ging. Aber trotzdem fühlte Eliza sich überfordert. Allein der Gedanke an den Umzug war nervenaufreibend. All das Gepacke. Und das neue Haus, so schön es auch sein mochte, musste renoviert werden; am liebsten hätte sie alle Maler- und Tapezierarbeiten vor dem Einzug erledigen lassen. Aber Janie sollte am ersten Schultag in ihrer neuen Schule sein, also würden sie einziehen müssen, bevor das Haus renoviert war.

Bleib ganz ruhig, sagte sie zu sich selbst. *Du hast jetzt Geld. Paige kann ein Umzugsunternehmen beauftragen und die werden alles in Umzugskartons packen. Du musst das nicht selbst machen.*

Aber sie würde dafür sorgen müssen, dass Janie am Samstag die Geburtstagsfeier bekam, die Eliza ihr den ganzen Sommer über versprochen hatte. Am Nachmittag würden fünfzehn Vier- und Fünfjährige aus dem Kindergarten zu Besuch kommen. Eliza hatte sich auf den Kindergeburtstag gefreut. Aber da hatte sie auch noch nicht gewusst, dass sie mitten im Umzug stecken und ganz verzweifelt sein würde, weil Mack nach London ging.

Wie aufs Stichwort klopfte er an ihre offen stehende Bürotür.

Wortlos schauten sie einander an und Eliza bemühte sich krampfhaft, nicht in Tränen auszubrechen. John war seit fünf Jahren tot und sie hatte ihr Herz niemand anderem geschenkt. Und jetzt, wo sie es getan hatte, wo sie sich geöffnet hatte, ließ Mack sie ebenfalls allein.

Er trat an ihren Schreibtisch und blieb davor stehen. »Ich habe mich entschieden. Ich werde nicht gehen.«

Am liebsten wäre Eliza vor Freude in die Luft gesprungen, denn sie wollte so gern, dass er bei ihr blieb, bei ihr und Janie. Sie wollte, dass alles seinen Lauf nahm und sie herausfanden, ob sie den Rest ihres Lebens miteinander verbringen wollten. Aber tief innen wusste sie, dass das nicht ging. Mack musste den Posten annehmen.

»War einen Versuch wert, Mack. Aber du musst gehen, das wissen wir beide.« Sie biss sich auf die Unterlippe.

»Nein. Tun wir nicht. So wichtig ist mir der Job nun auch wieder nicht.« Mack versuchte angestrengt, entschlossen zu klingen.

Trotz allem brachte Eliza ein Lachen zustande. »Ach ja? Europakorrespondent zu werden, ist dir nicht so wichtig? Wem willst du was weismachen? Wenn du diese Chance ablehnst – die Chance, etwas zu tun, von dem du dein Leben lang geträumt hast –, wirst du dich immer fragen, ob du die richtige Entscheidung getroffen hast. Und irgendwann wirst du anfangen, mir übel zu nehmen, dass ich dich daran gehindert habe. Du wirst zusehen, wie ich jeden Abend die Nachrichten moderiere, den ganzen Ruhm einheimse und Fernsehpreise entgegennehme und du wirst bereuen, dass du deine Chance nicht ergriffen hast. Ganz zu schweigen davon, dass die Hierarchen dich abschreiben werden.«

»Zum Teufel damit! Was die Bosse denken oder nicht denken, ist mir egal. Ich liebe dich, Eliza. Und ich will dich nicht verlassen.«

Tränen stiegen ihr in die Augen und sie bedauerte die arme Doris, die heute Abend wirklich alle Hände voll zu tun haben würde. Sie begann zu schluchzen und Mack nahm sie in die Arme und hielt sie fest. Es erforderte all ihre Kraft, das zu sagen, was gesagt werden musste.

»Also, ich bin mir noch nicht sicher. Ich weiß nicht genau, ob ich dich liebe. Meinetwegen solltest du nicht in New York bleiben.«

Sie log und beide wussten es.

15

SUSAN FEENEY LIEBTE IHREN GARTEN. Jeden Morgen, bevor die Kinder aufwachten, schenkte sie sich eine Tasse Kaffee ein, ging nach draußen, wanderte langsam zwischen den gepflegten Beeten umher und schaute, welche Fortschritte die Blumen machten, die sie so liebevoll gepflanzt hatte. In den drei Jahren, die sie jetzt in diesem Haus lebten, ihrem zweiten, viel größeren Haus, hatte sie Hunderte von Zwiebeln gesetzt und Setzlinge gepflanzt, so ausgesucht, dass vom Vorfrühling bis zum Spätherbst viele bunte Blumen blühten.

Um den Valentinstag herum schoben die winzigen Schneeglöckchen und die gelben und lila Krokusse tapfer die Köpfchen durch die Wintererde. Dann verkündeten die prachtvollen Narzissen, die sich von März bis Anfang April im Wind wiegten, wie Trompeten die Ankunft des Frühlings. An sonnigen Stellen hatte sie hellrote Tulpen gesetzt und bald darauf blühte der blaue Phlox an den schattigen Stellen. Nur zu schnell verwandelte sich der Frühlingsgarten. Im Mai leuchtete der Türkische Staudenmohn und im Juni die rosa-weißen Pfingstrosen.

Die Margariten, die sie gepflanzt hatte, ermöglichten ihr von Juni an bis zum ersten Frost Blumen zu schneiden. Schwarzäugige Susannen und orangerote Taglilien vermehrten sich von selbst. Auch die gelbe Schafgarbe, die sie an den trockenen Stellen des Gartens gepflanzt hatte, blühte den ganzen Sommer.

Jetzt, Ende August, wartete Susan auf die Chrysanthemen. In dem Jahr, in dem sie eingezogen waren, hatte sie Kübel um Kübel mit gelben und dunkelorangenen Chrysanthemen bepflanzt. Sie kamen jedes Jahr wieder, noch üppiger als im Jahr zuvor. Die schwellenden Knospen mussten jetzt bald aufbrechen.

Sie war froh, dass sie nach HoHoKus gezogen waren. Seltsamer Name für eine Stadt. Es gab viele indianische Ortsnamen im nördlichen Teil von New Jersey. Pascack Valley, Mahwah, Kinderkamack Road, Musquapsink Brook. Die Ureinwohner des Landes waren längst verschwunden, aber ihr Vermächtnis blieb.

Susan schnitt gerade ein paar Blumen für die Vase, als der fünfjährige James verschlafen den Kopf durch die Tür steckte, die von der Küche in den Garten führte.

»Hallo, Bärchen, hast du gut geschlafen?« Das Herz ging ihr beim Anblick ihres Erstgeborenen auf. Er war ein so lieber kleiner Junge und sie konnte es gar nicht fassen, dass er bald in die Vorschule kam. Sie konnte sich so gut an den Tag seiner Geburt erinnern, an das Staunen, mit dem sie das perfekt geformte Wunder in den Armen hielt, nachdem die Schwester ihr das Baby ins Zimmer geschoben hatte. Die Zeit war so rasch vergangen. Erst war James gekommen, nach seinem Vater benannt, dann, zwei Jahre später, Kimberley, und ein Jahr darauf Kelly.

Sie ging zu ihrem Sohn und dachte, wie gut Gott es doch mit der Familie Feeney gemeint hatte. Alle waren gesund. Und der Umsatz ihres Mannes, der im Kabelfernsehgeschäft war, war sprunghaft angestiegen. Es war manchmal hart, weil er so viel unterwegs war, aber das Paar war sich einig, dass sie das durchstehen konnten. Es würde schließlich nicht ewig dauern.

James blickte neugierig auf die Blumen, die sie geschnitten hatte. »Wie heißen die, Mama?«

»Schwarzäugige Susannen, Schatz.«

Der kleine Junge machte große Augen. »Wie du?«

Susan lachte entzückt über diese Bemerkung. »Das stimmt, James. Aber meine Augen sind eigentlich dunkelbraun.«

»Und meine grün«, verkündete er ernsthaft.

»Mm-hmm.«

»Kellys auch.«

»Stimmt. Und welche Farbe haben Kimberleys Augen?«

»Blau«, verkündete er stolz.

Es faszinierte Susan, dass keines ihrer Kinder ihre dunklen Augen geerbt hatte. Es war genetisch hochgradig unwahrscheinlich, aber sie wurde jeden Tag aufs Neue mit diesem überraschenden Umstand konfrontiert.

»Möchtest du arme Ritter zum Frühstück?«, fragte sie und wusste genau, wie seine Antwort lauten würde. »Ich stell nur rasch die Blumen ins Wasser, dann mach ich dir dein Lieblingsfrühstück.«

Als Susan an die Spüle trat, um die Vase zu füllen, fiel ihr Blick auf das leer stehende Haus der Richards, und ihr Wohlgefühl verschwand. Furchtbar, dass diese lieben, freundlichen Leute, die sie so herzlich willkommen geheißen hatten, einen so traurigen, sinnlosen Tod hatten sterben müssen.

16

Das Gutachten des Sachverständigen über den Zustand des Hauses, das bald Eliza gehören würde, lag auf Louises Schreibtisch. Der Sachverständige kam in seinem zwanzigseitigen Gutachten zu dem Schluss, dass die vierzig Jahre alte Immobilie in gutem Zustand war, obwohl er zwei kleine Risse in einer Stützmauer entdeckt hatte und zahlreiche Dachschindeln ersetzt werden müssten. Die Sanitäranlagen waren vor vierzig Jahren installiert worden und auch die Küche war älteren Datums. Jedoch gab es ein Plus: Der Heißwasserboiler war brandneu.

Louise war sicher, dass nichts, was in dem Gutachten stand, Eliza vom Kauf des Hauses abhalten würde. Eliza hatte selbst gesehen, dass das Haus verwohnt war und die Energie und Renovierungsfreude eines neuen Besitzers dringend brauchen konnte. Vor vier Jahrzehnten, als die Richards' nach HoHoKus gezogen waren, war Bergen County keine so exklusive Wohngegend gewesen wie heute. Nach den Maßstäben der Zeit war es ein teures Objekt, aber die Leute erwarteten damals nicht die Schikanen, die die Käufer hochwertiger Immobilien heutzutage verlangten. Das Ehepaar Richards hatte seit vierzig Jahren praktisch nicht renoviert. Allerdings hatten sie einen luxuriösen Swimmingpool mit Whirlpool und Badehäuschen bauen lassen. Louise fand das etwas sonderbar, tat es aber mit einem Achselzucken ab. Als Immobilienmaklerin erhielt sie Einblicke in den privatesten Teil des Lebens der Menschen und sie hatte schon die bizarrsten Verhaltensweisen und die seltsamsten Lebensstile erlebt. Das Missverhältnis zwischen dem Innen- und dem Außenbereich des Hauses der Richards' war nichts dagegen.

Sie wollte gerade die Faxnummer von Elizas Büro eingeben, um ihr das Gutachten zu faxen, als ihre Kollegin Vivienne Dusart vorbeikam.

»Na, alles klar?«, fragte sie.

Louise nickte entschieden. »Ja. Keine größeren Mängel. Ich bin gerade dabei, Eliza das Gutachten des Sachverständigen zu faxen. Wir haben Glück, Viv. Eliza wird nicht wegen des Zustands des Hauses mit uns schachern. Die Badezimmer und die Küche sind uralt. Wir wissen beide, dass die meisten Käufer in dieser Preiskategorie sehr viel mehr Luxus wollen.«

»Sie kauft den Standort.« Vivienne zuckte nüchtern die Achseln. »Es ist eine Schande, aber dafür muss sie zahlen.« Sie wandte sich ab.

Vivienne hatte Recht.

»Zumindest ist der Heißwasserboiler neu.«

Die Maklerin blieb stehen und starrte sie an. »Das ist nicht komisch, Louise.«

Verwirrt durch die Reaktion ihrer Freundin, schaute Louise sie aufmerksam an.

»Was willst du damit sagen?«

»Du machst Witze, oder? Du weißt doch, was da passiert ist. Es stand in der Zeitung.«

»Ganz offensichtlich weiß ich es nicht, Viv. Komm zur Sache.«

»Ein Ventil des alten Gasboilers war defekt. Mr. und Mrs. Richards sind an Kohlenmonoxidvergiftung gestorben. Du sagst es deiner Käuferin besser sofort, Louise. Schließlich wollen wir nicht, dass sie uns später verklagt, weil wir ihr wichtige Fakten vorenthalten haben.« Vivienne tätschelte Louises Schulter. »Wenn sie abspringt, sag Bescheid. Ich hab noch einen anderen Interessenten an der Hand.«

17

Purpurrote, mit Helium gefüllte Luftballons hingen an der Decke über den munter plappernden Fünfjährigen. In Elizas Wohnzimmer herrschte fröhlicher Tumult.

Die kleinen Gäste warteten ausgelassen, bis sie an der Reihe waren, sich anmalen zu lassen. Sie ahnten nicht, dass ihre zarte Haut von einer der besten Maskenbildnerinnen New Yorks geschminkt wurde.

Als Eliza bei einem ihrer Gespräche in der Maske Janies Kindergeburtstag erwähnt hatte und laut überlegte, was sie bloß zwei Stunden lang mit den Kindern machen sollte, hatte Doris angeboten, vorbeizukommen und sie zu schminken. Doris hatte selbst keine Kinder, aber sie war lustig und hatte sich die Fähigkeit zum kindlichen Staunen bewahrt.

Genau wie die Kinder beim Kindergeburtstag freute Doris sich das ganze Jahr auf Halloween und sie brachte Monate mit dem Entwerfen ihres Kostüms zu. Bei KEY News war allgemein bekannt, dass die Maskenbildnerin sich zu Halloween verkleidete und an jedem Kostümwettbewerb teilnahm, den es in New York gab. Sie fing am Morgen an, bei den ABC-Studios, wo sie ihr Glück bei »LIVE mit Regis und Kelly« versuchte, und nach der Arbeit klapperte sie ausgewählte Veranstaltungen ab, die sie beim Durchforsten des *New York Magazine* entdeckt hatte. Überall in der Stadt fanden Kostümfeste und -wettbewerbe in Clubs und Hotels statt. Sie rief immer vorher an, um sicher zu sein, dass Zeit und Ort richtig angegeben waren, und stellte eine Zeit sparende Fahrtroute zusammen.

Doris gab sich große Mühe, ihr Kostüm immer so abstrakt zu gestalten, dass sie es mit schnellem Nachdenken sofort dem Motto des jeweiligen Wettbewerbs anpassen konnte, denn es kam öfters vor, dass es sich um ein Überraschungs-Motto handelte. Als sie zum ersten Mal in der Sendung gewesen war, die damals »LIVE mit Regis und Kathie Lee« hieß, kam Doris geschmückt mit Kristallen, Glitzer und schimmernden Weihnachtskugeln. In der

Warteschlange vor dem Studio erfuhr sie, dass das Thema des Wettbewerbs »Die Siebziger« war, und so nannte sie ihr Kostüm rasch »Lucy in the Sky with Diamonds«. Aber die Mitwettbewerber meinten, sie sehe aus wie eine Diskokugel. Als sie an der Reihe war, sagte Doris also, sie sei als Diskokugel verkleidet. Sie gewann den ersten Preis: fünfhundert Dollar und als Trophäe eine Lava-Lampe. Abends besuchte sie einen Benefiz-Ball, wo sie dasselbe Kostüm »Champagnerperlen« taufte und erneut gewann – diesmal Tribünenplätze für die vom Kaufhaus Macy's veranstaltete Parade am Thanksgiving Day und zweihundertfünfzig Dollar. Im Laufe der Jahre hatte sie Bargeld, Golfreisen, Theaterkarten und einen Urlaub am Meer gewonnen. Aber Doris ging es nicht um die Preise, sondern um den Spaß und die Befriedigung, eine Anerkennung für ihre Kreativität zu bekommen.

Doris war extravagant, talentiert und hatte ein sehr gutes Herz. Lächelnd sah Eliza zu, wie die Maskenbildnerin in ihrem engen purpurroten Gymnastikanzug – zu Ehren von Janie, es war die Lieblingsfarbe des Geburtstagskindes –, das lange, dunkle Haar lose herabwallend, grüne, wasserlösliche Schminke auf Gregory Leslies ernstem, kleinem Gesicht verteilte. Der Junge trat ungeduldig von einem Fuß auf den anderen, während Doris sorgfältig braun-schwarze Schuppen auf seine Wangen, über den Augenbrauen und um den Mund malte, um ihn in den Dinosaurier zu verwandeln, der er gerne sein wollte. Zu guter Letzt zeichnete sie ihm mit Glitzercreme ein paar silberne Tupfen auf die Stirn. Doris' Belohnung war das breite Grinsen auf dem Gesicht des Kindes, als es sich in dem großen Handspiegel betrachtete, den sie ihm hinhielt.

»Wow! Cool!«

Doris erwiderte das Grinsen. »Noch ein Dinosaurier-Tattoo?«, fragte sie.

Aber Gregory, obwohl entzückt von seinem Reptiliengesicht, hatte genug. Er hüpfte davon, um sein neues Gesicht den anderen Dinosauriern, Schmetterlingen und Märchenprinzessinnen im Raum zu zeigen.

Doris wandte sich dem nächsten Kind zu, um ein neues Kunstwerk zu vollbringen. Plötzlich spürte Eliza Macks starken Arm um ihre Taille und die Wärme seiner Lippen an ihrem Ohr.

»Sieht aus, als wäre der Kindergeburtstag ein voller Erfolg. Janie amüsiert sich königlich«, sagte er leise.

Ihr Lächeln erlosch, als sie sich umdrehte und ihn anschaute. Ende der Woche würde Mack nach London fliegen, um die Wohnungen zu besichtigen, die ein Makler für ihn aufgetan hatte. Und am Wochenende würden sie und Janie in ihr neues Haus in HoHoKus ziehen – auf dieser Seite des Atlantischen Ozeans.

Es passierte einfach zu viel auf einmal. Mack ging weg. Der Umzug. Janies neue Schule. An die neue Haushälterin, die sie noch suchen musste, wollte Eliza nicht einmal denken. Zudem brauchte sie ein Auto. Da sie in Manhattan lebte, besaß sie seit Jahren keins mehr. Sie brauchte keins. Sie fuhr mit dem Taxi, der Fahrer von KEY News brachte sie von der Arbeit nach Hause, und wenn sie einen Ausflug aufs Land machen wollte, nahm sie sich einen Leihwagen. Aber draußen im Grünen war ein Auto ein Muss.

Als sie wehmütig in Macks attraktives Gesicht schaute und eine Hand ausstreckte, um die vertrauten Lachfältchen zu berühren, die sich so reizvoll um seine Augen kräuselten, wenn er auf sie herablächelte, wusste Eliza in ihrem Herzen, dass sie alle Punkte auf ihrer Liste mit der

Entschlossenheit und Organisationsfähigkeit, die ihr im Leben und im Beruf schon so gute Dienste geleistet hatten, abhaken konnte. Sie konnte es bewältigen, all das war machbar.

Aber nicht, Mack zu verlieren. Nicht Mack. Sie wollte nicht, dass er wegging.

»Mama, wann kriegen wir die Geburtstagstorte?« Janies Frage schreckte Eliza aus ihren Grübeleien auf. Sie warf einen Blick auf die Uhr.

»Sofort, mein kleiner Schmetterling«, antwortete sie, ergriff die Hand ihrer Tochter und drückte einen Kuss darauf. »Ihr bekommt sie sofort. Bald werden deine kleinen Freunde von ihrer Mama oder ihrem Papa abgeholt.«

Eliza war gerade in der Küche und steckte die violetten Kerzen auf die Eistorte, als es unten an der Tür klingelte. Wahrscheinlich ein Vater oder eine Mutter, die ein wenig zu früh gekommen war. Sie rief Mack zu, er solle bitte aufmachen.

Als Eliza den Kuchen mit den flackernden Kerzen ins Esszimmer trug, begleitet von ohrenbetäubendem Kindergesang, sah sie aus den Augenwinkeln Louise Kendall in der Tür stehen, ein großes, bunt eingewickeltes Geschenk in der Hand. Sie hatte gestern angerufen und gefragt, ob sie mal vorbeikommen könne; sie müsse mit Eliza über das Haus sprechen. Als ihr mitgeteilt wurde, dass sie Kindergeburtstag feierten, hatte sie darauf bestanden, ein Geschenk für Janie mitzubringen. Aber so gern Eliza die Immobilienmaklerin auch hatte – um Janies Geburtstag konnte es ihr unmöglich gehen. Wenn Louise Kendall am Samstag, dem Tag, an dem sie die meisten Geschäfte abschloss, den weiten Weg in die Stadt auf sich nahm, musste etwas wirklich Wichtiges vorliegen.

Als die Kinder zufrieden Vanille- und Schokoladeneis

durch die bemalten Lippen löffelten, ging Eliza zu Louise und gab ihr einen Begrüßungskuss.

»Die Kinder werden in ungefähr einer Viertelstunde abgeholt. Hast du so lange Zeit? Danach können wir uns in Ruhe unterhalten.«

»Natürlich«, erwiderte Louise liebenswürdig. »Kann ich irgendwie helfen?«

Lachend strich Eliza sich eine Haarsträhne aus der Stirn. »Ob du es glaubst oder nicht, wir haben so ziemlich alles unter Kontrolle.«

Gott, das hoffe ich, dachte Louise.

18

DREI VIDEOKASSETTEN LAGEN auf dem Videorecorder. Das bedeutete anderthalb Stunden sinnlichen Genusses.

Der Videorecorder war programmiert, jeden Wochentag um halb sieben die Nachrichten des KEY Television Network aufzunehmen. Selbst wenn jemand zu Hause war, um das Nachrichtenmagazin zu sehen, zeichnete der Recorder »KEY aktuell« mit Eliza Blake auf.

Das klappte gut. Manchmal ging alles zu schnell und es war notwendig, das Band noch einmal abzuspielen, um jedes Detail, jede Eigenheit, jede Nuance von Elizas Worten mitzubekommen. Danach wurden die Bänder zurückgespult und neu bespielt. In den Zeitungen stand, die kürzlich berufene Moderatorin der Abendnachrichten würde gute Einschaltquoten bekommen. Der Sender investierte viel in sie. Eliza würde noch eine Weile auf dem Bildschirm zu sehen sein.

Obgleich ... Man wusste ja nie. Bei Linda Anderson hatte es auch so ausgesehen, als würde sie noch eine Weile auf dem Bildschirm zu sehen sein. Vor fünf Jahren war der Recorder programmiert gewesen, jeden Abend um zehn die Nachrichten des Garden State News Network aufzuzeichnen.

Was mit Linda geschehen war, blieb eine Quelle tiefster Qual. Es war über alles Maß wunderbar gewesen, Linda zu lieben. Aber sie hatte eine vollkommene Liebe verschmäht.

Fünf Jahre hatte es gedauert, bis eine neue Liebe kam. Eliza Blake.

Das Warten hatte sich gelohnt.

19

»EINE KOHLENMONOXIDVERGIFTUNG? Oh, wie schrecklich!« Eliza war zusammengezuckt.

Eliza und Louise saßen in der Küche, während Mack im Wohnzimmer Janie half, das Puppenhaus aus Plastik zusammenzusetzen, das sie zum Geburtstag bekommen hatte. Die beiden Frauen achteten darauf, leise zu sprechen.

»Es tut mir so Leid, Eliza«, flüsterte die bedrückte Immobilienmaklerin. »Ich hätte es dir sagen sollen, bevor du das Haus gekauft hast, aber ich habe es nicht gewusst. Im Juli, als die Richards' gestorben sind, war ich für ein paar Tage mit William am Strand und deshalb hab ich den Klatsch im Büro nicht mitbekommen. Es stand in der Lokalzeitung, aber ich hab's nicht gelesen. Ich nehme an, als ich zurückkam, war es kalter Kaffee und niemand hat mehr darüber geredet. Als der Sohn uns eingeschaltet hat, habe ich sofort zugegriffen, weil ich wusste, dass es das perfekte Haus für dich ist. Das finde ich immer noch.

Aber gestern habe ich erfahren, was passiert ist, und ich wollte es dir natürlich persönlich mitteilen.«

Elizas Gedanken überschlugen sich. Sie hatte mal einen Bericht über Kohlenmonoxidvergiftungen gemacht. Hunderte von Leuten starben jedes Jahr in ihren Wohnungen an dem giftigen Gas, das geruchlos, geschmack- und farblos war. Aber sie wusste auch, dass das leicht zu vermeiden war, indem man sicherstellte, dass der Gasboiler ordentlich installiert wurde, eine regelmäßige Überprüfung von Abgasklappen, Verbrennungsluftöffnungen und Schornsteinen stattfand und man den Brenner in regelmäßigen Abständen warten ließ. Wenn die Mängel beseitigt waren und ein neuer Boiler installiert war, wie das Gutachten garantierte, machte Eliza sich nicht allzu viel Gedanken über die Sicherheit des Hauses, das sie kaufen wollte. Sie würde Sorge tragen, dass regelmäßig der Schornsteinfeger kam, und zudem Kohlenmonoxid-Detektoren installieren lassen.

Weit mehr beunruhigte sie, dass zwei Menschen auf so tragische Weise in dem Haus gestorben waren, in das sie mit ihrem Kind ziehen wollte. Sie hielt sich nicht für abergläubisch, aber das Wissen, dass ein Ehepaar innerhalb dieser Wände einen so sinnlosen Tod gestorben war, ließ sie zögern. Eliza spürte, wie sich die feinen Härchen auf ihren Armen aufrichteten.

20

In den warmen Monaten war die sonntägliche Abenddämmerung Meats liebste Stunde. Am Sonntag musste er nicht in der Kneipe arbeiten und sich dadurch reizen lassen, dass Eliza Blake sich in den Nachrichten zur Schau stellte. Er konnte einen klaren Kopf bekommen, indem er sich auf seine andere Leidenschaft konzentrierte: Fledermäuse.

Seit seiner Kindheit war Meat von den einzigen fliegenden Säugetieren der Welt fasziniert. Er erinnerte sich noch genau, wie hysterisch seine Mutter geworden war, als sie entdeckte, dass Fledermäuse auf dem Dachboden ihres bescheidenen Hauses wohnten. Sie hatte von seinem Vater verlangt, tagsüber, während die winzigen Geschöpfe schliefen, auf den Dachboden zu steigen und sie totzuschlagen. Meat war erst sieben gewesen, aber er hatte diese Brutalität nicht vergessen.

Der kleine Cornelius hatte sich mit den verachteten, missverstandenen Nachttieren identifiziert. Ja, anfangs wirkten sie unheimlich, richtig bedrohlich, mit ihren Flughäuten und den weit aufgerissenen Mäulern. Aber aus den Büchern, die er sich nach der Hammer-Episode aus der Bücherhalle auslieh, lernte er, dass sie mit dem geöffneten Maul die Insekten »sahen«, die sie fraßen. Echo-Ortung nannte man das. Eine fliegende Fledermaus stieß klickende Ortungslaute durch das Maul aus. Durch das Echo, das zurückkam, konnte sie feststellen, wo ein anderes Objekt sich befand, wie groß es war und wie schnell es sich bewegte.

Meat hatte versucht, seiner Mutter zu erklären, dass Fledermäuse nützliche Tiere waren. Sie lebten in New Jersey, in der Nähe des sumpfigen Weidelands, wo Moskitos und andere Insekten prächtig gediehen. Die Fledermäuse waren ein natürliches Insektizid.

Seine Mutter hatte ihn angestarrt, als sei er nicht ganz richtig im Kopf. Aber das tat sie sowieso immer. Die Nonnen hatten ihn angeschrien, als er sich Fledermäuse als Thema für sein Referat aussuchte. Und die anderen Kinder sagten, sein Fledermaus-Fimmel sei komisch.

Cornelius hörte auf, über Fledermäuse zu reden, aber er las alles über sie, was er finden konnte. Sobald er von zu Hause ausgezogen war, kaufte er sich einen Fledermauskasten und befestigte ihn an einer vier Meter fünfzig hohen Stange, die er in einer Lichtung in den Wäldern hinter seiner Wohnung aufstellte. Er achtete darauf, dass der Holzkasten die sechs Stunden direkten Sonneneinfalls bekam, die nötig waren. Zuerst hatte er einen einfachen Kasten gekauft, in dem fünfzig Fledermäuse Platz fanden. Nachdem der voll war, bestellte er einen größeren Kasten mit mehreren Kammern, ein Zuchtquartier für zweihundert Tiere.

Fledermäuse bekamen nur ein Junges pro Jahr. Die Säuglinge ernährten sich sechs Wochen lang von Muttermilch. Im Frühjahr wartete Meat auf der Lichtung, bis die erwachsenen Fledermäuse nachts auf Nahrungssuche gingen, und dann näherte er sich dem Kasten, in dem sich die winzigen, kahlen Jungen hilflos zusammendrängten.

Meat war ganz traurig, als er an diesem Spätsommerabend am Rande der Lichtung herumlungerte und darauf wartete, dass die Fledermäuse ausflogen, um am Nachthimmel Nahrung zu suchen. Bald würde kaltes Wetter einsetzen und sie würden ihre Winterquartiere aufsuchen. Sie flogen bis zu hundert Meilen, um in Höhlen und Minenschächten zu überwintern, in ihrer charakteristischen Stellung, kopfüber hängend. Ihre Körpertemperatur würde sinken, Atmung und Herzschlag sich verlangsamen. Während des Winterschlafs verbrauchte ihr Körper sehr wenig Energie, und so konnten sie während der kalten Monate, wo die Nahrung knapp war, überleben.

Seine geheimnisvollen Flatterwesen würden ihm fehlen, aber er tröstete sich mit dem Wissen, dass sie nächstes Jahr zurückkehren würden. Fledermäuse konnten fünfzehn Jahre alt werden, manche Arten sogar fünfunddreißig.

Wenn nicht jemand sie platt machte.

21

AM MONTAGMORGEN WAR ELIZA noch vor Paige im Büro. Als die junge Sekretärin kam, gab Eliza ihr eine Liste mit den persönlichen Dingen, die sie für sie erledigen sollte.

»Es tut mir Leid, Paige. Ich bitte Sie nur ungern darum«, entschuldigte sie sich. »Ich weiß, das gehört eigentlich nicht zu Ihren Aufgaben. Aber man könnte wahrscheinlich argumentieren, dass die Anchorfrau den Verstand verlieren wird, wenn sie ihr Privatleben nicht geregelt bekommt.«

Paige warf einen Blick auf die handgeschriebene Liste. »Kein Problem, Ms. Blake. Wirklich. Ich mache es gern.«

»Vielen Dank, Paige. Sie sind ein Schatz. Ich verspreche Ihnen, ich werde so was auf ein Minimum beschränken. Sie sind eben zu einer besonders chaotischen Zeit an Bord gekommen. Aber könnten Sie mal bei den Agenturen anrufen, die im nördlichen Teil von New Jersey Haushälterinnen vermitteln, und dafür sorgen, dass sie die Kandidatinnen zu einem Vorstellungsgespräch vorbeischicken? Machen Sie die Termine aus.«

Die lockenköpfige Paige nickte und wollte an ihren Schreibtisch zurückkehren.

»Und – Paige?«

»Ja?«, erwiderte die Sekretärin eifrig und drehte sich zu ihrer Chefin um.

»Bitte, nennen Sie mich doch Eliza. Ich komme mir so alt vor, wenn Sie mich Ms. Blake nennen.«

Die jüngere Frau lächelte und Eliza sah, wie ihr eine leichte Röte ins Gesicht stieg. Dieses Gespräch führten sie nicht zum ersten Mal. Paige war immer sehr respektvoll und Eliza mochte sie deswegen. Aber sie wollte klarstellen, dass sie ihre Sekretärin, so jung sie auch sein mochte, als Kollegin betrachtete. Sie würden in den kommenden Monaten sehr eng zusammenarbeiten und Eliza fand es wichtig, dass sie sich beim Vornamen nannten. Außerdem betrug der Altersunterschied nur zwölf Jahre. Sie könnte Paiges ältere Schwester sein.

Eliza sah ihr nach und versuchte, sich zu erinnern, wie es war, zweiundzwanzig zu sein. Sie hatte damals gerade ihr Studium abgeschlossen, Journalistik und Politikwissenschaft, voller Hoffnung, aber auch voller Bangen. Sie hatte nicht angenommen, es würde ein Spaziergang werden, ihren Traum zu verwirklichen und Fernsehjournalistin zu werden. So naiv war sie nicht. Das Fernsehen mochte Außenstehenden glamourös und romantisch erscheinen, aber die Konkurrenz in diesem Beruf war sehr hart. Aber seit sie zwölf war, hatte sie Nachrichtenmoderatorin werden wollen. Und in den Dutzend Jahren seit dem Collegeabschluss hatte sie ihren Beruf immer als befriedigend empfunden. Sie hatte bei einem Lokalsender angefangen und war dann zu einem der großen Networks gekommen. Nur im Privatleben hatte sie ihren Anteil an Höhen und Tiefen durchmachen müssen.

Sarah Mortons letzter Brief fiel ihr ein. Noch eine Zwölfjährige, die der Nachrichtenvirus erwischt hatte, ein Mädchen, das einen tapferen Kampf gegen eine tückische Krankheit führte. Sie drückte auf die Taste des Wechselsprechgeräts.

»Wann soll Sarah Morton kommen, Paige?«

»Morgen um halb zwölf, Eliza.« Die Anrede fiel der Sekretärin nicht leicht, das spürte man. Aber Eliza war froh, dass Paige den Versuch machte.

»Bin ich mit irgendwem zum Mittagessen verabredet?«

»Nein. Morgen haben Sie keine Lunch-Termine.«

»Großartig. Reservieren Sie bitte einen Tisch im Jekyll-and-Hyde. Ich würde gern Sarah und ihren Vater zum Essen einladen, nachdem ich ihnen den Sender gezeigt habe.«

Um die 57th Street herum gab es Restaurants aller möglichen Nationalitäten, aber der Jekyll-and-Hyde-Club war wahrscheinlich das lustigste Lokal. Kinder liebten die spannende Atmosphäre dort. Und zumindest die Hamburger waren ganz ordentlich. Eliza hoffte, dass Sarah etwas würde essen können.

22

Am Ende des langen Flurs, in dem Elizas Büro lag, saß Keith Chapel hinter seinem Schreibtisch und kritzelte auf einem Schreibblock herum. Oben stand *NACHGEFRAGT* und darunter hatte er Themenvorschläge für die Beiträge gesammelt, die er in den nächsten zwei Monaten produzieren würde.

Die neue Reihe sollte direkt nach dem Labor Day starten. Jeden Mittwoch würde in »KEY aktuell« ein Bericht über ein Thema ausgestrahlt werden, das Eliza Blake besonders interessierte. Die Reihe wurde von einer Wall-Street-Investmentgesellschaft gesponsert, deren Namen vor und nach jeder Reportage genannt werden würde. Für den Sender war hier dickes Geld zu machen und entsprechend groß war der Druck. Die Reihe musste ein Erfolg werden, damit sie fortgesetzt werden konnte.

Keith zog ein Pfefferminzkaugummi, von dem er ständig einen Vorrat in seinem Schreibtisch hatte, aus der Packung. Als er die Silberfolie abwickelte, fielen ihm voller Abscheu seine Fingernägel ins Auge. Sie waren bis zum Fleisch abgekaut. *Einfach erbärmlich.*

Aber es bestand kaum Aussicht, dass er bald damit aufhören würde, dachte er. Nicht mit dem neuen Konzept, für das er verantwortlich war; zudem war Cindy im siebten Monat schwanger und es ging ihr mit jedem Tag schlechter.

Er schob sich das Kaugummi in den Mund und stöhnte innerlich, als ihm die Szene vom gestrigen Abend einfiel. Cindy hatte wieder einmal darüber geklagt, wie unförmig sie geworden war. Sie konnte ihre Füße nicht mehr sehen, wenn sie in der Dusche stand, so sehr wölbte sich ihr Bauch vor. Und als sie sich auf den Toilettensitz gesetzt hatte, um sich Beine und Füße abzutrocknen, fand sie, dass ihre Zehen wie kleine Würstchen aussahen, die aufplatzen würden, wenn man mit einer Gabel hineinstach, so voller Wasser waren sie. August war keine gute Zeit für das letzte Stadium der Schwangerschaft. Nie wieder würde sie so etwas durchmachen, schwor Cindy. Sie würde keine weiteren Kinder mehr bekommen.

Keith hatte versucht, sie zu trösten. In seinen Augen war sie immer noch schön und schließlich waren es nur noch zwei Monate bis zur Geburt, beruhigte er sie.

»Du hast leicht reden«, schimpfte Cindy. »Dein Leben hat sich schließlich nicht verändert. Du schlüpfst jeden Tag einfach so in deine Sachen, du kannst essen, was du willst, du kannst nachts schlafen, du hast nicht ständig Nasenbluten und du hast keine Ahnung, wo dein Ischiasnerv sitzt. Niemand tritt dir von innen gegen den Bauch und du musst nicht alle zwanzig Minuten aufs Klo rennen. Auf deinem Bauch bilden sich keine Schwangerschaftsstreifen!«

Erst hatte sie versucht, sich ihm zu entziehen, als er die Arme um sie legte, aber dann war sie in Tränen ausgebrochen und vergrub den blonden Kopf an seiner Schulter. Schluchzend entschuldigte sie sich dafür, dass sie so herumkeifte. Sie sei gar nicht sie selbst, erklärte sie. Natürlich freue sie sich auf das Baby. Aber schwanger zu sein, wäre einfach furchtbar.

»Ich wünschte, ich könnte es dir irgendwie leichter machen, Schatz«, flüsterte Keith und küsste ihre nassen Wangen. »Ich liebe dich so sehr. Ich weiß, wir werden das zusammen durchstehen.«

Es stimmte, er liebte sie. Er hatte sie geliebt, seit er sie zum ersten Mal gesehen hatte. Noch nie hatte er sich so zu einer Frau hingezogen gefühlt, und das tat er immer noch, trotz ihrer Schwangerschaft. Er hob ihr Kinn und küsste sie auf den Mund. Anfangs hatte sie reagiert, so dass er ermutigt weitergemacht hatte in der Hoffnung, dass es anders kommen würde als die letzten Male, als er versucht hatte, sie zu lieben. Es gab absolut keinen Grund, darauf zu verzichten, hatte der Arzt gesagt. Aber in Cindy, die vor der Schwangerschaft immer so willig gewesen war, war jedes sexuelle Begehren erloschen. Keith verlor fast den Verstand.

Er hatte versucht, es zu erzwingen, obwohl er sich selbst dafür hasste. Wenn sie nicht wollte, wollte sie eben nicht. Machte sie denn nicht schon genug durch? War er ein Tier, dass er sich nicht beherrschen konnte?

Der angstvolle Blick in ihren großen braunen Augen verriet ihm, dass es nicht gut gehen würde. Er hätte aufhören sollen. Aber er tat es nicht. Und anstatt danach friedlich einer in des anderen Armen einzuschlafen, hatten sie so weit voneinander entfernt wie möglich in dem großen Bett gelegen.

Heute früh hatten sie nicht miteinander gesprochen. Er wusste, dass Cindy wach war, aber sie war im Bett geblieben, bis er die Wohnung verließ, weil sie ihm nicht begegnen wollte.

Keith langte gerade nach dem Telefon, um seine Frau anzurufen, als Range Bullock in die Tür trat.

»Wie läuft's?«, fragte der Redaktionsleiter. »Sie sehen etwas angeschlagen aus. Gibt es irgendwas, das ich wissen sollte?«

Keith war versucht, ihm alles über den Stress zu Hause zu erzählen, aber sein Instinkt sagte ihm, dass Range das nicht hören wollte, ihn deshalb vielleicht sogar geringer achten würde. Range war nicht interessiert am Privatleben seiner Producer und Redakteure, solange es keinen Einfluss auf ihre Arbeit hatte. Keith setzte sich gerader hin und versuchte, optimistisch zu wirken.

»Nein. Alles bestens. So gucke ich, wenn ich mich voll konzentriere.« Er zwang sich zu einem Witz. »Nein, ich arbeite an einer neuen Sicht der Dinge. Ich will, dass NACHGEFRAGT ein Erfolg wird.«

Range kam ins Büro, setzte sich auf das Sofa und sah Keith eindringlich an.

»Und wie sieht es aus?«

»Also, ich glaube, der erste Film wird Ihnen gefallen. Die Tonaufnahmen sind schon im Kasten und der Schnitt ist fast fertig.« Keith hoffte inständig, dass der Redaktionsleiter zufrieden sein würde. Bullock setzte einen hohen Maßstab an jeden Beitrag, der in seinem Nachrichtenmagazin ausgestrahlt wurde. Aber bei so viel Werbegeldern, die auf dem Spiel standen, würde er besonders kritisch sein.

Der Redaktionsleiter nickte und fuhr sich mit den Fingern durch sein grau meliertes Haar. »Der Film über die Horror-Kinderbetreuung, stimmt's?«

»Ja. Wir haben echt eindrucksvolles Material, gefilmt von einer versteckten Kamera, über Kinder, die von ihren Betreuern misshandelt werden, und klasse O-Töne von überreizten Eltern. Wir gehen auch darauf ein, was Eltern tun können, damit so was nicht passiert.«

»Großartig«, verkündete Range und schlug sich vor Begeisterung auf den Schenkel. »Genau das wollen wir mit diesen Reportagen erreichen. Es können nicht alles Kuschelgeschichten sein, bei denen der Zuschauer sich gut fühlt. Ich will, dass die Zuschauer unseren Sender wieder einschalten, weil sie bei uns etwas gehört haben, das sie noch nicht wussten, das sie innehalten und nachdenken lässt. Und ich will«, fuhr Range streng fort, »dass Eliza in NACHGEFRAGT voll zur Geltung kommt. Wir wollen sie so oft wie möglich im Bild sehen.«

»Klar.«

Range stand auf und legte Keith die Hand auf die Schulter. »Sie sind der richtige Mann für den Job, Keith. Ich setze mein volles Vertrauen in Sie.«

Keith sah Bullock nach und wünschte, er hätte mehr Vertrauen in sich selbst. Aber in letzter Zeit fühlte er sich nicht mal als ganzer Mann.

23

»Sinisi«, meldete sich der Mann im dunkelblauen Overall eines Automechanikers. Er klemmte den Hörer zwischen Ohr und Schulter, griff nach einem Kugelschreiber und überflog die Seiten des übergroßen Terminkalenders, der auf dem mit Papieren übersäten Metallschreibtisch lag.

»Klar, Mrs. Palumbo, wir können Sie morgen einschieben. Bringen Sie den Wagen einfach morgens vorbei. Einer meiner Männer wird ihn abends wieder zurückbringen. Wenn Sie wollen, kann ich den Wagen aber auch abholen lassen.«

Augie kniff die Augen fest zu und hoffte, dass sie sich für die zweite Möglichkeit entscheiden würde.

»Gut.« Triumphierend stieß er die fleischige Faust in die Luft. »Nein, überhaupt kein Problem. Wir holen den Wagen ab. Sagen Sie mir doch noch mal Ihre Adresse.«

Augie Sinisi hatte eine Tankstelle mit Reparaturwerkstatt und einen erlesenen Kundenkreis. Er war auf ausländische Modelle spezialisiert und hatte eine ganze Reihe von Stammkunden, die ihren Mercedes, BMW oder Jaguar vorbeibrachten, wenn es Zeit für den Ölwechsel war oder das Auto neu eingestellt werden musste. Er hatte sein Geschäft aufgebaut, indem er erstklassige Mechaniker beschäftigte und seine Kunden gut behandelte. Durch tadellosen Service stellte er sicher, dass sie zurückkamen und ihn ihren Freunden weiterempfahlen. Freunde, die ebenfalls teure Autos fuhren. Reiche Freunde, die in großen Häusern voller Spielzeug für Erwachsene lebten.

Obwohl Augie so tat, als wüsste er es nicht, wusste er verdammt gut, wo die Palumbos wohnten. Normalerweise brachte Mr. Palumbo den Toyota Lexus in die Werkstatt, nahm den Autoschlüssel von seinem Schlüsselbund und ließ ihn in der Zündung stecken. Nach getaner Arbeit fuhr Augie den Wagen persönlich zurück, gefolgt von einem seiner Jungs, der ihn zur Werkstatt zurückbrachte.

Die Palumbos hatten eine echt nette Hütte.

Vielleicht würde Mrs. Palumbo ja den ganzen Schlüsselbund im Wagen lassen.

Es war erstaunlich, wie viele Leute das taten.

24

PAIGE ERKANNTE DEN NACHNAMEN des Anrufers sofort.

»Hier ist Samuel Morton. Meine Tochter Sarah hat mit Ms. Blake korrespondiert.«

»Ja, Mr. Morton, natürlich. Ich bin Paige Tintle, Ms. Blakes Sekretärin. Wie kann ich Ihnen helfen?« Paige griff nach einem Stift, um die Nachricht zu notieren.

»Also, Sarah und ich sollten morgen zu Ihnen ins Studio kommen.« Die Stimme des Mannes klang angespannt, dachte Paige, und es ging ihr durch den Kopf, dass es ihn vielleicht nervös machte, die Nachrichtenmoderatorin eines renommierten Fernsehsenders anzurufen. Sie wäre jedenfalls nervös gewesen, das wusste sie.

»Ja. Um halb zwölf, es ist alles vorbereitet«, antwortete sie munter, um ihm die Befangenheit zu nehmen. »Und danach hat Ms. Blake einen Tisch reserviert, ich hoffe, Sie und Sarah haben Zeit.« Ein lautes Schluchzen drang durch den Hörer. Paige notierte die Nachricht des weinenden Mannes.

Sarah war in der Nacht im Sloan-Kettering-Krankenhaus gestorben.

25

LARSON RICHARDS FUHR seinen großen schwarzen Mercedes, das neueste Modell, in die Auffahrt des Hauses, in dem er aufgewachsen war. Beim Öffnen der Wagentür kam ihm ein Schwall heißer, stickiger Luft entgegen. Er zog sein beiges, elegant geschnittenes Sakko aus und hängte es an den Haken am Rücksitz.

Nachdem er die Ärmel seines steifen weißen Hemds aufgekrempelt hatte, lockerte er die Hermés-Krawatte und wünschte, ihm wäre heute früh beim Anziehen schon klar gewesen, was ihn erwartete. Aber nach dem Meeting mit den Kapitalgebern in seinem Büro heute Nachmittag war klar: Wenn er vor der Übergabe am Freitag noch einmal durch das Haus gehen wollte, war heute die letzte Gelegenheit.

Richards zog ein Taschentuch hervor und wischte sich den Schweiß von der Stirn. Das Geschäft lief nicht besonders gut. Er hatte ein Konsortium von Kapitalgebern zusammengebracht, die ihm mit Millionen von Dollar ermöglicht hatten, viele der kleinen, in Familienbesitz befindlichen Pizzerias aufzukaufen, die es in fast jeder Stadt im nördlichen New Jersey gab.

Richards hatte vor, eine Kette daraus zu machen und dann das ganze Paket an eine der großen Restaurantketten abzustoßen. Mit der Marke »Jersey-Pizza« ließe sich sicher ein beachtlicher Profit für seine Kapitalgeber und sich selber herausschlagen.

In den Vereinigten Staaten wurden jedes Jahr fast drei Milliarden Pizzas verzehrt, aber die Tomaten- und Käse-Pizzen, die in New Jersey verkauft wurden, waren schon eine Klasse für sich. Richards hatte hier seine Chance gesehen. Leute, die aus dem Garden State wegzogen, behaupteten immer, dass die Pizza in anderen Teilen des Landes längst nicht so gut sei. Seit sich die Mafia-Serie »Die Sopranos«, die im nördlichen New Jersey spielte, zur Kult-Comedy entwickelt hatte, war Richards noch optimistischer. Seine »Jersey-Pizza« würde ein Renner werden. Aber er brauchte einen finanzstarken Käufer, und er brauchte Geld, um sein Unternehmen über Wasser zu halten, bis er einen gefunden hatte.

Anfangs hatten sich die Anleger, voller Zuversicht wegen ihres fantastischen Glücks auf dem boomenden Aktienmarkt, geradezu um die attraktive Kapitalanlage gerissen. Die zweistelligen Gewinne in der Wall Street hatten viele in relativ kurzer Zeit reich werden lassen. Larson Richards' Plan versprach eine Verdopplung oder sogar Verdreifachung des investierten Kapitals. Wer konnte einer so erstklassigen Gelegenheit schon widerstehen?

Aber nach der Talfahrt der Börsenkurse und als Richards mit seinem Pizzageschäft einen Rückschlag nach dem anderen einstecken musste, wurden die Anleger misstrauisch, und ihre Besorgnis wuchs. Richards kämpfte Woche um Woche darum, seine Angestellten bezahlen zu können. Die teuren Autos, die er geleast hatte, um die künftigen Geldgeber zu beeindrucken, standen ungenutzt auf dem Firmenparkplatz, da er einige Entlassungen hatte vornehmen müssen.

Aber die Mercedes- und BMW-Vertretungen scherten sich nicht um seine wirtschaftliche Notlage. Er musste trotzdem jeden Monat die teuren Leasingraten aufbringen und die Hypotheken auf das klotzige Bürogebäude abzahlen.

Jetzt hatte er schon so viel investiert, es gab kein Zurück mehr. Sein Aktienportefeuille war schon lange verkauft, er hatte eine zweite Hypothek auf sein Haus aufgenommen, sein Konto, auf dem beträchtliche Summen gewesen waren, geplündert und sein gesamtes Geld in das Pizzageschäft gesteckt. Wenn er noch ein paar Monate durchhielt, würde alles gut werden, das wusste er genau. Gerade hatte er den größten Teil des Nachmittags damit zugebracht, seine skeptischen und verärgerten Kapitalgeber ebenfalls davon zu überzeugen.

Gott sei Dank ist am Freitag die Übergabe, dachte er, als er die Haustür aufschloss. *Nächste Woche werden zwei Millionen mehr auf meinem Konto sein.*

Langsam durchschritt er die leeren Räume und fragte sich, warum er nicht trauriger war oder nostalgische Gefühle bekam. Er hatte seine Kindheit in diesem Haus verbracht und seine Eltern hatten sich bemüht, ihm viele glückliche Erinnerungen zu schenken.

Aber er war trotzdem wütend auf sie. Sie waren nicht für ihn da gewesen, als er sie am meisten gebraucht hatte.

Müde stieg er die Treppe hinauf, seine Füße schlurften über die gebohnerten Holzstufen. Oben ging er, ohne einen Blick hineinzuwerfen, an seinem alten Zimmer vorbei und betrat das Schlafzimmer seiner Eltern.

Es war leer. Der Antiquitätenhändler, ein ausgefuchster Geschäftsmann, hatte die Möbel für einen Bruchteil ihres wahren Werts erworben. Aber was hätte Larson sonst machen sollen? Er hatte nicht die Zeit, herumzutelefonieren und sich kundig zu machen, in Erfahrung zu bringen, wie er den besten Preis für die Sammlung antiker Möbel bekommen konnte, die seine Mutter im Laufe der Jahre zusammengetragen hatte. Seine Zeit war Gewinn bringender angewandt, wenn er sich um sein Geschäft kümmerte; und je schneller das Haus leer war und verkauft werden konnte, desto eher würde das frische Kapital, das er so dringend brauchte, auf seinem Konto sein.

An den Wänden des Elternschlafzimmers waren noch die Umrisse der Frisierkommode und des massiven Himmelbetts zu erkennen. Bilder, wie er als Kind auf diesem Bett auf- und abgehüpft war, schossen Richards durch den Kopf, aber er verdrängte die Erinnerungen. Er wollte nicht an die guten Zeiten zurückdenken. Vorbei war vorbei. Die jüngste Vergangenheit war weniger schön gewesen.

Er öffnete die schwere, holzgetäfelte Tür und trat in den begehbaren Kleiderschrank seiner Mutter. Auch der war leer. All ihre Kleider und Kostüme waren fort, nur ein leichter Duft nach ihrem Parfüm war zurückgeblieben. Larson holte tief Luft, um einen klaren Kopf zu bekommen, und griff nach der Einstellscheibe an der Rückwand des Schranks.

Die Kombination kannte er auswendig; methodisch drehte er die Scheibe hin und her und lauschte auf das Klicken, mit dem die Zahnräder einrasteten. Die Täfelung glitt zur Seite und enthüllte einen leeren Safe, genau wie er erwartet hatte.

Larson hatte gewusst, dass nichts im Safe war, weil er direkt nach dem Tod seiner Eltern nachgesehen und alles ausgeräumt hatte. Die Juwelen seiner Mutter, die Schuldscheine, die seine Eltern ihn hatten unterschreiben lassen. Er war nur gekommen, um sicherzustellen, dass er nichts übersehen hatte.

26

ELIZAS AUGEN WAREN GANZ ROT und ihre Wangen fleckig, als sie eine halbe Stunde vor der Sendezeit in der Maske erschien.

»Schätzchen!«, rief Doris, kam herbeigeeilt und legte die Arme um sie. »Was ist denn los? Was ist passiert?«

»Ach, Doris«, wimmerte Eliza. »Erinnerst du dich an das Mädchen, dem ich immer geschrieben habe? Das Mädchen, das Krebs hat? Sie ist gestorben.« Sie begann wieder zu weinen.

Doris hielt Eliza fest und warf dabei, stets die professionelle Maskenbildnerin, einen Blick auf die Uhr an der Wand. Es gab in kurzer Zeit ziemlich viel zu tun, wenn die Moderatorin heute auf dem Bildschirm einigermaßen präsentabel aussehen sollte.

»Komm, Süße, setz dich hin.« Ruhig steuerte Doris sie auf den Friseurstuhl zu. Während Eliza ihr von dem Anruf von Sarahs Vater erzählte, ging Doris zu dem Mini-Kühlschrank und holte ein Kältepack heraus. Sie musste unbedingt etwas gegen die geschwollenen Augen unternehmen.

Eliza lehnte sich gegen die Kopfstütze, während Doris ihr Visine in die geröteten Augen tropfte. Die Moderatorin schloss die schweren Lider und spürte die beruhigende Kühle des blauen Kältepacks. Sie saß ein paar Momente ganz still da, während Doris besorgt mit der Zunge schnalzte, ihr Nacken und Schultern massierte und sich fragte, warum Eliza es so schwer nahm. Sie war Sarah Morton schließlich nie begegnet.

»Du hast im Augenblick sehr viel am Hals, Eliza«, sagte Doris sanft. »Es wird alles gut werden, du wirst schon sehen.«

Eliza tätschelte Doris' Arm, denn sie wusste wohl, dass Sarahs Tod nicht das Einzige war, was sie in einen solchen Zustand versetzt hatte. Diese Tragödie war nur der letzte Tropfen gewesen, der das Fass zum Überlaufen gebracht hatte. Die Erinnerungen an James' Tod waren wieder hochgekommen und der Tod des Mädchens hatte eine Saite in ihr angerührt, ihre größte Angst, die Angst, ihre Tochter Janie zu verlieren. Zur Zeit war Eliza sehr verletzlich und sie wusste es.

Heute würde es nicht ausreichen Elizas schöne Haut nur zu pudern. Gekonnt tupfte Doris Farbkorrektur-

Grundierung auf die dunkelrosa Flecken, um sie abzudecken, und trug dann die normale Creme-Grundierung auf. Rouge und Puder folgten. Mit dem Augen-Make-up gab sie sich noch mehr Mühe. Auch Kältepack und Visine hatten nur eine begrenzte Wirkung.

Mit einem Schwammapplikator gab sie braungrauen Lidschatten auf die Lider und zog die Konturen der Augen mit einem zarten, auberginefarbenen Eyeliner nach. Der dunkle Ton betonte das Blau von Elizas Augen und lenkte die Aufmerksamkeit von dem geröteten Weiß ab. Doris trug sehr hellen Lidschatten in der Lidfalte auf und verstrich ihn in Richtung der äußeren Augenwinkel, um den Augen Tiefe zu geben und sie noch mehr hervorzuheben. Entgegen der allgemeinen Regel, beim Fernsehen niemals Glitzer zu verwenden, verstrich sie ein wenig schimmernden pfirsichfarbenen Lidschatten auf der Mitte der Lider, was Elizas müde Augen wärmer und lebendiger wirken ließ.

»Gott, Doris, dafür hättest du einen Emmy verdient«, rief Eliza erstaunt aus, als sie das Endresultat der Bemühungen der Make-up-Spezialistin in dem hell erleuchteten Spiegel vor sich begutachtete.

Müde erhob sie sich und küsste die Luft vor Doris' Wange, um den Lippenstift nicht zu verschmieren, den die Maskenbilderin so sorgsam aufgetragen hatte. Sie straffte die Schultern und stellte sich gerade hin.

In einer halben Stunde konnte sie nach Hause fahren und Janie in die Arme schließen.

*

Heute trug Eliza ein marineblaues Kleid, das ihre Knie bedeckte. Gut. Endlich hörte sie auf ihn.

Aber das Kleid war ärmellos. Das gefiel ihm gar nicht.

»He, Meat! Was macht mein Bier?«

Widerstrebend wandte er sich vom Fernseher ab und griff nach einem leeren Bierglas. Er zapfte ein Budweiser und versuchte dabei, die lauten Gespräche auszublenden, die die Kneipe erfüllten. Es interessierte ihn durchaus, wie die Giants in der Vorausscheidung abschnitten, aber von achtzehn Uhr dreißig bis neunzehn Uhr wollte er nichts hören außer Elizas Stimme.

Und jetzt fragte ihn so ein nerviger neuer Gast auch noch, wieso er Meat genannt wurde.

»Ach, so wurde ich schon in der Schule genannt«, grummelte er.

»Sicher wegen Ihrer Größe.« Der unwissende neue Gast musterte die fleischigen Arme, die aus dem gestreiften Polo-Hemd hervorschauten.

»Ja, das auch, und weil mein Nachname Bacon ist.« Meat wandte sich wieder dem Fernseher zu. Er würde diesem Kerl doch nicht erzählen, wie erleichtert er gewesen war, als die Jungs aus dem Footballteam ihn »Meat« tauften. Er hasste seinen richtigen Vornamen. Die Nonnen in der Grundschule hatten ihn immer Cornelius genannt, obwohl er sie wiederholt gebeten hatte, Neil zu ihm zu sagen. Das hatte er absolut nicht ausstehen können. In einer Klasse voller Johns, Josephs, Kevins und Tommys war er wegen seines komischen, altmodischen Vornamens erbarmungslos gehänselt worden. Aber seine Eltern, Feiglinge, die sie waren, trauten sich nicht, in die Schule zu kommen und sich bei den Schwestern zu beschweren.

Meat lachte in sich hinein. Cornelius Bacon Senior war mittlerweile gestorben und sein Sohn hatte deswegen keine Träne vergossen. Er hatte seinen Vater wegen seiner Furchtsamkeit verachtet. Immer hielt er sich an diese erbärmlichen Regeln, obwohl ihn das nie irgendwohin gebracht hatte. Jeden Tag saß er brav seine Zeit bei der Post ab und verkündete, eine Stelle bei der Behörde mache einen Mann zwar nicht reich, aber dafür werde er eine gute Rente bekommen und den Rest seines Lebens krankenversichert sein. Aber der arme Trottel war der Dumme gewesen: Zwei Monate vor seiner Pensionierung war er tot umgefallen. Herzinfarkt.

Das Gute daran war, dass seine Mutter versorgt war und nicht von Meat erwartete, sie zu unterstützen. Sie bekam jeden Monat genug von der Regierung, um ihren Lebensunterhalt zu sichern und zweimal die Woche zum Bingo in die Kirchengemeinde zu gehen. Damit war sie zufrieden.

Nicht jedoch mit der Art, wie ihr Sohn sich seinen Lebensunterhalt verdiente. In einer Kneipe zu arbeiten war in ihren Augen nicht gut genug. Jedes Mal, wenn sie ihn anrief, nörgelte sie deswegen herum. Er solle sich doch eine sichere Stelle mit Sozialleistungen suchen.

»Nichts für mich, Ma«, dröhnte er dann. »Ich will nicht von irgendeinem Anzugtyp herumkommandiert werden.«

Ein Mann sollte ein Mann bleiben und nach seinen eigenen Regeln leben.

*

Eliza war so schön wie immer, aber Abigail Snow sah, dass heute irgendetwas anders war. Eliza hatte einen traurigen Ausdruck in den Augen und Abigail sehnte sich danach, sie zu trösten.

Sie lehnte sich in ihrem Stuhl in der Werbeabteilung zurück und sagte sich wieder einmal, dass sie über diese obsessive Liebe hinwegkommen müsse. Es war nicht gesund. Abigail hatte aufgehört, mit ihrer Therapeutin über Eliza zu reden, da sie spürte, dass Dr. Flock der Ansicht war, sie würde langsam total überschnappen. Aber Abigail war fasziniert von Eliza, so wie von keiner anderen Frau, und diese Faszination wurde nicht geringer.

Dabei versuchte sie durchaus, andere Frauen kennen zu lernen. Aber das war gar nicht so einfach. Sie hatte ihr Foto und ihre Biografie ins Internet gestellt, ins Planet-Out.com., eines der Websites mit lesbischen Kontaktanzeigen, und zahlreiche Antworten erhalten. Aber wenn sie riskierte, mit einer Frau essen oder etwas trinken zu gehen, war sie immer enttäuscht.

Es war schwer, eine Seelenverwandte zu finden.

Abigail dachte an ihre letzte Freundin Cosima. Das Jahr, in dem sie zusammen gewesen waren, hatte wunderbar begonnen. Beide liebten sie die Natur und sie waren am Wochenende in New Jersey gewandert, geradelt oder mit den Inlinern im Central Park gewesen. Im Winter waren sie zum Skifahren in die Poconos gefahren oder in der Stadt geblieben, ins Kino gegangen oder einfach zusammen gewesen. Abigail las, während Cosima köstliche griechische Gerichte kochte. Sie hatte diese langen, geruhsamen gemeinsamen Sonntagnachmittage in vollen Zügen genossen.

Cosima hatte ihr viel bedeutet, aber sie hatte sich für eine andere entschieden.

Die Lesbenszene war klein. Jede schien zu wissen, wer mit wem zusammen war. Von ihrer Freundin Shannon, die den Sommer in Sag Harbor verbracht hatte, hatte Abigail gehört, dass Cosima wahnsinnig in die Frau verliebt war, wegen der sie Abigail verlassen hatte. Shannon hatte sie auf mehreren Partys gesehen, Hand in Hand und unzertrennlich. Es war klar, dass sie verrückt nacheinander waren.

Abigails Traurigkeit vertiefte sich nur noch, als Shannon, die es gut meinte, vorschlug, sie könnten doch irgendwann mal zusammen am Freitagabend ins Chubby Hole gehen. Es wäre doch ein echter Kick, meinte Shannon, in eine lesbische Stripteasebar zu gehen. Es würde Spaß machen, etwas zu trinken und Frauen im G-String beim Tanzen zuzusehen. Was Abigail brauchte, Shannons Meinung nach, war, mal auszugehen und sich richtig zu amüsieren.

Abigail bezweifelte, dass Erotiktänzerinnen sie aufheitern würden. Sie wollte eine Frau, die sie lieben konnte, mit der sie emotional verbunden war.

Eine Frau wie Eliza.

Abigail war nie enttäuscht von Eliza, wenn die Arbeit sie zusammenbrachte.

Eliza war die Frau ihrer Träume. Intelligent, witzig, schön und sehr weiblich. Abigail, die sich schon lange mit der Tatsache abgefunden hatte, dass sie eher maskulin war und es vorzog, die aggressivere Rolle zu übernehmen, erging sich jede Nacht in Fantasien darüber, wie es sein würde, Eliza zu lieben.

Sie musste darüber hinwegkommen! Sie musste akzeptieren, dass Eliza nicht lesbisch war. Sie war verheiratet gewesen und hatte eine Tochter. Und alle bei KEY News wussten, dass sie und McBride ein Paar waren.

Aber Abigail gab die Hoffnung nicht auf. Schließlich war sie selbst mal verheiratet gewesen. Viele ihr bekannte Lesben waren mit Männern zusammen gewesen, bevor ihnen klar wurde, dass sie lesbisch waren. Vielleicht würde es bei Eliza ja auch so sein.

27

Paige hatte eine erstklassige Agentur gefunden, die ein halbes Dutzend potentieller Haushälterinnen zum Vorstellungsgespräch schickte. Drei davon schienen die Sorte Frau zu sein, der Eliza ihr Kind guten Gewissens anvertrauen und die sie gerne bei sich im Haus haben würde. Aber eine stach besonders hervor, und nachdem Eliza ihre Referenzen geprüft hatte, stellte sie sie ein.

Der einzige Haken war, dass Carmen Garcia erst Mitte September anfangen konnte. Sie bestand darauf, die Kündigungsfrist bei ihrem jetzigen Arbeitgeber einzuhalten. Die Familie, bei der sie seit acht Jahren beschäftigt war, zog an die Westküste und Carmen hatte versprochen, ihnen beim Umzug zu helfen.

»Sie wissen, dass ich gerade umziehe? Wie finden Sie es denn, dass Sie mir beim Einräumen helfen müssen, nachdem Sie gerade einen Umzug hinter sich haben?«, fragte Eliza etwas besorgt bei dem Vorstellungsgespräch, das in ihrem Büro stattfand.

»Das macht nichts, Señora. Ich schaffe gern Ordnung«, antwortete die Frau aus Guatemala und faltete die Hände auf ihrem ausladenden Schoß. »Die Howards waren sehr nett zu mir. Sie mir geholfen haben, meine Greencard zu bekommen. Aber die Kinder jetzt sind groß. Es kein Spielzeug mehr gibt zum Aufheben, nur die Wäsche. Sie immer gehen zum Essen aus. Ich koche gern und es fehlt mir, mich um *una niña* zu kümmern.«

Das war ja fast zu schön, um wahr zu sein.

»Haben Sie einen Führerschein, Mrs. Garcia? Sie werden meine Tochter viel herumkutschieren müssen.«

»Ja. Ich kann fahren, aber ich kein Auto habe.« Carmen Garcia wirkte besorgt.

»Das brauchen Sie auch nicht. Sie können meinen Wagen nehmen. Aber Sie müssen irgendwie jeden Morgen zur Arbeit kommen und jemand muss sie abends abholen. Im Notfall kann ich Sie nach Hause bringen, aber normalerweise werde ich dafür keine Zeit haben.«

»Natürlich nicht, Señora. Ich weiß, Sie sehr beschäftigt. Meine Tochter oder eine Freundin kann mich fahren.«

»Sie sollten noch wissen, dass ich manchmal erst spät nach Hause komme, Mrs. Garcia. Das kann schon mal vorkommen, wenn irgendwas Wichtiges in der Welt los ist oder ich am Abend eine berufliche Verpflichtung habe. Ich muss wissen, ob Sie in einem solchen Fall länger bleiben können.«

»Es ist kein Problem, Señora. Ich bei meiner Tochter und ihrer Familie wohnen, in Westwood. Nur zehn Minuten von HoHoKus entfernt. Meine anderen Kinder sind in Guatemala. Es macht nichts, wenn Sie später von der Arbeit kommen. Niemand wartet auf mich.«

Die Frau trug ein geblümtes Hemdblusenkleid, hatte eine Doppelreihe Zuchtperlen um den Hals und runde Perlstecker in den Ohren. Ihre schwarzen Lackschuhe wirkten nagelneu, wenn auch zweifellos in einem Discount-Laden gekauft. Eliza spürte, dass Mrs. Garcia sich besondere Mühe mit ihrer äußeren Erscheinung gegeben hatte, um beim Vorstellungsgespräch einen guten Eindruck zu machen.

»Dürfte ich fragen, wie alt Sie sind, Mrs. Garcia?« Eliza wusste, dass sie verklagt werden könnte, wenn sie im Sender einem Bewerber eine solche Frage stellte.

»Fünfzig.«

»Sie wirken viel jünger.«

Eliza wäre es lieber gewesen, wenn Carmen Garcia ein wenig jünger gewesen wäre, aber sonst gefiel ihr alles an ihr. Sie besaß einen gewissen Liebreiz, gepaart mit Bescheidenheit und Förmlichkeit. Janie würde sie sicher auch mögen. Ein zusätzlicher Vorteil war, dass das Kind etwas Spanisch lernen konnte.

Als Mrs. Garcia ihr Büro verlassen hatte, stieß Eliza einen tiefen Seufzer der Erleichterung aus. Davor hatte ihr gegraut: eine Haushälterin zu finden, der sie genug vertrauen konnte, um Janie in ihre Obhut zu geben. Ihr Instinkt sagte ihr, dass diese Frau die Richtige war. Sie würde gut auf Elizas kleine Tochter aufpassen.

Gott sei Dank, ein großes Problem war von ihrer Liste gestrichen.

Jetzt musste sie nur noch den Abschied von Mack durchstehen.

28

»Sobald ich mich etwas eingelebt habe, sage ich dir, wann ich zu einem langen Wochenende herkommen kann. Es wird sicher bald sein.«

Mack versuchte angestrengt, Überzeugung in seine Stimme zu legen. Sie saßen eng umschlungen in Elizas von Umzugskartons übersätem Wohnzimmer. Es war ihr letzter gemeinsamer Abend. Wenn Eliza morgen die Nachrichten moderierte, würde Mack im Flugzeug sitzen. Es war sowieso besser, versuchte Eliza sich zu überzeugen, sich hier zu verabschieden als im dichten Gedränge auf dem Kennedy Airport.

Eliza starrte schweigend in ihr Weinglas und ließ den tiefroten Merlot herumwirbeln. Sie wussten beide, wie schwierig es für sie beide werden würde, irgendwann in naher Zukunft ein langes Wochenende einzulegen. Eliza moderierte »KEY aktuell« erst seit knapp zwei Monaten und die Präsidentenwahl stand vor der Tür. Sie konnte sich nicht freinehmen. Es würde bei Range Bullock kaum auf Begeisterung stoßen.

Und Mack würde noch viel weniger wegkönnen. Als KEY-Europakorrespondent war er für ganz Europa zuständig. Über jede Nachricht, seien es Wahlen, Kriege oder Katastrophen, würde er berichten. Er musste jederzeit auf Abruf bereitstehen.

Sie konnten von Glück sagen, wenn sie einander zu Weihnachten wieder zu sehen bekamen, dachte Eliza düster.

Reiß dich zusammen! Wollte sie etwa ihre letzten gemeinsamen Stunden in Traurigkeit versinken, jammern und sich Sorgen darüber machen, was aus ihrer Beziehung werden sollte? Sie wollte nicht, dass Mack sie so in Erinnerung behielt. Sie wollte, dass er morgen mit Frieden im Herzen abflog, sich aber nach einem Wiedersehen sehnte. Sie wollte sich selbst so fühlen.

Sei tapfer. Zeig doch ein wenig Stil. Sie versuchte, sich zu beherrschen.

»Noch etwas Wein?«, fragte sie, betont munter, als sie sein leeres Glas sah. Sie verteilte den Rest aus der Flasche auf beide Gläser und nahm einen tiefen Schluck. Ein Tropfen rann ihr aus dem Mund und Mack beugte sich vor und küsste ihn zärtlich weg.

Sie erwiderte den Kuss hungrig, atmete tief den vertrauten, angenehmen Duft seines Aftershaves ein und Verzweiflung überkam sie. Am liebsten hätte sie ihn umschlungen und nie wieder gehen lassen. Sie wollte, dass Mack bei ihr war, jetzt und, hoffentlich, für immer. Sie waren doch erst so kurz zusammen.

Warum nur wurde ihr jeder Mann, den sie liebte, weggenommen?

29

BEVOR ER DIE CREMEFARBENE japanische Luxuslimousine auf die hydraulische Hebebühne fuhr, sah Augie die Schlüssel am Schlüsselbund durch. Er nahm die drei ab, die wie Hausschlüssel aussahen, und steckte sie in die Brusttasche seines Overalls.

Mittags sagte er zu seinen Mitarbeitern, er müsse zur Bank. Und das tat er auch, aber vorher fuhr er im Home Depot an der Route 17 vorbei. Dort ließ er die drei Schlüssel nachmachen. Bislang war er in dem riesigen Verbrauchermarkt noch jedes Mal von einem anderen Angestellten bedient worden. Wenn er regelmäßig Schlüssel zum Nachmachen zu einem kleinen Schlüsseldienst bringen würde, würde der Inhaber sicher bald misstrauisch werden.

Gegen vier stand der Toyota Lexus wieder in der langen Auffahrt der Palumbos. Augie klingelte und händigte Mrs. Palumbo den vollständigen Schlüsselbund aus.

»Vielen Dank, dass Sie uns so kurzfristig noch eingeschoben haben, Augie. Wir fahren morgen nach Point Pleasant und ich wollte den Wagen unbedingt vorher noch zur Inspektion bringen.«

»Kein Problem, Mrs. Palumbo. War mir ein Vergnügen. Ihr Mann kann die Rechnung bezahlen, wenn er nächstes Mal zum Tanken vorbeikommt.«

Er lächelte, ging kopfschüttelnd die lange Auffahrt hinunter und stieg in den Kleinlaster, der hinter ihm hergefahren war, damit er zur Werkstatt zurückkam.

Gott, waren die Leute blöd. Vertrauensvoll, aber blöd.

30

Joe Connelly blieb heute länger als sonst in seinem kleinen Büro neben der Sicherheitszentrale des Fernsehsenders und trug die neuesten Daten in seine *Abnormes-Verhalten*-Datenbank ein. Gegenwärtig hatte er sechzig Fälle im Computer, briefliche und telefonische Drohungen, die bei der Zentrale des Senders in New York oder irgendeinem der KEY-Nebensender im ganzen Land eingegangen waren. Einige der Fälle waren einfach. Andere äußerst komplex.

Eliza Blake bekam eine Menge komische Post, aber nicht allzu viele Drohbriefe. Die meisten der an sie gerichteten Briefe fielen eher unter die Rubrik »lästiges Ärgernis«, als wirklich Anlass zur Beunruhigung zu geben. Jahrelange Erfahrung hatte Joe gelehrt, was nicht weiter beachtenswert war und was wirklich eine Bedrohung darstellen könnte.

Die gewöhnliche Zuschauerpost, in der Beiträge kommentiert oder um ein Autogrammfoto gebeten wurde, ging an die KEY-Zuschauerredaktion. Die unheimlichen Briefe wurden an den Sicherheitsdienst weitergeleitet. Joe, der gerade den Eintrag von diesem Idioten Meat aktualisierte, dachte, was für ein erstaunliches Händchen Elizas neue Sekretärin doch dafür hatte, die Spreu vom Weizen zu sondern.

Connellys Erfahrung nach bekamen Fernsehfrauen mehr Post als ihre männlichen Kollegen. Die Reporterinnen, besonders bei den Regionalsendern, hatten besonders darunter zu leiden. Joes Ansicht nach lag es daran, dass die Frauen auf dem Bildschirm so eine zugängliche Aura hatten. Es lag gar nicht so sehr an ihrer Attraktivität, sondern daran, dass sie offen und herzlich wirkten.

Das galt auch für Eliza Blake. Die gleichen Qualitäten, die sie bei den Zuschauern beliebt machten, zog auch die Spinner an.

Die Kunst lag darin, zu entscheiden, wie ernst zu nehmen die Bedrohung war; und zu entscheiden, wann man eingreifen sollte und wie. Tat man es vorzeitig oder in unangemessener Weise, konnte es die Situation sogar verschärfen.

Erneut überflog Joe Connelly den Brief und achtete darauf, welche Worte am häufigsten vorkamen. Meats Lieblingswort war »Blut«.

Liebe arrogante, trotzige Miss Eliza Blake,
du glaubst, du weißt so viel.
Dabei weißt du gar nichts.
Vampirfledermäuse saugen Blut, aber wusstest du, dass sie Waisen adoptieren und ihr Leben riskieren, um weniger glücklichen Artgenossen beizustehen?
Daran solltest du dir ein Beispiel nehmen. Lern von den Fledermäusen. Bleib zu Hause und kümmere dich um deine kleine Tochter, wie eine gute Mutter es tun sollte. Aber stattdessen stellst du dich jeden Abend zur Schau und zeigst dem ganzen Land, was du zu bieten hast.
Ich habe es dir nun schon so oft gesagt und ich bin es leid, mich zu wiederholen. Mach eine saubere Sendung. Bedeck dich und zeig nicht so viel Haut.
Ich täte nichts lieber, als dir das rote Blut auszusaugen. Nur weiter so, meine weiße Eliza, und ich mache es. Versprochen.

Meat

Die Einschätzung eines Briefs war immer eine Sache von Erfahrung und Intuition. Joes Instinkt sagte ihm, dass Meat gefährlich war.

31

KAYKAY UND POPPIE hatten ihr wahrhaftig das Leben gerettet. Sie bestanden darauf, dass Eliza ihren Wagen nahm, bis sie dazu kommen würde, sich ein Auto zu kaufen.

»Es steht sowieso tagelang nur in der Garage, wir benutzen es selten«, erklärte Katherine. »Du würdest uns direkt einen Gefallen tun, wenn du damit fährst. Poppie sagt, dass es nicht gut für einen Wagen ist, die ganze Zeit nur herumzustehen.«

Eliza war gerade von der Arbeit nach Hause gekommen und sie war sich schmerzlich bewusst, dass Mack sich in diesem Augenblick irgendwo über dem Atlantik befand. Sie war zu müde und zu traurig, um zu protestieren, und zudem war sie sehr dankbar für das Angebot.

»Das ist sehr großzügig von euch, Katherine. Wenn es dir wirklich nichts ausmacht, nehme ich das Angebot gerne an. Morgen findet die Eigentumsübertragung statt, am Samstag ziehen wir ein, und ich hatte noch keine Minute Zeit, auch nur über den Kauf eines Autos nachzudenken. Ihr bekommt den Wagen bald zurück, ich verspreche es.«

Katherine sah Eliza besorgt aus wissenden Augen an. Sie wusste, dass ihre Schwiegertochter eine Beziehung mit Mack McBride hatte, und sie hieß es aus ganzem Herzen gut. Seit Johns Tod waren jetzt fünf Jahre vergangen. Wenn sie selbst auch immer noch jeden Tag darum rang, den Verlust ihres Sohnes zu bewältigen, wollte sie doch, dass seine Witwe ein glückliches Leben führte, wieder liebte und geliebt wurde. Eliza war erst seit kurzem mit Mack zusammen, aber schon war Katherine der Unterschied in ihrem Verhalten aufgefallen. Sie hatte mehr gelacht als seit Jahren. In diesem schwierigen Sommer hatte sie sich an Mack anlehnen können und seine Liebe zu Eliza war offensichtlich. Die Kleine vergötterte ihn und Katherine wollte, dass ihr Enkelkind eine Vaterfigur hatte.

Sie machte sich Sorgen über Mutter und Kind. Im Augenblick war einfach alles ein bisschen viel.

»Behalt den Wagen, solange du ihn brauchst, Liebes«, sagte sie, griff nach ihrer Handtasche und drückte Eliza einen Kuss auf die Wange. »Janie, Schatz«, rief sie in Richtung von Janies Zimmer, »KayKay geht jetzt.«

Die beiden Frauen lächelten einander an, als schnelle kleine Schritte den Flur heruntergetrappelt kamen.

»Tschüss, KayKay. Ich hab dich lieb.« Die Ärmchen umfassten Katherines Taille und die Großmutter beugte sich herab und gab dem Kind einen Kuss auf das duftende braune Haar. »Vielen Dank, dass du mich zum Friseur mitgenommen hast.« Janie strahlte, stolz auf die neue Ponyfrisur und den roten Nagellack, den sie auf ihre kleinen Nägel hatte auftragen dürfen.

»War mir ein Vergnügen, mein Schatz. Du wirst das hübschste Mädchen in der Vorschule sein.«

Janies Gesicht verdüsterte sich. Eliza griff ein und kniete sich hin, um auf gleicher Ebene mit ihrem Kind zu sprechen.

»Janie, ich weiß, du machst dir Sorgen wegen der neuen Schule. Alle Kinder haben ein bisschen Angst, wenn sie in die Vorschule kommen. Ich jedenfalls hatte welche. Du nicht auch, KayKay?«

Das Kind sah seine Großmutter skeptisch an. KayKay wirkte nicht so, als hätte sie jemals vor irgendwas Angst gehabt.

»Doch, das hatte ich, Janie.« Katherine nickte ernst. »Aber dann bin ich sehr gerne in die Schule gegangen. Es wird dir bestimmt viel Spaß machen.« Warum sollte sie dem Kind erzählen, dass sie jeden Morgen so nervös gewesen war, dass sie kaum ein Glas Milch herunterbrachte, ganz zu schweigen von dem reichhaltigen Frühstück, das ihre Mutter vor sie hinstellte.

Janies Gesicht verriet, dass sie Mutter und Großmutter nicht recht glaubte. Daher beschloss Katherine, ihre Aufmerksamkeit abzulenken.

»Lauf doch mal in dein Zimmer und hol die neuen Schuhe, die wir gekauft haben. Zeig sie deiner Mama«, drängte sie.

Das kleine Mädchen hüpfte gehorsam davon und Katherine ging zur Tür. Sie langte nach dem Türgriff, drehte sich aber noch einmal um und sagte leise zu ihrer Schwiegertochter:

»Weißt du, Eliza, ich glaube, es ist ganz gut, dass die neue Haushälterin nicht sofort anfangen kann. Vielleicht ist es ganz gut, dass Poppie und ich am Anfang da sind, wenn Janie aus der Schule kommt. So wird sie sich sicherer fühlen.«

Das Kind kam wieder angetrabt, einen kleinen Schuhkarton in den Händen, und Eliza erwiderte leise: »Und ich mich auch.«

32

Zu den Abschlussformalitäten beim Grundstückskauf ging man dahin, wo das Geld war, wie es in Maklerkreisen hieß. Louise Kendall und Larson Richards erschienen also am Freitag um halb zehn in Begleitung zweier Notare im Fernsehsender, um die letzten Papiere zu unterzeichnen und den Eigentumsübergang an dem Haus in der Saddle Ridge Road perfekt zu machen. Die Notare waren beide Mitglieder der Anwaltskammern von New Jersey und von New York, so dass es kein Problem war, die Abschlussformalitäten für den Kauf eines Hauses, das im Garden State lag, in einem Büro durchzuführen, das sich im Empire State befand.

Louise war besonders früh aufgestanden und hatte noch einen letzten Rundgang durch das Haus gemacht, bevor sie in die Stadt fuhr. Eliza hatte ihr eine Aufgabe anvertraut, die die meisten Hauskäufer selbst erledigten: das Objekt noch ein letztes Mal zu überprüfen, Raum für Raum, bevor dem Vorbesitzer der Scheck ausgehändigt wurde. Das Haus war besenrein und auch sonst schien alles in Ordnung zu sein. Die Maklerin hoffte inständig, dass es nach dem Einzug keine unangenehmen Überraschungen geben würde.

Paige eskortierte die Gruppe von der Eingangshalle in Elizas Büro. Ms. Blake würde sich ein paar Minuten verspäten, erklärte die Sekretärin, aber sie würde gleich kommen.

Alle setzten sich, nur Larson Richards wanderte im Büro umher, blätterte in den Büchern und inspizierte die vier Emmys auf dem Regal. Er betrachtete das Foto eines kleinen Mädchens, das in einem Silberrahmen auf Elizas Schreibtisch stand. Ihm fiel der handgeknüpfte, in Blau-

und Rottönen gehaltene türkische Teppich ins Auge, der über den Boden gebreitet war und dem Raum einen Hauch von Eleganz verlieh. Auf dem Ledersofa lagen schöne Kelim-Kissen. Gerahmte Fernsehpreise schmückten die Wände. Aber das Beste an dem Büro war der Blick durch das Sichtfenster auf das Sendestudio darunter.

In der geschäftigen Redaktionsinsel saßen Dutzende von Frauen und Männern an modernen Schreibtischen, hieben auf ihre Tastaturen ein, lasen Meldungen und telefonierten.

In der Mitte des Studios stand das Nachrichtenpult, das Richards so oft auf dem Bildschirm gesehen hatte, erleuchtet von Dutzenden heller Scheinwerfer, mit denen die Studiodecke übersät war. Große Fernsehkameras waren auf den Stuhl der Nachrichtenmoderatorin gerichtet. Hinter einer Glaswand befand sich ein gläsernes Büro, in dem vier Männer und eine Frau um einen länglichen Tisch herum saßen. Vor jedem stand ein Fernsehbildschirm und hinter ihnen, an der Wand, flimmerten sechs weitere TV-Geräte.

»Was passiert da?«, fragte Richards die Sekretärin, die mit dem Kaffee kam, den sie allen angeboten hatte, und wies auf das gläserne Büro.

Paige reichte ihm eine Papierserviette. »Wir nennen es das ›Goldfischglas‹. Da sitzen der Redaktionsleiter, die Chefs vom Dienst und die Produktionsleitung. Es ist die Kommandozentrale von ›KEY aktuell‹.«

Richards nickte lässig, entschlossen, keine Begeisterung zu zeigen. Gut, er war beeindruckt, aber das würde er nicht zugeben. Er war entzückt, dass Eliza Blake das Haus seiner Eltern kaufte, denn so konnte er sicher sein, dass alles klappen würde. Die Nachrichtenmoderatorin würde keine Probleme haben, das Geld aufzutreiben. Und wenn er die Karten richtig ausspielte, würde er sie vielleicht sogar dazu bringen können, etwas in sein Geschäft zu investieren.

Im Augenblick war ihm allerdings nur daran gelegen, dass sie endlich auftauchte. Er wollte die letzten Formalitäten hinter sich bringen und den Scheck noch vor Schalterschluss bei der Bank einreichen. Sonst würde er wegen des langen Labor-Day-Wochenendes bis Dienstag warten müssen und er brauchte das Geld sofort.

»Bitte entschuldigen Sie die Verspätung.« Eliza, die ein umwerfendes dunkelrotes Kostüm trug, war eilig eingetreten, schüttelte ihrem Notar die Hand und drückte Louise einen Kuss auf die Wange. Dies war einmal das Büro von Louises Mann gewesen und sie nahm an, dass es nicht leicht für die Maklerin gewesen sein konnte, es zu betreten.

Aber wenn das der Fall war, war Louise couragiert genug, es nicht zu zeigen. Gewandt stellte sie den Verkäufer und seinen Notar vor.

»Ich freue mich, Sie kennen zu lernen, Mr. Richards. Ihre Eltern besaßen ein wunderschönes Haus und ich bin sehr froh, dass ich es kaufen kann.«

»Ich hoffe, Sie werden dort glücklich sein, Ms. Blake«, erwiderte Richards mit seinem charmantesten Lächeln. »Wir waren es jedenfalls.«

Ein glatter Mann, dachte Eliza. *Aalglatt.*

»Wollen wir zur Sache gehen?«, schlug Elizas Notar vor. »Ms. Blake wird sicher sehr beschäftigt sein.«

Die Papiere wurden unterzeichnet, eines nach dem anderen: die Versicherung der Rechtsbeständigkeit von dem erworbenen Grundeigentum, das RESPA-Formular, damit Uncle Sam wusste, wer was an wen bezahlt hatte, die Provisionsabrechnung, wie immer vom Verkäufer bezahlt.

Als Louise ihren Scheck überreicht bekam, sah Eliza Larson Richards gequält zusammenzucken.

Endlich war die Eigentumsübertragung perfekt; die neue Hausbesitzerin bekam die Grundstücks-Eigentumsurkunde ausgehändigt und der Verkäufer sein Geld. Richards erhob sich rasch und streckte Eliza die Hand hin.

»Also, viel Glück, Eliza, wenn ich Sie so nennen darf. Wir werden uns in Zukunft ja sicher öfters sehen.«

Darauf freute Eliza sich nicht gerade.

Als Richards und sein Notar zur Tür gingen, rief Louise hinter ihnen her: »Oh, Mr. Richards, wir brauchen noch die Kombination für den Safe im Schlafzimmer. Eliza wird sie natürlich ändern, aber bei den ganzen Handwerkern im Haus wird sie vielleicht ein paar Sachen sicher verwahren wollen.«

Ein Ausdruck der Verärgerung flog über Larsons Gesicht.

Pech, wenn ihn das nervt, dachte Louise. Er hatte zwei Millionen in der Tasche, da konnte man doch wohl erwarten, dass er mit der Kombination rausrückte.

*

Bevor sie den Sender verließ, ging Louise die Hintertreppe hinunter, die von dem Flur vor Elizas Büro ins »Goldfischglas« ein Stockwerk tiefer führte. Da Range wusste, dass sie wegen der Abschlussformalitäten von Elizas Hauskauf im Sender sein würde, hatte er sie aufgefordert, doch mal vorbeizuschauen und hallo zu sagen.

Louise kannte Range Bullock seit vielen Jahren in seiner Rolle als Redaktionsleiter ihres Mannes. Aber erst nachdem Bill im Frühjahr gestorben war, waren Louise und Range sich näher gekommen. Obwohl *»gestorben« eine ziemlich geschönte Ausdrucksweise war*, dachte Louise.

Bill Kendall, der weltbekannte Moderator von »KEY aktuell«, den Hauptnachrichten des Senders, hatte Selbstmord begangen. Und obwohl sie überwältigende Trauer darüber empfand, dass Bill so verzweifelt gewesen war, dass er das Undenkbare getan hatte, fiel es ihr immer noch schwer, ihm zu vergeben. Auch wegen dem, was er damit ihrem Sohn angetan hatte. Sie würde nie begreifen, wie Bill ihr Kind allein hatte zurücklassen können. Seit sie erfahren hatten, dass William am Martin-Bell-Syndrom litt, hatte Louise selbst viele dunkle Stunden durchlebt, aber jeden Gedanken daran, sich davonzumachen – und es hatte solche Gedanken gegeben –, hatte sie energisch verscheucht. William brauchte sie. Er brauchte beide Eltern.

Um Bill gegenüber fair zu sein – er war William neunzehn Jahre lang ein großartiger Vater gewesen. Er liebte den Jungen. Und William hatte seinen Papa angebetet. Seit dem Tod seines Vaters waren jetzt fast sechs Monate vergangen, aber immer noch schaute William erwartungsvoll ins Auto, wenn sie ihn von der betreuten Wohngemeinschaft abholte, in der er lebte. Jedes Mal brach ihr fast das Herz, wenn sie die Verwirrung in seinem Gesicht sah, nachdem sie ihm wieder einmal erklärt hatte, dass sein Papa fort war und nicht wiederkommen würde.

»Papa ist im Himmel, nicht, Mama?«

»Ja, Schatz, er ist im Himmel. Er wacht jeden Tag über dich und er hat dich immer noch sehr lieb.«

Verdammter Bill.

Range, den Telefonhörer gegen die Schulter gedrückt, hieb auf seine Tastatur ein. Als er ihre Gegenwart spürte, blickte er auf und lächelte. »Komm rein«, sagte er, die Worte lautlos mit den Lippen formend.

Das »Goldfischglas« war außer ihnen beiden leer, aber Louise wusste, dass das nicht lange so bleiben würde. Die

Digitaluhr an der Wand zeigte 11:6 an. In neun Minuten würde Range die Morgenkonferenz leiten, die Regie, die Produktionsleitung und die Redakteure würden sich hier zusammensetzen und ihr Wissen über das aktuelle Geschehen aus aller Welt zusammentragen. Am Ende des Tages würden nur sieben oder acht Beiträge übrig bleiben, die in dem Nachrichtenmagazin ausgestrahlt werden würden.

»Gut, wir reden später weiter. Lassen Sie mich wissen, was das Hurricane-Center sagt.«

Range legte auf und stöhnte. »Jedes Jahr dieselbe Scheiße. Von August bis Oktober müssen wir ständig auf Hurricane-Warnungen eingestellt sein. Die meisten laufen sich tot und es kommt zu nichts, aber es gibt immer die Möglichkeit, dass so ein Ding mit aller Kraft zuschlägt.«

»Wohl wahr. Ich erinnere mich nur zu gut daran, wie Bill losgefahren ist, um über diese grauenhaften Stürme zu berichten. Und ich habe mich krank gesorgt.« Louise trat hinter Ranges Stuhl und fing an, seine Nackenmuskeln zu massieren. »Bisschen angespannt heute, was?«

»Ja. Und ich will nicht, dass dieser Hurricane die Pläne für unser verlängertes Wochenende kaputtmacht.«

Obwohl sie jetzt seit zwanzig Jahren mit Journalisten zusammenlebte, hatte Louise sich nie so recht daran gewöhnen können, dass Berichte über Ereignisse, die mit ihrem Leben gar nichts zu tun hatten, sie zwingen konnten, Vorhaben abzusagen, auf die sie sich seit langem gefreut hatte. Aber sie hatte gelernt, es mit philosophischer Haltung hinzunehmen, und wenn sie mit Range zusammenbleiben wollte, musste sie sich wohl oder übel damit abfinden.

»Hör mal, wenn wir nicht zum Cape rausfahren können, ist das auch nicht das Ende der Welt. Der Verkehr wird sowieso fürchterlich sein und das Wetter hier soll fantastisch werden. Wir könnten das Wochenende draußen bei mir verbringen und einfach entspannen. Wir werden grillen, schwimmen und einfach tun, wozu wir Lust haben. Und wenn du dann zum Sender musst, ist das kein Problem.«

Range ergriff ihre Hand und küsste sie auf die Handinnenfläche. »Himmel, was für eine Erleichterung, dass du dieses Wahnsinnsgeschäft verstehst.«

Für den Schauer, der sie bei seiner Berührung durchlief, war Louise gewillt, verständnisvoll zu sein.

33

ELIZA WÜRDE AM LABOR DAY die Nachrichten moderieren, aber Paige hatte sie freigegeben. Es würde ziemlich ruhig sein, hatte sie ihrer Sekretärin versichert, und Eliza plante selbst, erst spät in den Sender zu kommen.

»Wirklich, Paige, Sie brauchen nicht ins Büro zu kommen. An diesem Montag wird nichts passieren, was nicht bis Dienstag warten kann. Genießen Sie Ihr langes Wochenende.«

Paige brannte darauf, sich in den Sommerschlussverkauf zu stürzen. Sie hoffte auf ein paar Schnäppchen in ihrem Lieblingsgeschäft, T. J. Maxx. Sie brauchte dringend ein paar neue Kleider, die sie im Büro tragen konnte, in diesem ersten Herbst ihres Arbeitslebens. Sie hatte ein Auge auf einen knielangen Kamelhaarmantel im Marine-Stil von Calvin Klein geworfen, von dem sie hoffte, dass er jetzt am Wochenende reduziert werden würde.

Am Freitag ging Eliza direkt nach der Sendung und Paige hatte vor, kurz nach ihrer Chefin das Büro zu verlassen. Sie räumte ihren Schreibtisch auf und ging in Elizas Büro, um noch einmal zu überprüfen, ob auch alles in Ordnung war. Eliza hatte einen Kaffeebecher auf dem Schreibtisch stehen lassen und Paige brachte ihn in die kleine Teeküche neben dem Büro und spülte ihn aus. Sie öffnete den winzigen Kühlschrank und stellte ein paar neue Dosen von dem Diät-Eistee hinein, den Eliza so gern trank. Nachdem sie das Licht ausgeknipst hatte, kehrte sie ins Büro zurück, um ihre Sachen zu holen.

Gewissenhaft hörte sie noch einmal den Anrufbeantworter ab. Es war eine neue Nachricht darauf. Der Anruf musste eben gerade eingegangen sein, als sie in der Küche gewesen war.

Sie erkannte die Stimme. Es war der Mann, der jetzt seit fast zwei Wochen jeden Tag angerufen hatte, um seiner Bewunderung für Eliza Ausdruck zu verleihen und ihr zu sagen, wie schön sie war. Paige hatte den Anrufen nicht viel Beachtung geschenkt. Der Mann klang ziemlich harmlos – eigentlich ein trauriger Fall. Sie hatte seine Nachrichten gelöscht, ohne groß darüber nachzudenken.

Aber dieses Mal war es anders. Er hatte immer spät in der Nacht angerufen. So früh hatte er sich noch nie gemeldet –, fast so, als würde er damit rechnen, Eliza zu erreichen. Bis jetzt hatte er nur erklärt, wie sehr er die Moderatorin verehrte. Diesmal sagte er etwas anderes.

»Ich liebe dich, Eliza. Und ich kann nicht ohne dich leben.«

SEPTEMBER

34

Eliza wusste genau, wie Paige es geschafft hatte, die Möbelpacker zu bewegen, am Samstag des Labor-Day-Wochenendes zu arbeiten. Der Riesenscheck, den Eliza bereits ausgestellt hatte, war die Lösung des Rätsels.

Die Muskelmänner schleppten die Möbel aus dem Umzugswagen und Eliza war froh, dass der Tag nicht allzu heiß war. Der blaue Himmel war wolkenlos und die Sonne brannte herab, aber die Luft war klar und es wehte eine kühle Brise.

Eliza stand in der eleganten Eingangshalle und dirigierte die Möbelpacker. Der Mahagonitisch und die chinesischen Stühle im Chippendale-Stil, die so gut in ihre Wohnung gepasst hatten, verloren sich fast in dem riesigen Speisezimmer. Ins große Wohnzimmer hätten gut zwei Sofas gepasst statt des einen, das sie aus New York mitgebracht hatte. Und erst die Wände. Ungeheuer große Flächen. Was sollte sie da bloß alles aufhängen?

Sie zuckte die Achseln. Im Moment war es ihr ziemlich egal, wie lange sie brauchen würde, um das Haus vollständig einzurichten. Wenn nur Janies Zimmer in Ordnung war und das Gästezimmer bequem genug für Katherine und Paul, Elizas Kleider im Schrank hingen und sie in der Küche alles verstauen konnte. Der Rest konnte warten.

Es würde sogar Spaß machen, in Antiquitätenläden zu

gehen und Tapeten auszusuchen. Damit wäre sie an den Wochenenden beschäftigt und sie hätte nicht so viel Zeit, über Mack nachzugrübeln. Janie würde das allerdings nicht sehr gefallen.

Eliza ging in die sonnige Küche und blickte aus dem Panoramafenster in den Garten. Ihre Tochter spritzte vergnügt im Swimmingpool herum, während ihre Großeltern am Beckenrand standen, jeden Fortschritt lobten und ihre Enkelin gleichzeitig mit Argusaugen bewachten. Sie brauchte auch unbedingt ein paar Gartenmöbel, dachte Eliza und trug zwei Stühle aus dem Speisezimmer nach draußen, damit ihre Schwiegereltern sich hinsetzen konnten.

Katherine und Paul waren nicht mehr jung und sie konnte sich vorstellen, was für eine Belastung das alles für sie war. Aber nie hatten sie Eliza auch nur andeutungsweise spüren lassen, dass die Betreuung ihrer Enkeltochter ihnen zu viel werden könnte. Sie und Janie konnten wirklich von Glück sagen, die beiden zu haben.

»Wie geht's voran?«, fragte Paul. Strähnen seines weißen Haars wehten leicht im Wind.

»Die Möbelpacker sind bald fertig«, erwiderte Eliza, sank müde auf die warmen Steinplatten nieder und streckte ihre langen, in Caprihosen steckenden Beine aus. »Irgendwelche Vorschläge für unser heutiges Abendbrot? Wir könnten irgendwo essen gehen oder uns was beim Chinesen bestellen«, bot sie an.

»Chinesisch, chinesisch«, rief Janie aus dem Wasser. »Ich will Wanton-Suppe und Sesamhuhn.« Eliza war es etwas peinlich, wie oft ihre Tochter schon Essen bekommen hatte, das von dem chinesischen Restaurant um die Ecke geliefert worden war. Aber am Sonntag, wo sie gemeinsam immer jede Menge unternahmen, weil Eliza sich wegen ihrer häufigen Abwesenheit während der Woche schuldig fühlte, war es wunderbar bequem, einfach zum Hörer zu greifen und etwas beim Chinesen zu bestellen. Eliza erinnerte sich gut an die Sonntagsmahlzeiten ihrer Kindheit auf Rhode Island. Ihre Mutter hatte ein Hähnchen oder eine Lammkeule in den Ofen geschoben, Kartoffeln gebacken und grüne Bohnen geputzt. Janie würde diese Erinnerungen nicht haben. Aber, tröstete sich Eliza, dafür war Janie in den ersten fünf Jahren ihres Lebens mehr Kulturelles geboten worden als Eliza in den ersten zwei Jahrzehnten.

Hier draußen würden sie es an den Wochenenden ruhiger angehen, dachte Eliza, schloss die Augen und hielt ihr Gesicht in die Spätnachmittagssonne. Sie beschloss, Mrs. Garcia zu bitten, dafür zu sorgen, dass der Kühlschrank am Freitagabend immer gut gefüllt war. Sie würde anfangen, ein richtiges Sonntagsessen zu kochen, schwor sie sich.

Allerdings nur für sich und Janie.

Sie biss sich auf die Lippen. Was Mack wohl gerade machte? Nach der Berechnung des Zeitunterschieds kam sie zu dem Ergebnis, dass er wohl bald ins Bett gehen würde.

»Hallo!«

Die vier am Pool drehten sich um und sahen eine adrette, attraktive Brünette mit einem Tablett in der Hand und einen kleinen, dunkelhaarigen Jungen mit einem großen Strauß schwarzäugiger Susannen auf sich zukommen. Eliza erhob sich und lächelte.

»Hi, ich bin Susan Feeney und das ist mein Sohn James. Wie wohnen gegenüber und wir wollten Sie in der Nachbarschaft willkommen heißen und für morgen Abend zum Grillen einladen. Ich dachte, so könnten Sie gleich ein paar der Nachbarn kennen lernen.« Susan hielt mit der linken Hand das Tablett fest und schüttelte Eliza mit der rechten die Hand.

»Das ist wirklich nett von Ihnen!«, rief Eliza aus und erwiderte Susans warmen, festen Handschlag. So viele Frauen hatten einen schlaffen Händedruck, ohne jedes Selbstvertrauen. Ein Punkt für Susan.

Nachdem sie ihre Schwiegereltern vorgestellt hatte, wies Eliza auf den Pool. »Und das ist Janie, meine Tochter. Sie ist fünf.«

James riss die grünen Augen auf. »Ich bin auch fünf!«

»Und kommst du diese Woche auch in die Vorschule?«, fragte Eliza und wusste die Antwort, als Susan ihr zuzwinkerte.

Der kleine Junge nickte mit Nachdruck.

»Hier in der Schule von HoHoKus?«

»Ja.«

»Wow! Das ist ja wunderbar. Janie kommt auch dahin. Ihr werdet in derselben Klasse sein.«

James drückte Eliza den Blumenstrauß in die Hand und rannte zum Swimmingpool. Eliza rief ihm ein Dankeschön hinterher, drehte sich lachend zu Susan um und fragte, ob der Junge vielleicht auch gern im Pool baden würde.

»Oh, ganz bestimmt«, erwiderte Susan, »aber James, mein Mann, ist mit den beiden anderen Kindern drüben. Kimberley ist drei und Kelly zwei, er hat also alle Hände voll zu tun. Ich muss zurück. Ich wollte mich nur vorstellen und das hier vorbeibringen.«

Eliza legte die Blumen auf den Rasen und nahm die Obsttorte entgegen, die Susan ihr überreichte.

»Ich hoffe, Sie mögen Ananas.«

»Tun wir. Das sieht ja köstlich aus. Vielen Dank!«

»War mir ein Vergnügen. Wenn ich irgendwas für Sie

tun kann, sagen Sie es nur. Ich zeige Ihnen gern alles und ich werde James sowieso jeden Tag zur Schule fahren. Ich könnte Janie gern mitnehmen, wenn ich ihn abhole.«

Es gibt doch einen Gott, dachte Eliza. Es war eine Beruhigung zu wissen, dass es eine Alternative gab, falls Janies Großeltern oder später Mrs. Garcia das Kind aus irgendeinem Grund nicht würden abholen können. Zur Schule bringen würde sie Janie selber, auf dem Weg nach Manhattan. Sie war versucht, Susan zu fragen, ob sie eine Fahrgemeinschaft bilden sollten, überlegte es sich dann aber anders. Im Augenblick wollte sie lieber keine Verpflichtungen eingehen. Janie sollte sich erstmal in aller Ruhe einleben – in ihrem neuen Haus und in ihrer neuen Schule.

James zog gerade sein grünweiß gestreiftes T-Shirt aus und wollte ins Wasser springen.

»James kann gern hier bleiben und etwas herumplantschen, auch wenn Sie zurück müssen«, bot Eliza an. »Es wäre toll für Janie, sich gleich mit einem anderen Kind anfreunden zu können.«

»Aber Sie haben doch so viel um die Ohren.« Susan legte skeptisch den Kopf auf die Seite. »Wollen Sie da wirklich auf noch ein Kind aufpassen?«

Eliza schaute ihre Schwiegereltern an. »Überhaupt kein Problem«, versicherte Paul.

»Das ist natürlich wunderbar. James kann in seinen Shorts baden. In einer halben Stunde hole ich ihn ab.«

Eliza begleitete ihre neue Nachbarin über den Rasen nach vorne. »Ich würde Sie ja zu einer Hausbesichtigung einladen, aber viel zu sehen gibt es noch nicht.«

Susans Lächeln erlosch. »Ich kenne das Haus ganz gut«, seufzte sie. »Die Richards waren ganz reizende Menschen. Sie fehlen mir. Wir sind vor drei Jahren in unser Haus eingezogen, ausgerechnet am Karfreitag. Es war ein einziges Chaos, überall Umzugskartons; ich war schwanger und ich hatte James versprochen, Ostereier zu bemalen. Er war erst zwei, aber ganz aufgeregt deswegen. Aber als ich den Herd anstellen wollte, funktionierte er nicht. Ich konnte keine Eier kochen. James hat furchtbar geweint.«

Die beiden Frauen blieben in der Auffahrt stehen, während Susan ihre Geschichte zu Ende erzählte.

»Aber dann passierte was ganz Komisches, was ganz Liebes. Am Ostermorgen klingelte es an der Tür. Es war Mrs. Richards, die uns willkommen heißen wollte, mit einem Korb gefärbter und bemalter Ostereier. Natürlich hatte sie keine Ahnung, dass unser Herd kaputt war, es war nur ein Zufall. Aber ich habe immer das Gefühl gehabt, dass es irgendwie ein gutes Zeichen war. Verstehen Sie? Als hätten wir damit einen guten Start in unserem neuen Zuhause.«

Eliza nickte. »Dass Sie mit James vorbeigekommen sind, gibt mir auch dieses Gefühl. Vielen Dank.«

Susan lächelte und ging zum Gartentor. Warum sollte sie erzählen, was mit dem Ehepaar Richards passiert war? Wenn Eliza sie je danach fragen sollte, würde Susan ihr sagen, was sie wusste. Aber heute war ihr erster Tag in ihrem neuen Zuhause. Es sollte ein glücklicher Tag sein.

35

Nachdem sie gegessen hatten, mit Plastikgabeln und direkt aus dem Karton, machten Eliza und KayKay die Betten und packten Handtücher und Toilettenartikel aus. Poppie schloss den Videorecorder an, damit Janie ihre

Kinderfilme sehen konnte, und das Play-back-Deck für die Beta-Kassetten, ein professionell genutztes Video-Format, das Eliza für ihre Arbeit brauchte. Es war schon neun, als Eliza herunterkam, um ihre Tochter ins Bett zu bringen. Sie saß auf dem Schoß ihres Großvaters und beide schliefen fest, während auf dem Fernsehschirm *Free Willy* lief.

Paul schnarchte mit leicht geöffnetem Mund und rührte sich nicht, als Eliza ihm behutsam das Kind abnahm. Als sie langsam mit der schlafenden Janie in den Armen die Treppe hinaufstieg, begegnete ihr Katherine. Sie lächelten und zwinkerten einander zu und Katherine tätschelte sanft die Wange ihrer Enkelin.

Eliza beschloss, das Kind nicht zu wecken, indem sie es auszog, sondern legte Janie in T-Shirts und Shorts ins Bett und deckte sie mit der *101-Dalmatiner*-Steppdecke zu, die sie aus ihrer New Yorker Wohnung mitgebracht hatten. Wie immer ließ der Anblick des schlafenden kleinen Mädchens, in ihre Decken gekuschelt, Eliza tief Luft holen. Liebe stieg in ihr auf, tiefe Liebe und Dankbarkeit, dass sie mit diesem vollkommenen Kind gesegnet worden war. Wenn es Janie nur gut ging. Alles andere spielte keine Rolle.

Samuel Morton fiel ihr ein. Wie er wohl den Verlust seines Kindes ertrug?

Zippy. Wo war Zippy? Eliza blickte sich im Kinderzimmer um. Wenn Janie nachts aufwachte, in einem unbekannten Zimmer, würde sie zum Trost nach ihrem abgewetzten Stoffaffen greifen. Wo hatte sie ihn bloß zuletzt gesehen?

Am Pool, heute Nachmittag.

Eliza zog die Jalousien herunter, die noch von den Vorbesitzern stammten, und verließ auf Zehenspitzen das Kinderzimmer. Sie ließ die Tür einen Spalt offen, damit das Licht vom Flur hereinfiel und Janie nicht erschrak, wenn sie im Stockdunkeln aufwachte. Die Tür des Gästezimmers stand offen, und als sie die Stimmen von Katherine und Paul hörte, steckte sie den Kopf hinein.

Paul winkte sie mit schläfrigem Blick herein. Eliza umarmte beide ganz fest.

»Ich weiß gar nicht, wie ich euch danken soll. Für alles.«

»Du brauchst dich nicht zu bedanken, Schatz«, sagte Paul. »Du und Janie, ihr bedeutet uns alles. Weißt du das denn nicht mittlerweile?«

»Doch, natürlich, aber nicht alle Großeltern oder Schwiegereltern seid wir ihr. Ich möchte nur, dass ihr wisst, wie dankbar ich euch bin ... wie sehr ich euch liebe.« Tränen traten ihr in die Augen, aber sie blinzelte sie weg. Sie wollte nicht, dass Katherine und Paul sich noch mehr um sie sorgten, als sie es sowieso schon taten.

»Das Schlimmste ist jetzt vorbei, Liebes«, sagte Katherine tröstend. »Du bist jetzt in deinem neuen Haus. Und dein Kind kann hier in HoHoKus wunderbar aufwachsen. Morgen packen wir aus und räumen die Küche ein. Wir stellen die Fotos auf und ordnen die Bücher im Arbeitszimmer in die Regale ein. Ihr werdet euch bald eingewöhnt haben.«

Eliza nickte und schloss beim Gehen die Tür hinter sich. Einen Augenblick lang beneidete sie ihre Schwiegereltern, weil sie einander hatten. Sie wünschte, sie würde heute Nacht nicht wieder allein schlafen müssen, und dachte müde an Mack. Ob sie ihn anrufen sollte? Aber in England war es jetzt mitten in der Nacht. Er wusste doch, dass sie heute umzog. Warum hatte er nicht angerufen? Ein bisschen moralische Unterstützung hätte ihr gut getan.

Sei nicht wütend auf ihn, ermahnte sie sich, als sie in ihr Schlafzimmer ging. Sie freute sich darauf, sich auszuziehen und eine heiße Dusche zu nehmen. Man wusste ja nie. Vielleicht war er irgendwo hingeschickt worden und hatte sich nicht melden können.

Eliza zog sich gerade das Hemd über den Kopf, als ihr etwas einfiel.

Zippy.

Sie zog das Hemd wieder an, hastete barfuß nach unten und durch die Küchentür in den Garten. In wenigen Minuten hatte sie den Stoffschimpansen im Gras hinter dem Pool gefunden.

Die Küchentür hatte die ganze Zeit offen gestanden.

36

OH GOTT! WAS HATTE er nur getan?

Mack lauschte auf die leisen Atemzüge der schlafenden Blondine, die neben ihm in Zimmer 509 des kürzlich renovierten Mandarin Oriental Hotels lag, in dem er abgestiegen war, bis seine Wohnung fertig war.

Er hasste sich selbst.

Es gab keine Entschuldigung dafür. Pech, wenn er nach der Trennung von Eliza traurig und verzweifelt war. Pech, wenn er sich einsam fühlte. Pech, dass er beim Essen mit Marcy McGinnis und ihrer hübschen jungen Redaktionsassistentin einen Wodka Martini nach dem anderen heruntergestürzt hatte. Der Redaktionsassistentin, der Mack jeden Tag bei der Arbeit begegnen würde. Die Frau, die sich gerade auf die Seite gedreht und die Bettdecke enger um sich gezogen hatte.

Wie hatte er nur so dämlich sein können?

Mit hämmerndem Schädel erinnerte er sich an den resignierten Ausdruck auf dem Gesicht der Leiterin des KEY-

Studios London, als sie sich entschuldigte und Mack und die Blonde an ihrem Tisch im Harvey Nick's sitzen ließ. Es war zweifellos nicht das erste Mal, dass ein Essen in dem schicken »Sehen-und-gesehen-werden«-Kaufhausrestaurant das Vorspiel zu einer unbesonnenen Tändelei gewesen war.

Die alte Warnung fiel ihm ein, ja nie etwas mit einer Kollegin anzufangen. Er hatte es sich zur Regel gemacht, Berufliches und Privates strikt zu trennen. Eliza war die denkwürdige, lohnende Ausnahme gewesen.

Er kannte diese junge Frau nicht einmal. War sie vertrauenswürdig oder würde sie ihren Freundinnen im Londoner KEY-Studio brühwarm von ihrem Techtelmechtel erzählen? Selbst wenn sie nur einer Person davon erzählte, würde es sich herumsprechen. Es sprach sich immer herum. Und was war, wenn Eliza es erfuhr?

Mack glitt aus dem Bett und tastete sich im Dunkeln zum Badezimmer. Er schloss die Tür hinter sich, knipste das Licht an, drehte den Wasserhahn auf und schüttete sich kaltes Wasser ins Gesicht. Seine blutunterlaufenen Augen starrten ihn im Spiegel an. Er verabscheute sich selbst.

Wie hatte er Eliza so einfach betrügen können?

37

Eliza erwachte im Halbdunkeln. Ein dünner Strahl weißes Licht drang aus dem Flur ins Schlafzimmer. Sie hatte die Tür einen Spalt weit offen gelassen, damit sie Janie hören konnte.

»Janie?«

Keine Antwort.

Was sie stattdessen hörte, war ein rhythmisches, klopfendes Geräusch und ein Rascheln. Sie lag ganz still im Bett und spürte ihr Herz hämmern. Irgendjemand oder irgendetwas war im Zimmer.

Das leise Klopfgeräusch hatte nicht aufgehört und Eliza versuchte festzustellen, woher es kam. Offenbar von der linken Seite des Zimmers.

Sie blieb noch ein paar Minuten reglos liegen, lauschte auf das Geräusch und überlegte, was sie tun sollte. Sie erwog, zu Paul zu laufen. Nein, sie sollte allein damit fertig werden. Das Wissen, dass Janie ganz in der Nähe schlief, ließ sie endlich aktiv werden. Sie knipste die Nachttischlampe an.

Schnell gewöhnten ihre Augen sich an das Licht und sie richtete den Blick dahin, woher das Geräusch kam. Es war niemand zu sehen. Aber das Klopfen ging weiter, und als sie auf die Stelle starrte, fiel ihr auf, dass die Jalousie sich fast unmerklich bewegte. Es war kein Luftzug, der sie erzittern ließ. Unter dem Stoff war eine kleine Beule.

Eliza raffte allen Mut zusammen, stand langsam auf, packte einen Schuh und ging entschlossen zum Fenster. Sie holte tief Luft, hob die Jalouise an und schaute darunter.

Den Bruchteil einer Sekunde lang war ihr nicht ganz klar, was sie da sah. Ein dunkles, pelziges Tier starrte sie aus schwarzen Knopfaugen an. Es hatte spitze Ohren und eine Schnauze, die ein bisschen der eines Fuchses ähnelte.

Eliza ließ die Jalousie fallen, rannte aus dem Zimmer und zog die Tür fest hinter sich zu.

Es war eine Fledermaus.

In ihrer ersten Nacht in ihrem neuen Haus war eine Fledermaus in ihrem Schlafzimmer.

38

Keith Chapel erwachte früh, erleichtert darüber, dass er eine Ausrede hatte, die Wohnung am Sonntagmorgen zu verlassen. Cindy hatte sich gestern furchtbar aufgeregt, als er endlich den Mut aufgebracht hatte, ihr zu erzählen, dass er am Feiertag in den Sender musste.

»Hör mal, Schatz, es wird bestimmt nicht den ganzen Tag dauern«, versprach er. »Aber Range war mit dem ersten Film für unsere neue Reihe noch nicht ganz zufrieden. Ich muss nur noch etwas am Manuskript feilen, damit Eliza den neuen Text aufnehmen kann, wenn sie morgen reinkommt.«

»Eliza, Eliza, Eliza! Ich habe die Nase gestrichen voll von diesem Gerede über Eliza Blake«, rief Cindy mit schriller Stimme. »Und was ist mit *mir*?«

Du treibst mich in den Wahnsinn und ich muss dringend mal von dir weg.

Keith sprach diesen Gedanken nicht aus. Stattdessen umarmte er sie, was bei ihrem wachsenden Leibesumfang gar nicht so einfach war, küsste sie auf die nassen Wangen und schlug vor, sie könnten doch ins Kino gehen und sich den Film ansehen, von dem sie gesprochen hatten, wenn er nach Hause kam. Cindy hatte sich besänftigen lassen – bis zum unvermeidlichen nächsten Ausbruch.

Er hoffte inständig, dass es anders werden würde, wenn das Baby erst da war. Und er betete zu Gott, er könnte aufhören, von Eliza zu träumen. Der Traum von letzter Nacht war so erotisch gewesen, dass er in kaltem Schweiß gebadet aufgewacht war. Die Dinge, die er mit Eliza machte, würde er mit seiner Frau nie machen. Nie würde er wagen, ihr so etwas vorzuschlagen.

39

»MAMA, WARUM SCHLÄFST du denn im Wohnzimmer?«

Schläfrig schlug Eliza die Augen auf und fand Janies neugierige blaue Augen auf sich gerichtet. Die Fledermaus fiel ihr ein und ruckartig schoss sie hoch.

»Janie, warst du in meinem Schlafzimmer?«, fragte sie ängstlich.

»Ja. Aber du warst nicht da.«

»Bleib hier, Janie. Ich meine es ernst«, erklärte Eliza entschieden, sprang vom Sofa auf, rannte nach oben ins Schlafzimmer und knallte die Tür zu, die Janie einen Spalt weit hatte offen stehen lassen.

Katherine kam aus dem Gästezimmer und knotete den Gürtel ihres Bademantels zu.

»Was ist denn los?«

»Ich habe heute Nacht eine Fledermaus in meinem Zimmer entdeckt.«

»Großer Gott!« Katherine blickte auf die geschlossene Schlafzimmertür. »Ist sie noch da drin?«

»Das hoffe ich. Es wäre grässlich, wenn sie rausgeflogen wäre und sich irgendwo anders versteckt hätte.«

»Was sollen wir denn jetzt machen?«

»Ich habe mitten in der Nacht die Polizei angerufen und die haben dafür gesorgt, dass eine Frau von Wildlife Control sich bei mir meldet. Sie sagte, sie würde sofort kommen, wenn ich es unbedingt wollte, aber wenn ich bis zum Morgen warten könnte, würde sie das sehr zu schätzen wissen. Also habe ich auf dem Sofa geschlafen und die Frau hat versprochen, gleich heute Morgen zu kommen.«

»Mama«, rief Janie von unten, »da ist eine Frau an der Tür.«

»Dem Himmel sei Dank«, flüsterte Eliza und eilte die Treppe herunter.

Die Expertin, eine Frau mittleren Alters, trug einen Farmer-Overall und ein langärmeliges Flanell-Arbeitshemd. Sie hatte einen schweren Plastikeimer in der Hand. Eliza sah ein Paar dicker Lederhandschuhe oben auf den Utensilien liegen, die sich darin befanden.

Sachlich folgte die Frau Eliza zum Schlafzimmer.

»Sie brauchen sich eigentlich keine großen Sorgen zu machen, Miss«, sagte sie. »Fledermäuse sind sehr nützliche Tiere. Eine einzige Fledermaus kann jede Nacht Tausende von Insekten vertilgen, einschließlich der Moskitos, über die alle Leute hier sich so aufregen.«

»Können sie nicht Krankheiten übertragen? Tollwut zum Beispiel?«, fragte Eliza, die nicht gewillt war, sich für Fledermäuse zu begeistern.

»Das ist sehr unwahrscheinlich. Die Wahrscheinlichkeit, von einem tollwütigen Hund gebissen zu werden, ist viel größer. In diesem Land stirbt ungefähr ein Mensch pro Jahr an von Fledermäusen übertragener Tollwut.«

Die Expertin zog ihre Schutzhandschuhe über und öffnete die Schlafzimmertür. »Warten Sie lieber draußen, während ich mich mal umsehe.«

Eliza blieb lauschend im Flur stehen. Sie hörte, wie die Jalousie hochgeschoben wurde.

»Unter der Jalousie ist sie nicht mehr«, rief die Frau hinter der Tür.

Oh Gott. Eliza wurde bang ums Herz.

Aber ein paar Minuten später kam die Frau heraus, einen zufriedenen Ausdruck im Gesicht.

»Sie haben sie?«

»Ja, Ma'am.«

»Wo war sie denn?«

»Im Badezimmer, ganz unten im Papierkorb. Wenn der Tag anbricht, versuchen Fledermäuse, so weit wie möglich vom Sonnenlicht wegzukommen.«

»Sie ist also da drin?« Eliza beäugte den Eimer.

»Ja, Ma'am.«

»Was werden Sie mit ihr machen?«

Die Frau blickte über Elizas Schulter auf das kleine Mädchen, das oben an der Treppe stand und zuhörte.

»Ich nehme sie auf eine schöne, lange Spazierfahrt mit«, antwortete sie.

Eliza begleitete die Frau zu ihrem Kleinlaster.

»Wie ist sie reingekommen? Ich will nicht, dass so was noch mal passiert.«

»Sie sollten nachsehen, ob auf dem Dachboden Fledermäuse nisten.«

»Ich habe das Haus gerade erst gekauft, wir sind gestern eingezogen. Erst vor einer Woche habe ich das Haus von einem Sachverständigen begutachten lassen.«

Die Frau zuckte die Achseln. »Nun, sie könnte gestern reingeflogen sein. Bei einem Umzug stehen die Türen ja meist längere Zeit offen.«

Oder gestern Abend, als ich nach Zippy gesucht habe, dachte Eliza schauernd.

»Werden Sie die Fledermaus wirklich einfach irgendwo freilassen?«, fragte sie noch, als die Frau in ihren Kleinlaster stieg.

»Nee. Ich wollte nur nicht, dass die Kleine das hört. Ich werde sie nachher zerstampfen und ihr den Hals brechen.«

40

Abigail ging früh ins Fitness-Studio, damit sie nicht zu warten brauchte, bis die Geräte frei wurden. Sie begann mit dem Hanteltraining, arbeitete dann an den Nautilus-Geräten und ging zum Schluss aufs Laufband. Nach dem Duschen zog sie sich gerade vor ihrem Umkleideschrank an, als jemand ihren Namen rief.

»Abigail? Bist du das?«

Sie drehte sich um und sah eine Frau vor sich stehen, die sie auf Ende zwanzig schätzte.

»Ich bin Monica«, sagte die Frau lächelnd. »Monica Anderson.«

Abigail versuchte, die Verwirrung und die Schuldgefühle zu verbergen, die sie augenblicklich empfand.

»Aber natürlich. Monica! Wie schön, dich mal wieder zu sehen. Wie geht es dir?«

»Großartig. Ich bin endlich in die Stadt gezogen. Ich hatte es schon lange vor, aber nach dem, was passiert ist, fand ich, ich sollte noch eine Weile in der Nähe meiner Eltern bleiben.«

Abigail nickte. »Wie geht es ihnen?«

Monicas Gesicht umwölkte sich. »Ach, mein Vater ist im Frühjahr gestorben. Er ist nie wieder derselbe gewesen. Ein Herzanfall, haben die Ärzte gesagt. Aber eigentlich ist sein Herz vor fünf Jahren gebrochen.«

»Es tut mir so Leid, Monica. Wenn ich es gewusst hätte, wäre ich zu seiner Beerdigung gekommen.«

Es entstand ein unbehagliches Schweigen. Abigail faltete ihre Sportsachen zusammen und packte sie in ihre Tasche, um Zeit zu gewinnen. Sie hatte das Gefühl, etwas über Linda sagen zu müssen.

»Weißt du«, begann Abigail zögernd, »es tut mir Leid,

dass wir nicht in Verbindung geblieben sind. Aber nachdem Linda verschwunden war, hatte ich einfach das Gefühl, wegzumüssen. Ich konnte nicht mehr für das Garden State Network arbeiten, nicht mit all den Erinnerungen dort.«

Monica nickte. »Mach dir keine Gedanken deswegen. Das haben bestimmt alle verstanden. Ich war ja die meiste Zeit im College, aber ich erinnere mich an deinen Besuch an Ostern, in jenem letzten Jahr. Linda hat mir gesagt, was für eine gute Freundin du bist und wie viel Spaß es gemacht hat, zusammen mit dir beim Fernsehen anzufangen. Sie hatte dich sehr gern.«

»Und ich sie auch«, sagte Abigail leise. »Noch ein, zwei Jahre habe ich jeden Monat im Sender angerufen, um zu hören, ob es etwas Neues gab. Aber nach einer Weile habe ich einfach damit aufgehört.«

»Es ist auch besser so, Abigail. Sie werden nie herausfinden, was mit Linda passiert ist, davon bin ich überzeugt. Das gehört zu diesen schrecklichen Sachen im Leben, die man einfach akzeptieren muss. Meine Mutter ruft natürlich immer noch ständig bei der Polizei an. Sie kann einfach nicht loslassen.«

41

Gegen vier nahm Eliza Janie bei der Hand und ging zum Haus der Feeneys hinüber. Katherine und Paul, die den ganzen Tag Kartons ausgepackt hatten, hatten gebeten, sie zu entschuldigen. Sie wollten sich lieber entspannen und ein kleines Nickerchen halten.

Als Mutter und Tochter zögernd auf die Terrasse traten, entdeckte Susan sie und kam herbeigeeilt. Zwei kleine Mädchen wackelten hinter ihr her.

»Wir sind ja so froh, dass Sie kommen konnten! Ich möchte Sie gleich mit allen bekannt machen.«

Eliza wurde fast zwanzig Leuten vorgestellt, versuchte, sich die Namen zu merken, und wusste, dass sie es sowieso nicht schaffen würde. Janie und James rannten davon, um mit Buddy herumzutollen, dem schwarzweißen Setter der Feeneys.

Köstlich duftende Hähnchenteile und Steaks brutzelten auf dem Grill, dazu in Alufolie gewickeltes Knoblauchbrot. Ein langes Büfett war mit einem rot, weiß und blau gestreiften Tischtuch gedeckt und in der Mitte stand ein riesiger Blumenstrauß, ganz offensichtlich aus dem Garten.

James Feeney bot ihr einen Drink an. »Was trinken Sie?«

»Eistee?«

»Wie wär's mit ein wenig Wodka darin?«, schlug ihr Gastgeber vor.

»Noch besser.« Eliza lächelte.

Sie setzte sich auf einen der Stühle und zählte rasch die Gäste durch. Gleich viele Männer und Frauen. Wahrscheinlich war sie die einzige allein stehende Frau auf dieser Grillparty.

»Eliza – ich darf Sie doch so nennen?«, sagte eine der Frauen, an deren Namen Eliza sich nicht mehr erinnern konnte. »Ich kann Ihnen gar nicht sagen, wie aufgeregt alle darüber sind, dass Sie hierher gezogen sind.«

»Bitte, natürlich müssen Sie mich Eliza nennen. Und ich kann Ihnen gar nicht sagen, wie froh ich bin, hier zu sein. Janie und ich haben uns sehr gefreut, aus der Stadt wegzuziehen. Ich hoffe, hier können wir ein normaleres, ruhigeres Leben führen.«

»Ja.« Die Frau schnalzte mitfühlend mit der Zunge.

»Ich habe in der Zeitung gelesen, was Sie durchmachen mussten. Ich hoffe, Sie werden hier sehr glücklich sein.«

Einer der Männer warf ein: »Ich will die Seifenblase ja nicht zerplatzen lassen, aber auch hier in Suburbia ist nicht alles vollkommen. Habt ihr nicht gehört, dass es wieder einen Einbruch gegeben hat? Als die Palumbos aus dem Urlaub zurückkamen, fanden sie ihr Haus völlig ausgeräumt vor.«

»Der wievielte Einbruch war das jetzt?«, fragte jemand.

»Sechs in diesem Sommer, soweit ich weiß«, antwortete ein anderer. »Und jedes Mal keinerlei Anzeichen für gewaltsames Eindringen. Entweder schließen die Leute ihre Tür nicht richtig ab oder jemand hat einen Schlüssel.«

»Was war mit den Alarmanlagen?«

»Ach, Sie wissen doch, wie das hier in der Gegend ist. Manche leben seit dreißig Jahren in ihren Häusern. Sie sind hier rausgezogen, als es noch wirklich ländlich war und niemand auch nur an Alarmanlagen gedacht hat.«

Eliza war überrascht gewesen, als sie erfuhr, dass die Richards' keine Alarmanlage gehabt hatten. Louise hatte eine für sie in Auftrag gegeben, aber die Firma war so mit Aufträgen überlastet, dass sie erst in ein paar Wochen kommen würden, um eine Anlage zu installieren.

»Kommt, alle miteinander. Essen wir«, rief Susan und stellte eine Riesenschüssel Salat aus Spinatblättern, Rosinen und Zwiebeln, übergossen mit einem süßsauren Dressing, auf das Büfett. Die Gäste erhoben sich. Susan blickte sich auf der Terrasse um, um zu sehen, ob alles in Ordnung war. Als ihr Blick auf das Gartentor fiel, änderte sich ihr liebenswürdiger Gesichtsausdruck.

Eliza blickte ihr über die Schulter und sah Larson Richards näher kommen.

»Larson«, sagte Susan kühl. »Wie geht's?«

»Gut, Susan, sehr gut. Ich hatte nicht vor, uneingeladen bei deiner Party aufzukreuzen, aber als ich Eliza willkommen heißen wollte, hörte ich, dass sie hier drüben ist.«

Wie unhöflich von ihm, ohne Einladung zu kommen. Er missfiel Eliza jetzt noch mehr als bei der Abwicklung der Abschlussformalitäten.

42

Als Eliza am Morgen des Labor Day aufwachte, blieb sie noch eine Weile liegen, lauschte auf die Stille und wünschte, sie hätte heute keinen Dienst. Sie beschloss, Range zu sagen, dass sie am Columbus Day arbeiten würde; aber zu Thanksgiving würde sie sich bestimmt freinehmen. Die Präsidentschaftswahlen wären dann auch vorbei. Eliza spürte die weichen Laken an ihren nackten Beinen, als sie ihre Lage veränderte, und dachte an ein langes Wochenende in London. Nachdem dieses Ekel Larson sich gestern für den Rest des Abends an ihre Fersen geheftet hatte, vermisste sie Mack noch mehr.

Sie warf einen Blick auf die Uhr. In England war jetzt Mittagszeit. Sie wollte schon zum Telefon greifen, überlegte es sich dann aber anders. Vielleicht konnte Mack im Büro nicht frei reden. Wenn sie im Sender angekommen war, würde er hoffentlich wieder in seinem Hotel sein. Dann konnte sie ihn anrufen.

Oder er würde sie anrufen. Denn darauf wartete sie im Grunde.

Sie starrte auf die Wand und stellte dabei fest, dass an der Tapete deutlich zu erkennen war, wo die Frisierkommode der Richards' gestanden hatte, denn ihre eigene

Kommode war kleiner. Sie musste das Haus unbedingt so bald wie möglich renovieren lassen.

Die Nachbarn waren gestern sehr nett gewesen, hatten ihr die Namen von Handwerkern genannt und einen guten Malermeister empfohlen. Alle waren sich einig gewesen, dass Bruno Taveroni die Malerarbeiten und das Tapezieren am besten erledigte. Er war gewissenhaft und immer ausgebucht.

Wahrscheinlich würde es länger dauern als geplant, bis sie das Haus ordentlich in Schuss hatte.

Von unten hörte sie leises Stimmengemurmel. Sie sollte aufstehen und Janie das Frühstück machen. Aber schon stieg ihr der Duft von frisch aufgebrühtem Kaffee und brutzelndem Speck in die Nase. Katherine hatte sich bereits darum gekümmert.

Eliza hoffte inständig, dass Carmen Garcia ebenso tüchtig und hilfreich sein würde, wenn sie ihre Arbeit antrat. Sie stand auf und zog sich den Bademantel über, wobei ihr plötzlich einfiel, dass Keith mit dem NACHGEFRAGT-Film über Kinderbetreuung so weit fertig sein musste, dass sie damit ins Tonstudio gehen konnte.

Der Film musste gut werden. Der Druck war enorm.

43

LARSON LAUSCHTE AUF DAS sanfte Klacken der Spikes an seinen Golfschuhen, als er den schmalen Pflasterstreifen zwischen dem Clubhaus und dem ersten Abschlag überquerte. In seinem schwarzbeigen Greg-Norman-Hemd und den Golfhosen mit den scharfen Bügelfalten war er jeder Zoll das gut betuchte Country-Club-Mitglied. Wenn die drei Männer, die an diesem sonnigen Spätsommertag gleich eine Runde Golf mit ihm spielen würden, wüssten, in welchen finanziellen Schwierigkeiten er steckte ...

Auf dem Golfplatz ließen sich großartig Geschäfte machen. Die Kameradschaft wuchs, wenn man zu viert über die saftigen grünen Fairways wanderte. Es gab zahlreiche Gelegenheiten, jemandem nach einem gelungenen Schlag herzhaft auf den Rücken zu klopfen oder ihn nach einem Blindgänger zu bemitleiden. Larson hatte vor, seine Wette zu verlieren und dann liebenswürdig und achtlos die Scheine aus seinen Geldklip zu ziehen, um seine Spielschulden zu begleichen.

Aber wenn sie nach dem achtzehnten Loch dann noch ins Mitgliederrestaurant schlenderten, um etwas zu trinken, würde er hoffentlich ans Ziel kommen, dachte Larson verzweifelt. Der Onkologe, der Kiefernorthopäde und der Scheidungsanwalt hatten eine dicke Brieftasche und hielten immer nach Möglichkeiten Ausschau, sie noch weiter zu füllen. Falls er es geschickt anstellte, könnte er sie vielleicht dazu bringen, etwas Kapital in sein Geschäft zu investieren.

Selbstredend würde er ihnen nicht erzählen, dass er kurz vor der Pleite stand.

Sorgfältig legte er den runden weißen Pinnacle auf den hölzernen Teehalter und nahm die Position für den ersten Schlag ein. Als ein Schläger den Ball traf, wusste er, dass es ein guter Schlag gewesen war. Er schaute dem Ball hinterher, der beachtliche zweihundertzwanzig Meter in gerader Linie die Spielbahn entlang in Richtung Grün flog. Ein gutes Omen.

Während er darauf wartete, dass die anderen ihre Eröffnungsschwünge machten, wanderten seine Gedanken von seinen geschäftlichen Sorgen zu einem weit angenehmeren Thema: Eliza Blake.

Gott, war die Frau schön. Und reich. Im *Wall Street*

Journal hatte er von ihrem neuen Vertrag mit KEY gelesen. Die schwamm in Geld.

Zwar hatte Eliza ihm bei dem Grillabend gestern nicht die Beachtung geschenkt, die er sich erhofft hatte, aber er würde sie schon rumkriegen, da war er ganz zuversichtlich. Es gab immer irgendeinen Weg, das zu bekommen, was man wollte. Man musste nur herausbekommen, wie.

Larson reichte dem Caddie seinen Schläger und kletterte in seinen Golfwagen.

Wie konnte er an Eliza herankommen?

Als er auf das Gaspedal drückte, lächelte er, denn die Antwort lag klar auf der Hand.

Das Kind.

44

DAS SCHWARZUMRANDETE, elfenbeinfarbene Trauerbriefpapier lag auf seinem Schreibtisch. Samuel Morton gab sich große Mühe bei der Wahl seiner Worte. Ein so außergewöhnlicher Mensch verdiente eine wohl formulierte Anerkennung für die erwiesene Freundlichkeit.

Er zog einen gelben Notizblock hervor, um einen ersten Entwurf zu verfassen. Mit einem feinen schwarzen Füllfederhalter schrieb er:

Liebe Ms. Blake,
zunächst einmal möchte ich mich aus tiefstem Herzen für Ihre Freundlichkeit gegenüber meiner Tochter Sarah bedanken. Jedes Mal, wenn sie einen Brief von Ihnen erhielt, wurde sie mit neuer Zuversicht erfüllt. Sarah hatte in diesen letzten Monaten so wenig, was sie glücklich machte. Die Erinnerung an das Lä-

cheln auf dem süßen Gesicht meiner Tochter, wenn sie Ihre Briefe immer wieder las, wird mir stets teuer sein. Ich bin Ihnen unendlich dankbar, dass Sie die Qualen ein wenig gelindert haben, die mein Kind erdulden musste.

Ich versuche, mich mit der Hoffnung zu trösten, dass Sarah jetzt ihren Frieden gefunden hat und nicht mehr leiden muss. Aber ich bin egoistisch. Ich wünschte, sie wäre noch bei mir, krank oder nicht, und ich versuche, den Gedanken, wie mein Leben ohne sie aussehen wird, zu verdrängen. Noch übersteigt es mein Vorstellungsvermögen.

Die Blumen, die Sie geschickt haben, waren wunderschön. Ich werde sie pressen und zusammen mit Ihren Briefen aufbewahren, die Sarah nie weggeworfen hat. Ich fürchte, ich werde zu lange an allem festhalten, was Sarah gehört hat. Ich kann sie einfach nicht aufgeben.

Das reichte, dachte er, als er noch einmal durchlas, was er geschrieben hatte. Eliza Blake würde ihn ja für einen armen Irren halten, wenn er sich noch mehr von seinen schmerzlichen Gefühlen von der Seele redete.

Sorgfältig übertrug Samuel seinen Entwurf auf das schwere Briefpapier.

45

Als Eliza über die obere Ebene der George Washington Bridge fuhr, stellte sie besorgt fest, dass die Öldrucklampe gelb aufleuchtete. Und an der 72nd Street-Ausfahrt des Henry Hudson Parkways war sie sicher, irgendwo unter der Motorhaube von Poppies Auto ein Klopfen zu hören. *Verflixt, jetzt muss ich den Wagen zur Reparatur bringen. Bitte, lieber Gott, lass mich heute noch damit nach Hause kommen.*

Die Flure des Senders waren verlassen wie immer an Feiertagen, wo nur eine verringerte Mannschaft die Nachrichten produzierte. Eliza durchquerte das »KEY aktuell«-Studio und schaute im »Goldfischglas« vorbei, bevor sie in ihr Büro ging. Range hatte frei und David Carter, einer der Chefs vom Dienst, fungierte heute als Redaktionsleiter.

»Alles ist ziemlich ruhig. Gott sei Dank hat der Hurricane gedreht und tobt sich jetzt auf See aus.«

»Was ist unser Aufmacher?«, fragte Eliza und spähte über Carters Schulter auf den grauen Computermonitor, wo die Meldungen aufgelistet waren.

»Reise-Alpträume. Große Verspätungen in Flughäfen und verstopfte Highways durch die Rückreisewelle aus dem letzten Sommerwochenende.«

»Ich wusste doch, dass es irgendwelche Vorteile haben muss, heute zu arbeiten. Wir könnten irgendwo da drin stecken«, sagte Eliza mit einem schiefen Lächeln. »Ich bin oben, wenn Sie mich brauchen.«

Als sie das Licht in ihrem Büro anschaltete, klingelte das Telefon. Sie griff nach dem Hörer, hörte jedoch nur noch das Klicken, mit dem der Anrufer auflegte. War es Mack gewesen?

Vielleicht war er schon wieder im Hotel. Sie rief im Hotel an, landete in der Rezeption und bat darum, zu Mr. McBride durchgestellt zu werden. Es schrillte ein Dutzend Mal, bevor eine sehr englische Stimme erklärte, der gewünschte Gesprächsteilnehmer melde sich nicht. Ob sie eine Nachricht hinterlassen wolle?

Nein, das wollte sie nicht.

Stattdessen wählte sie ihre eigene neue Telefonnummer. Paul ging nach dem dritten Klingeln ran.

»Alles in Ordnung bei euch, Paul?«

»Ja, alles bestens. Janie ist mit ihrem kleinen Freund im Pool.«

»Mit James?«

»Ja. Sie kommen gut miteinander aus. Er scheint ein netter kleiner Junge zu sein.«

»Wunderbar, aber wenn es für dich und Katherine zu viel wird, sag Janie, dass jetzt mit dem Spielen Schluss ist.«

»Es ist kein Problem, Liebes. Außerdem sagte Mrs. Feeney, sie würde James nur eine Stunde bleiben lassen. Sie holt ihn in ein paar Minuten wieder ab.«

»Dann ist es ja gut. Wir sehen uns nachher, Paul.« Die Öldrucklampe und das komische Motorengeräusch fielen ihr wieder ein. »Ach, könntest du Susan bitten, ihre Telefonnummer dazulassen? Und frag sie doch bitte, in welche Werkstatt sie ihr Auto bringt.«

»Ist irgendwas mit dem Wagen?«, fragte Paul besorgt.

»Nein«, log sie. Warum ihn beunruhigen? »Ich will nur langsam mein Leben neu organisieren.«

Sie blickte auf und sah Keith Chapel in der Tür stehen.

»Ich muss ins Tonstudio, Paul. Gleich nach der Sendung komme ich nach Hause.«

46

FLEDERMÄUSE.

Jetzt wollte sie, dass er über Fledermäuse recherchierte.

Keith stieß einen tiefen Seufzer aus, als er sich neben Joe Leiding an dessen elektronischem Schnittplatz niederließ.

»Was ist los? Gefällt Ihnen diese Einstellung nicht?« fragte der Video-Editor. »Ich kann sie korrigieren.«

»Nein, nein, es ist gut so, wie es ist«, beeilte Keith sich zu sagen und warf einen Blick auf den Kontrollmonitor. »Ich dachte gerade an was anderes.«

Leiding sah seinen Redakteur skeptisch an. Sie waren zusammen für die Reihe *NACHGEFRAGT* verantwortlich und würden in den kommenden Monaten viele Stunden in dem engen Schneideraum verbringen. Es gefiel ihm nicht sonderlich, dass Keith an etwas anderes dachte als an den Film, an dem sie gerade arbeiteten.

Sicher, der Mann stand ziemlich unter Druck, mit dem ersten Kind, das bald erwartet wurde, und der neuen Reihe. Aber er sollte sich lieber zusammenreißen und konzentriert bleiben.

Joe rief den neuen Abschnitt des Berichts auf, den Eliza gerade aufgenommen hatte, und fügte ihn in der Mitte des Films über Kinderbetreuung ein. Der Video-Editor war ganz zufrieden mit dem Stück, fand aber, es wäre schön, wenn auch mal eine Anregung von dem Redakteur und Producer der Reihe käme.

Stattdessen malte Keith Kringel auf das linierte Papier auf seinem Klemmbrett.

»Eliza will einen Film über Fledermäuse machen«, murmelte er düster.

Joe zuckte die Achseln. Nach zwei Jahrzehnten im Nachrichtengeschäft konnte ihn nichts mehr erschüttern und er hatte es schon lange aufgegeben, sich zu fragen, warum manche Beiträge produziert wurden und andere nicht. Eins wusste er allerdings: Wenn die Moderatorin des Nachrichtenmagazins einen Filmbeitrag wollte, wurde er gemacht.

»Sie hat heute Nacht eine Fledermaus in ihrem Schlafzimmer gefunden«, fuhr Keith fort. »In ihrem neuen Haus.«

»Netter erster Abend im neuen Heim.«

»Kann man sagen. Und zu meinem Unglück musste die Fledermausexpertin Eliza unbedingt darüber informieren, was für nützliche kleine Tiere das doch sind. Eliza findet, die Leute würde es sicher interessieren, die Wahrheit über Fledermäuse zu erfahren. Wir sollten mit all den Gruselmärchen und abergläubischen Vorstellungen aufräumen, findet sie.«

»Und was werden Sie jetzt machen?«, fragte Joe und schob eine neue Beta-Kassette in das digitale Schnittgerät.

»Keine Ahnung. Wahrscheinlich werde ich morgen mal im Bronx-Zoo anrufen und nach ihrem Fledermausexperten fragen. Sie werden ja wohl einen haben.« Mit einem müden Aufseufzen sank Keith in seinem Stuhl zusammen und schloss die Augen. Er versuchte, sich Eliza vorzustellen, wie sie mitten in der Nacht in ihrem Schlafzimmer stand und sich mit einer knopfäugigen Fledermaus konfrontiert sah.

Er fragte sich, was Eliza wohl angehabt hatte.

47

Der Telefonanruf von Freitagabend hatte Paige das ganze Wochenende über keine Ruhe gelassen und das Erste, was sie tat, als sie am Dienstagmorgen zur Arbeit kam, war, in der Sicherheitsabteilung anzurufen.

»Überspielen Sie die Nachricht einfach auf meinen Anrufbeantworter, Paige. Ich kümmere mich darum«, wies Joe Connelly sie an.

»Es tut mir Leid, dass ich die anderen Nachrichten gelöscht habe, Mr. Connelly«, entschuldigte sie sich. »Vorher klang er immer ganz harmlos.«

»Machen Sie sich keine Gedanken. Wenn der Typ wirklich gefährlich ist, wird er wieder anrufen. In diesem Fall informieren Sie mich und überspielen mir die Nachricht. Und Paige, bitte notieren Sie die genaue Uhrzeit, zu der der Anruf hereinkam. So exakt wie möglich. Es könnte gleichzeitig ein Dutzend anderer Anrufe beim Sender gegeben haben. Es ist hilfreich, die genaue Zeit zu wissen.«

Connelly, der im Laufe der Jahre Hunderte von Anrufen gespeichert hatte, wappnete sich innerlich. Die Feststellung eines Anrufers war eine langwierige Prozedur. Eine erfolgreiche Fangschaltung zu installieren, war nicht so einfach, wie es in Fernsehkrimis immer aussah.

Eine Fangschaltung zu beantragen, war leicht, aber es wurde immer schwieriger, die Falle auch zuschnappen zu lassen. Es gab nur noch wenige Festnetz-Telefonanschlüsse. Satelliten, Telefonkarten, Mobiltelefon-Konten, nicht verzeichnete und gesperrte Nummern machten es zunehmend schwieriger, eine Endstelle im Fernsprechverkehr zu ermitteln. Die Telefongesellschaften hatten sich selbst ausgetrickst.

Der Sicherheitschef gab Elizas Sekretärin ein paar Minuten Zeit, den Anruf zu überspielen, und dann spulte er das Band zurück, um sich selbst ein Urteil zu bilden.

»Ich liebe dich, Eliza. Und ich kann nicht ohne dich leben.«

Wenn dies der erste Anruf gewesen wäre, hätte Connelly erst einmal die weitere Entwicklung abgewartet. Aber Paige hatte gesagt, sie hätte die Stimme erkannt, und der Mann hätte seit zwei Wochen jeden Tag angerufen.

Anormales Verhalten eskaliert. Dieses Diktum hatte sich ihm eingeprägt.

Er rief die Polizei an und erstattete in Eliza Blakes Namen Anzeige.

Die Sache war in Gang gesetzt. Der Fall wurde einem Detective übergeben und das Unlawful Calls Bureau in Boston vergab eine Fallnummer.

Die Telefongesellschaft würde die »Ausrüstung« in der Leitung des Senders installieren und ein ungeheuer kompliziertes Computerprogramm würde alle relevanten Daten abfangen. In einem Privathaushalt war das relativ einfach. Bei einem Fernsehsender mit seinem Centrex-System ... Wow!

Wenn man in der Zentrale des Senders anrief, wählte man eine Nummer, die eigentlich gar nicht existierte. Die Leute in der Telefonzentrale saßen an sechs Konsolen mit je sechs Fernleitungen, insgesamt sechsunddreißig Leitungen, die sich durch das ganze Haus verzweigten. Sobald ein Anruf von der Zentrale zu einem bestimmten Anschluss durchgestellt war, verschwand er aus der Leitung des Telefonisten. Das machte es zu einem Alptraum, einen bestimmten Anruf zurückzuverfolgen.

Connelly schwenkte seinen Drehstuhl zum Computer herum und eröffnete eine Datei zu dieser neuesten Bedrohung. Als er die Daten eingab, wünschte er, Paige Tintle hätte die ersten Anrufe nicht gelöscht. Sie waren mitten in der Nacht eingegangen, wo die Anzahl der Anrufe deutlich geringer war. Das machte eine Lokalisierung viel leichter.

Wenn der Mann jetzt dazu überging, zur Hauptgeschäftszeit anzurufen, konnte es Monate dauern, ihn aufzuspüren.

48

Heute Morgen blieb keine Zeit, Make-up aufzulegen.

Eliza umarmte Janie und eilte hinaus, da der Mietwagen mit Fahrer schon gut zwanzig Minuten am Randstein wartete. Als sie die Auffahrt hinunterhastete, hielt ein roter Abschleppwagen, in dem zwei Männer saßen. Ein schwergewichtiger Mann mit kräftiger Gesichtsfarbe kletterte vom hohen Beifahrersitz.

»Ms. Blake? Ich bin Augie Sinisi.«

»Oh, Mr. Sinisi. Ich hatte nicht erwartet, dass Sie so bald kommen würden. Ich hatte doch erst gestern Abend eine Nachricht auf Ihren Anrufbeantworter gesprochen.« Eliza wollte dem Mann die Hand schütteln, aber er zog sie zurück.

»Ich hab dreckige Hände, Ma'am, entschuldigen Sie. Wo liegt denn das Problem?«

»Ich weiß es nicht genau. Aber die Öldrucklampe hat aufgeleuchtet, als ich gestern mit dem Wagen unterwegs war. Und da war so ein Klopfgeräusch im Motor.«

Augie musterte den blauen Mercedes, der vor der Garage geparkt war. Er war nicht neu, das sah er sofort. Der Wagen war mindestens acht oder neun Jahre alt. Bei einem Mercedes konnte man das erst genau sagen, wenn man direkt davorstand, an dem klassischen Design änderte sich nie allzu viel.

Er hatte erwartet, dass Eliza Blake ein neueres, flotteres Auto fahren würde.

»Machen Sie sich keine Sorgen, Miz B. Wir nehmen ihn mit und schauen mal. Mit ein bisschen Glück steht er schon wieder hier, wenn Sie heute Abend nach Hause kommen.«

»Wirklich? Das ist ja großartig«, sagte Eliza überrascht

und erleichtert. Wenn das ein Beispiel für den Kundenservice in den Vororten war, würde es ihr hier eindeutig gefallen. In Manhattan war es ein echtes Problem, irgendwas repariert zu bekommen. »Einen Augenblick bitte, ich hol nur schnell die Schlüssel.«

Da sie sowieso schon spät dran war und noch Katherine und Paul erklären musste, wieso sie heute ohne Beförderungsmittel dastehen würden, machte Eliza sich nicht die Mühe, den Autoschlüssel abzunesteln. Sie reichte dem Automechaniker einfach den ganzen Schlüsselbund.

49

»WIR KÖNNTEN DA ein Problem haben.«

Die Nachricht, dass Yelena Gregory sie um elf Uhr fünfundvierzig in ihrem Büro zu sprechen wünschte, hatte Eliza bei der Ankunft im Sender erwartet. Jetzt saßen sie, Range und Joe Connelly in dem großen Büro der Chefredakteurin. Der Sicherheitschef, der sein Jackett ausgezogen und die Hemdsärmel aufgekrempelt hatte, hatte das Wort ergriffen.

»Eigentlich zwei Probleme.«

Die drei hörten zu, während Connelly von den Briefen und den Anrufen berichtete. Die Bedrohung war seiner Meinung nach ernst zu nehmen.

»Könnten Sie von derselben Person stammen?«, fragte Range.

»Möglich, aber ich glaube es nicht. Die Briefe sind richtig bösartig und die Anrufe ..., nun ja, wir werden abwarten müssen, wie sich das entwickelt. Bislang liegt mir nur der letzte Anruf vor, aber Elizas Sekretärin hat mir versichert, dass der Ton des Anrufers bislang fast ehrerbietig war. Im letzten Anruf hat sich die Intensität gesteigert. Meiner Ansicht nach haben wir es mit zwei verschiedenen Personen zu tun.«

»Was haben Sie unternommen?«, fragte die Fernsehchefin brüsk.

»Eine Fangschaltung wird installiert.«

»Wie lange wird das dauern?«

»Schwer zu sagen. Je öfter der Mann anruft, desto größer ist unsere Chance, ihn zu erwischen.« Connelly hielt inne und sah Eliza an. »Aber natürlich hoffen wir, dass er nicht wieder anruft.«

»Und was ist mit den Briefen?«, wollte Yelena wissen.

»Die schicke ich ans FBI, in die Stilistik-Abteilung in Quantico. Aber es könnte eine Weile dauern, bis wir was von denen hören. Vor sechs Wochen habe ich Briefe hingeschickt, die eine Quizmoderatorin bekommen hat, und bislang hab ich noch keine Auswertung.«

»Natürlich werden sie da auch die Fingerabdrücke überprüfen«, sagte Range.

Connelly nickte. »Ja, aber erwarten Sie sich nicht zu viel davon. Der Mann könnte beim Schreiben Handschuhe tragen und der Umschlag geht durch viele Hände, bevor er bei uns ankommt.«

Es herrschte Schweigen im Raum. Für die drei Nachrichtenleute war es selbstverständlich, Bilder vom Mond zu bekommen oder vom Gipfel des Mount Everest. Sie wurden sofort durchgestellt, wenn sie im Weißen Haus anriefen. Die Vorstellung, dass sie dasitzen und abwarten mussten, bis andere ihre Arbeit getan hatten, dass sie keinerlei Einflussmöglichkeit hatten, gefiel ihnen nicht sonderlich.

»Wie soll ich mich verhalten?«, fragte Eliza ruhig und versuchte, sich keine Angst anmerken zu lassen. Sie wusste, dass die anderen auf ihre Reaktion lauerten. Sie würde nicht wimmern oder weinen. Eine Nachrichtenmoderatorin zeigte keine Schwäche. *Hol tief Luft und reiß dich zusammen.* Joe Connelly hatte einen erstklassigen Ruf. Ihr blieb nichts anderes übrig, als ihn seine Arbeit machen zu lassen. Nur hoffe sie inständig, dass es schnell gehen würde.

Im Laufe der Jahre hatte Eliza viele Berichte über Fans gemacht – Männer und Frauen –, die von einem Idol besessen waren. In der Tat schien das Stalking fast dazuzugehören, wenn man eine öffentliche Figur war. Ein Großteil dieser überspannten Fans war überzeugt, dass eine besondere Liebesbeziehung zwischen ihnen und dem Prominenten bestand, den sie so unerbittlich verfolgten. Die meisten Fälle endeten damit, dass der Bewunderer erwischt und verurteilt wurde und ins Gefängnis oder in die Psychiatrie kam. Eliza unterdrückte entschlossen die Erinnerung an Fälle, die anders geendet hatten – tragischer, gewalttätiger. Das würde ihr jetzt wenig nützen. Sie musste einen klaren Kopf bewahren.

»Das Schlüsselwort ist Macht über andere, Eliza«, hörte sie Joe sagen. »Das ist der gemeinsame Faktor bei all diesen Fällen. Solche Leute haben kein Selbstwertgefühl. Sonst können sie nichts kontrollieren, aber sie glauben, dass sie Macht über Sie haben. Die wollen Sie das Fürchten lehren.«

»Das gelingt ihnen auch ganz gut.« Eliza brachte ein schwaches Lächeln zustande.

»Ich will Ihnen keine Angst einjagen« – Connelly sprach mit betont ruhiger Stimme –, »aber ich will die Sache auch nicht verharmlosen. Vertrauen Sie Ihrem Instinkt. Wenn Sie das Gefühl haben, irgendwas stimmt nicht, dann ist dem wahrscheinlich auch so. Seien Sie auf der Hut. Achten Sie auf alles um Sie herum.«

50

Abigail hatte den genehmigten ersten Film der NACHGEFRAGT-Reihe gesichtet, den Keith Chapel ihr ins Büro gebracht hatte. Sie machte sich daran, den Text für den zwanzigsekündigen Trailer zu verfassen, der heute nach dem Nachrichtenmagazin gesendet werden würde, um das Publikum auf den Beitrag neugierig zu machen.

> Millionen von Amerikanern geben ihre Kinder in die Obhut anderer, während sie ihren Lebensunterhalt verdienen. Aber wie wählt man die Leute aus, denen man sein Kind anvertraut? Wie kann man sicher sein, dass dem Kostbarsten, was man auf der Welt hat, nichts Böses geschehen wird? Eliza Blake wird Ihnen ihre Erkenntnisse in NACHGEFRAGT mitteilen. Morgen in »KEY aktuell«.

✳

Abigail las noch einmal durch, was sie geschrieben hatte. Jeder, der von Elizas Erlebnissen in diesem Sommer gehört oder gelesen hatte, würde den Sender einschalten. Abigail hoffte, dass ihr Trailer eingängig und mitreißend genug war. Aber noch mehr hoffte sie, dass Eliza zufrieden sein würde.

51

»Oh-oh. Was ist denn passiert?«

Doris, die vor der beleuchteten Spiegelwand stand, sah zu, wie Eliza sich auf dem Frisierstuhl niederließ und die orangefarbene Verpackung eines Jumbo-Butterfingers aufriss.

»Was sollte sein?« Eliza zuckte mit den Achseln. »Da draußen sind mindestens zwei Irre, die von mir besessen sind, und der einzige Mensch auf der Welt, von dem ich will, dass er von mir besessen ist, ist dreitausend Meilen entfernt und ruft nicht an. Ich bin die glücklichste Frau auf der Welt.« Sie biss herzhaft in den Karamelriegel. »Ich dachte, ich mache das perfekte Bild komplett, indem ich ein paar Hundert zusätzliche Kalorien zu mir nehme.«

»Also, Mädchen, nun mal langsam. Was meinst du damit, da draußen sind zwei Irre?«

Während Eliza von der vormittäglichen Besprechung berichtete, zündete Doris sich nervös eine Marlboro Ultra Light an.

»Du darfst hier drin nicht rauchen«, sagte Eliza automatisch, obwohl es ihr eigentlich vollkommen egal war. Am liebsten hätte sie sich selbst eine angesteckt.

Doris ignorierte sie.

»Und was sollst du jetzt machen?«

»Ich soll vorsichtig sein.«

»Das ist alles?«

»Mm-hmm. Ich soll aufpassen und meinem Instinkt vertrauen. Wenn ich das Gefühl habe, dass irgendwas nicht stimmt, ist dem wahrscheinlich auch so.«

»Ach, Mädchen.« Doris legte die Arme, die in einem langärmeligen, mit Leopardenmuster bedruckten T-Shirt steckten, um ihre Freundin. »Und Mack hat auch nicht angerufen? Das kann ich nicht glauben. Vielleicht ist er draußen, hinter irgendeiner Geschichte her.«

»Nein. Ich habe nachgesehen. Er ist heute im Londoner Büro.«

Mistkerl, hätte Doris am liebsten gezischt, aber sie

schwieg und beschloss, Eliza lieber nicht zu erzählen, dass Abigail Snow heute in die Maske gekommen war, herumgeschnüffelt und das Thema Eliza aufgebracht hatte. Sie hätte gehört, dass Eliza ins Grüne gezogen sei. Wusste Doris, wo sie jetzt wohnte? War Eliza immer noch mit Mack McBride zusammen? Sie hatte Doris sogar nach Elizas Augen-Make-up gefragt. Das fand sie etwas sonderbar, da sie Abigail noch nie mit Make-up gesehen hatte.

Doris hatte gehört, dass Abigail lesbisch war. Und wenn Doris ihrem Instinkt vertraute, würde sie sagen, dass Abigail in Eliza verknallt war.

Aber damit brauchte sie die Nachrichtenmoderatorin jetzt nicht auch noch zu belasten.

52

IM ZIMMER WAR ES zu warm, ungewöhnlich für ein englisches Hotel. Mack warf die Decke von sich und starrte mit weit offenen Augen in die Dunkelheit. Es war kurz nach Mitternacht, und da er sich die letzten Nächte hauptsächlich halb wach und unruhig im Bett herumgewälzt hatte, sehnte er sich danach, zu schlafen.

Sein Gewissen ließ es nicht zu.

In New York war »KEY aktuell« gerade vorbei, aber er brachte es nicht über sich, Eliza anzurufen. Aber wenn er sich ausmalte, wie verwirrt und verletzt sie sein musste, weil er nichts von sich hören ließ, fühlte er sich noch schuldiger. Eine derartige Behandlung hatte sie nicht verdient.

Mack drehte sich um und vergrub sein Gesicht im Kissen. Er konnte noch immer nicht glauben, dass er das getan hatte. Wie hatte er nur so blöd sein können? Noch entscheidender: Wie hatte er die Frau, die er zu lieben behauptete, so schnell betrügen können?

Und er liebte Eliza wirklich. Dessen war er sich sicher. Er hatte so sehr auf eine gemeinsame Zukunft gehofft. Jetzt war er in London und sie in New York, aber das musste nicht bedeuten, dass es zwischen ihnen aus war. Es war zwar schwierig, aber viele Paare schafften es, eine Wochenend-Beziehung zu führen.

Wenn sie einander treu waren.

Jetzt erhob sich die Frage: Sollte er ihr erzählen, dass er sie betrogen hatte?

Er malte sich aus, wie dieses Gespräch verlaufen würde, und stöhnte in sein Kissen. Zornig stand er auf, ging zum Fenster und zog die dicken Vorhänge zurück. Der Hyde Park lag unter ihm ausgebreitet, friedlich und von sanftem Laternenschein erhellt.

Es war ein schöner Park – der größte, wenngleich wahrscheinlich der am wenigsten formale der Londoner Parks. Ein malerischer Ort, an dem man über Spazierwege schlendern, Händchen haltend auf einer gusseisernen Parkbank sitzen, auf dem Rasen picknicken und in einem Boot über den See rudern konnte. Eliza würde das sehr gefallen.

Du Trottel!

Ein Trottel war er, so viel war klar. Die Frage war nur, was er jetzt tun sollte.

Ich könnte es ihr beichten, dachte er, ließ den Vorhang fallen und legte sich wieder ins Bett. Das wäre immerhin ehrlich, aber er wusste sehr gut, dass danach nichts mehr so sein würde wie vorher. Und wem sollte dieses Geständnis schon nützen? Er würde sich vielleicht besser fühlen, wenn er sein Gewissen erleichtert hatte, aber Eliza wäre furchtbar verletzt.

Natürlich war die Wahrscheinlichkeit recht groß, dass sie es sowieso herausfinden würde. Im Nachrichtengeschäft schien früher oder später jeder zu wissen, wer mit wem geschlafen hatte. Er wollte nicht, dass sie es durch die Gerüchteküche erfuhr. Das wäre verheerend für sie und sie hatte in ihrem Leben sowieso schon viel zu viel durchmachen müssen.

Aber am Telefon konnte er es ihr unmöglich erzählen. Das musste bei einem persönlichen Gespräch geschehen. Vielleicht konnte er es ihr ja erklären. Er hatte zu viel getrunken, ihm war elend zumute gewesen bei dem Gedanken, leben zu müssen, ohne sie in seiner Nähe zu haben, und zwar die nächsten zwei oder drei Jahre – und er hatte nicht viel Hoffnung gehabt, dass ihre Beziehung unter diesen Umständen eine Chance haben würde.

Das Telefon auf dem Nachttisch schrillte. Zum erstenmal in seinem Leben als Journalist wünschte er, er würde mitten in der Nacht aus dem Bett gescheucht und in irgendeine gottverlassene Ecke der Welt geschickt werden, irgendwohin, wo er für eine Weile außer Reichweite war. Arbeit war eine großartige Möglichkeit, vor persönlichen Problemen zu fliehen.

»Hallo?«

»Hi.«

»Eliza! Wie geht es dir, Liebling? Ich lag gerade hier und hab an dich gedacht.«

»Wer's glaubt.«

Er spürte die Distanziertheit in ihrer Stimme. Und warum sollte sie auch nicht skeptisch sein?

»Wie geht's Janie?«

»Ziemlich gut. Morgen ist ihr erster Schultag und sie hat sich schon mit einem kleinen Jungen angefreundet. Er wohnt gegenüber.«

»Sie ist ein großartiges Kind. Sie fehlt mir. Und ihre Mutter auch.«

»Ach ja? Ich kann nicht gerade behaupten, dass du mich mit Anrufen bestürmt hast, Mack. Was ist los?«

»Komm schon, Eliza. Du weißt doch, wie das bei einem Umzug ist, wenn man in eine neue Stadt kommt, nach einer Wohnung sucht ...«

»Ich weiß, wie das ist, ja. Um so mehr Grund, würde ich annehmen, sich bei dem Menschen zu melden, den man liebt, um sich trösten oder aufmuntern zu lassen. So würde es mir jedenfalls gehen.«

Am liebsten hätte Mack ihr gesagt, dass er sich in den letzten Tagen mindestens hundertmal hatte zwingen müssen, nicht zum Hörer zu greifen und sie anzurufen. Aber er hatte nicht über Belanglosigkeiten reden wollen, als ob es seinen One-Night-Stand nicht gegeben hätte. Es war einfacher gewesen, die Schwierigkeit zu umgehen, indem er sich nicht meldete.

»Es tut mir Leid, Eliza.«

Es herrschte Schweigen in der Überseeleitung.

»Eliza? Ist alles in Ordnung, mein Schatz?«

»Nein. Ist es nicht.« Ihre Stimme brach. »Ich begreife nicht, wieso du nicht angerufen hast, und zudem befürchtet der Sicherheitschef, dass ein paar Spinner ein krankhaftes Interesse an mir haben könnten. Und nach dem Alptraum mit Mrs. Twomey mache ich mir da natürlich automatisch Sorgen wegen Janie.«

»Was meinst du damit, ein paar Spinner?«, fragte er scharf.

Eliza schilderte die Besprechung mit Joe Connelly in Yelenas Büro.

Mack gab sich alle Mühe, ganz ruhig zu klingen. »Versuch, dir keine allzu großen Sorgen zu machen, mein

Herzblatt. Ich bin sicher, dass Joe Connelly die Sache im Griff hat. Er ist an so was gewöhnt.«

Eliza hätte sich eine andere Reaktion von ihm gewünscht. Sie hatte gehofft, Mack würde erklären, er würde sofort in das nächste Flugzeug nach New York steigen. Natürlich hätte sie das nie zugelassen. Sie war eine erwachsene Frau und bislang war ja noch nichts Schlimmes passiert. Aber sie hätte sich gewünscht, dass er es ihr anbot.

So viel zu ihrem Ritter in schimmernder Rüstung.

53

Nachdem er hastig auf die Fernbedienung gedrückt und den Fernseher ausgestellt hatte, griff Jerry Walinski nach dem Telefon, das auf seinem Nachttisch stand, und wählte die Nummer, die er auswendig konnte.

»Guten Abend – KEY.«

»Eliza Blakes Büro, bitte.«

»Sie sind schon weg, Sir. Aber ich kann Sie durchstellen und Sie können eine Nachricht hinterlassen.«

»Gut. Danke.«

Den ganzen Abend hatte er über diesen Anruf nachgedacht. Er wusste, dass Eliza so spät nicht mehr im Sender sein würde, und eigentlich wollte er auch gar nicht, dass sie den Hörer abnahm. Die Vorstellung, direkt mit ihr zu sprechen, machte ihn nervös. Was hatte er sich nur dabei gedacht, am Freitag direkt nach der Sendung anzurufen? Lori war über das lange Wochenende weggefahren und ohne die gewohnte Massage hatte er sich einfach nicht beherrschen können.

Was, wenn er Eliza tatsächlich erreicht hätte? Er war

noch nicht bereit, direkt mit ihr zu sprechen. Besser, er hinterließ eine Nachricht und ließ sie darüber nachdenken. Sollte sie sich nach ihm sehnen, wie er sich nach ihr sehnte.

Jerry lauschte auf das Klingeln in Elizas Büro, streckte die Hand aus und streichelte Drakes schwarze Schnauze. Der Schäferhund hatte den Kopf auf das Bett seines Herrchens gelegt. Der Hund legte die Ohren zurück, während er der Stimme seines Herrn lauschte.

»Ich komme nach New York, sobald ich kann, Eliza«, sagte Jerry mit der rauchigsten Stimme, die er zuwege bringen konnte. »Ich will dich und ich weiß, dass du mich auch wollen wirst. Ich habe jetzt lange genug von dir geträumt. Bald ist es so weit. Wir werden für immer zusammen sein, Liebling, das verspreche ich. Denn wenn ich dich nicht haben kann, soll dich keiner haben.«

Drake bellte aufgeregt, als Jerry auflegte und den Speichel abwischte, der ihm aus den Mundwinkeln rann.

54

DER ERSTE SCHULTAG brach an, klar und sonnig. Die drei Erwachsenen in der Backsteinvilla in der Saddle Ridge Road waren lange vor der kleinen Vorschülerin aufgestanden. KayKay lief geschäftig in der Küche herum und packte Brezeln und eine Packung Saft für die Pause ein. Eliza duschte, zog sich schnell an und suchte nach ihrer Kamera, um den ersten Vorschultag festzuhalten. Poppie fuhr Brötchen holen und erklärte bei seiner Rückkehr, der neu überholte Wagen laufe wie eine Eins.

Eliza ging in Janies Zimmer, um sie zu wecken. Sie beugte sich herab und küsste ihre Tochter auf die weiche

Stirn. Langsam schlug das Kind die großen blauen Augen auf und blickte Eliza schläfrig an.

»Zeit zum Aufstehen, Mäuschen. Wir müssen dich für die Schule fertig machen.«

Janie sagte nichts, aber sie setzte sich abrupt auf, schlang die Arme um den Hals ihrer Mutter und klammerte sich an sie.

»Was ist denn los, mein Engel?«

»Ich hab Angst, Mama.«

»Es ist ganz natürlich, dass du ein bisschen ängstlich bist, Janie«, sagte Eliza sanft und strich dem kleinen Mädchen über das duftende Haar. »Es ist aufregend, wenn etwas Neues anfängt, aber es kann einem auch Angst machen. Aber es wird dir in der Vorschule gefallen, das weiß ich. Die Lehrerin ist bestimmt sehr nett und ein Kind kennst du ja schon. James ist auch in deiner Klasse.«

»Woher weißt du, dass die Lehrerin nett ist?«

»Vorschullehrerinnen sind immer nett. Das gehört zu ihrem Beruf. Und wenn sie nicht nett sind, werden sie gefeuert«, erklärte Eliza, um ihre kleine Tochter zu beruhigen.

Janie zog sich zurück und sah ihre Mutter mit großen Augen an. »Sie werden verbrannt?«

»Nein, mein Engel.« Eliza versuchte, nicht zu lachen. »Das sagt man nur so. Wenn man gefeuert wird, heißt das, dass man irgendwo nicht mehr arbeiten darf. Aber jetzt komm, KayKay hat das Frühstück fertig.«

Aber Janie rührte die Rühreier kaum an und biss nur ein- oder zweimal von ihrem gebutterten Bagel ab. Ihre Großmutter schnitt noch einen Bagel auf und verstaute ihn ebenfalls in der Frühstücksdose, während Eliza mit Janie nach oben ging, um sie anzuziehen. Eine Viertelstunde später, das Gesicht gewaschen, die Zähne geputzt, die Haare gekämmt, stand Janie geduldig in einem gebügelten Denim-Trägerkleid und ihren neuen Schuhen auf der obersten Treppenstufe und ließ sich fotografieren – erst allein, dann mit ihrer Mutter, dann mit ihren Großeltern.

Eliza spähte durch den Sucher und dachte an John. Sie wünschte, er wäre hier, um den ersten Schultag ihres gemeinsamen Kindes mitzuerleben. Sie wünschte, er könnte den Arm um Janie legen und sich an ihrem großen Tag mit ihr fotografieren lassen. Wie sehr er dieses kleine Mädchen geliebt haben würde! Schrecklich, wie er darum betrogen worden war, sein Kind kennen zu lernen. Und Janie, die das Lächeln ihres Vaters geerbt hatte, würde nie die Liebe erfahren, mit der ihr Papa sie überschüttet hätte.

Seit Johns Tod waren jetzt fünf Jahre vergangen und Eliza war stolz darauf, dass sie seinen Verlust überlebt hatte, dass sie ihr gemeinsames Baby ohne ihn ausgetragen und aufgezogen hatte. Der unerträgliche Schmerz hatte im Laufe der Jahre nachgelassen, aber manchmal, zu Zeiten wie diesen, in wichtigen Momenten des Lebens, die danach schrien, gemeinsam erlebt zu werden, kam die Trauer wieder hoch.

Ganz langsam hatte sie sich erlaubt, wieder an die Liebe zu glauben, hatte gedacht, dass sie und Mack ein gemeinsames Leben führen könnten. Vielleicht war es noch nicht vorbei, aber irgendwas stimmte eindeutig nicht.

»Mama?«

Janies besorgtes Gesichtchen spiegelte den Ausdruck auf dem Gesicht ihrer Mutter wider.

Reiß dich zusammen!

»Komm, Mäuschen.« Eliza lächelte fröhlich. »Du musst zur Schule und ich muss zur Arbeit.«

*

Auf der Fahrt in die Stadt rief Eliza in Rhode Island an.

»Hallo, Mutter. Ich bin's.«

»Hallo, Liebes. Wie läuft's denn so?«

»Ich habe Janie gerade zur Schule gebracht. Es ist ihr erster Schultag.«

»Wie geht es ihr?«

»Sie hat ein bisschen Angst, hält sich aber tapfer.«

»Das ist mein Mädchen. Unglaublich, dass sie schon in die Schule geht. Es kommt mir wie gestern vor, dass sie geboren wurde.«

»Ich weiß.«

»Mit dem Haus alles in Ordnung?«

»Wir richten uns allmählich ein. Es wird allerdings eine Weile dauern, bis alles so ist, wie ich es haben will.«

»Und wie läuft's bei der Arbeit?«

»Ganz gut.« Eliza überlegte, ob sie die Anrufe und die Drohbriefe erwähnen sollte, beschloss dann aber, ihrer Mutter nichts davon zu erzählen. Als Lösung hätte sie Eliza doch nur vorgeschlagen, ihren Job zu kündigen. Immer wenn Eliza länger arbeiten musste oder eine potentiell gefährliche Story machte, kanzelte ihre Mutter sie ab und wollte, dass sie aus dem Nachrichtengeschäft ausstieg. Aber sie genoss es, von ihren Freundinnen zu hören, dass sie ihre Tochter im Fernsehen gesehen hätten. Wenn ihre Mutter wüsste, dass Eliza bedroht wurde, würde sie Anfälle kriegen.

»Hast du was von Mack gehört? Wie geht es ihm?«

»Ganz gut, Mutter. So weit ganz gut«, log sie.

»Er hat mir gefallen, als du ihn im Sommer mal mitgebracht hast, Eliza. Er ist ein netter Junge.«

»Mutter, er ist kein Junge. Er ist ein Mann.« Eliza wollte das Gespräch jetzt beenden. »Ich schicke euch die Fotos von Janie, sobald sie fertig sind.«

»Das wäre schön, Liebes.«

»Ist Vater da?«

»Nein, er ist auf dem Golfplatz. Er findet die Schläger fantastisch, die du ihm geschenkt hast.«

»Gut. Grüß ihn von mir.«

»Mach ich, Liebes.«

»Bis dann, Mutter.«

Eliza wurde klar, dass sie auf ein wenig mütterlichen Beistand gehofft hatte. Sie lernte es doch nie. Es war besser, sich selbst zu trösten.

Ihre Beziehung zu ihren Eltern war ziemlich problematisch und sie hatte viele Therapiestunden gebraucht, um sie aufzuarbeiten. Im Endeffekt lief es darauf hinaus: Ihre Eltern hatten ihr Bestes getan, aber sie hatten mit ihren eigenen Problemen zu kämpfen gehabt. In gewisser Weise hatte sie von dem Chaos ihrer Kindheit sogar profitiert, war ihr klar geworden. Die psychische Krankheit ihrer Mutter, die periodisch auftrat, und die Wut und Frustration ihres Vaters darüber hatten Eliza angespornt, gut in der Schule zu sein und ganz allgemein zu versuchen, ihnen nicht noch mehr Grund zur Sorge zu geben. Ein Muster, das bis heute anhielt.

Sie war eine der führenden Medienfrauen der USA geworden. Sie saß auf dem Rücksitz einer Limousine mit Chauffeur. Millionen kannten ihr Gesicht.

55

IM BOWATER-BUILDING in der Londoner Knightsbridge Road zog sich der Vormittag in die Länge. Mack wartete darauf, dass es Nachmittag wurde, damit er Joe Connelly in New York anrufen konnte. Er wollte selbst hören, was der Sicherheitschef unternahm, um Elizas Sicherheit zu gewährleisten.

Als Mack gerade zum Mittagessen gehen wollte, rief Marcy McGinnis den Auslandskorrespondenten in ihr Büro.

»Die Dauerkrise im Nahen Osten eskaliert wieder, Mack. Wir wollen, dass Sie nach Tel Aviv fliegen.«

»Wann?«

»Sofort. Sie gehen besser nach Hause und packen.«

Mack war zu berufserfahren, um die Leiterin des KEY-Studios London zu fragen, wie lange er wegbleiben würde. Wer wusste schon, wie sich die Dinge in diesem chaotischen Teil der Welt entwickeln würden? Wenn sich alles wieder beruhigt hatte und die regulären Korrespondenten vor Ort die Berichterstattung übernehmen konnten, würde er vielleicht in wenigen Tagen nach London zurückkehren können. Aber wenn es zu einer Eskalation der Gewalt kam, konnte es Wochen dauern oder noch länger.

Als er sich umdrehte, um das Büro zu verlassen, fragte er sich, was Marcy wohl davon hielt, dass er mit ihrer Redaktionsassistentin geschlafen hatte. Zweifellos billigte sie es nicht, aber sie war seit vielen Jahren bei KEY und hatte so etwas bestimmt schon öfters erlebt. Sie nahm gerade einen Anruf aus New York entgegen, von Yelena Gregory, und Mack war sicher, dass seine Indiskretion jetzt das Letzte war, was sie interessierte. Die Lage in Nahost war ein nicht enden wollender Alptraum und Marcy musste ihre Nachrichtentruppen zuweilen an Standorte schicken, wo ihr Leben in Gefahr war.

Mack könnte durchaus in ein Scharmützel zwischen Palästinensern und Israelis geraten. Na, das wäre vielleicht sogar eine Erleichterung. Wenn man anfing, so zu denken, wusste man, dass es schlecht um einen stand.

Er ging in sein Zimmer im Mandarin Oriental, packte seine Sachen und faltete die kugelsichere Weste im Safari-Stil zusammen, die er sich noch schnell im Studio geschnappt hatte. Nach einem Blick auf die Uhr tätigte er einen letzten Anruf.

56

Die gute Nachricht war, dass es einen neuen Anruf gegeben hatte, den man zurückverfolgen konnte.

Die schlechte Nachricht war, dass es einen neuen Anruf gegeben hatte.

Connelly hörte sich an, was der Mann gestern Abend auf Band gesprochen hatte. Paige hatte ihm den Anruf überspielt.

»... wenn ich dich nicht haben kann, soll dich keiner haben.«

Er machte einen Mitschnitt und aktualisierte seine Datenbank.

Wer war der Mann und wo war er? Diese Fragen hatte Mack McBride ihm gerade gestellt und Connelly selbst fragte sich das ebenfalls.

Er versuchte, sich vorzustellen, was der Anrufer als Nächstes unternehmen könnte. Connelly hoffte, dass er sich weiterhin auf Anrufe beschränken würde. Es wäre furchtbar, wenn dieser Irre persönlich in den Sender käme.

Trotz der Ausweise, die gescannt wurden, bevor jemand das Gebäude betreten konnte, und trotz der Wachleute an den Eingängen war es leider so, dass ein wirklich entschlossener Mensch durchaus ins Gebäude gelangen konnte – durch eine einfache List. Das System hatte

Schwachstellen. Ein angeblicher Bote eines Chinarestaurant-Lieferservices, ein Handwerker mit einem befristeten Ausweis, jemand, der sich einfach unter eine große Besuchergruppe mischte ... Es gab zahllose Möglichkeiten.

Und das war Connellys schlimmster Alptraum. Denn sobald ein Mensch drinnen war, konnte er ungehindert durch das Gebäude streifen – auch mit einer versteckten Waffe.

57

Sie wollte es Eliza nicht vor der Sendung sagen, besonders, da heute der erste Film der neuen Reihe NACHGEFRAGT ausgestrahlt wurde. Eigentlich wollte sie es ihr überhaupt nicht sagen.

Doris trug Eyeliner und Mascara auf, lauschte Elizas Bericht darüber, wie sie Janie heute Morgen zur Schule gebracht hatte, und gab an den angemessenen Stellen interessierte Kommentare ab. Es fiel ihr nicht schwer, da sie die Kleine sehr gern hatte.

»Du hast natürlich schon mit ihr telefoniert.«

Eliza lächelte, mit geschlossenen Augen, da Doris gerade Lidschatten auftrug.

»Mmm. Kaum zu glauben, dass es dasselbe Kind war, das sich noch vor ein paar Stunden an mich geklammert hat. Sie war aufgeregt und fröhlich und fand, Mrs. Prescott, ihre Lehrerin, sei sehr nett.«

»Gott sei Dank.«

»Das kannst du laut sagen. Wirklich eine Erleichterung! Mir ist ein Stein vom Herzen gefallen.«

Dafür kommt gleich die nächste Last, dachte Doris. Aber sie brachte es einfach nicht fertig, Eliza schon jetzt zu erzählen, was sie von der Moderatorin des Gesundheits-Magazins gehört hatte, die heute Nachmittag bei ihr in der Maske gesessen hatte.

Klatsch verbreitete sich wirklich so schnell wie eine Virusgrippe.

Eliza sah strahlend schön aus, als Doris ihre Schminktiegel und Pinsel wie immer kunstvoll zum Einsatz gebracht hatte. Sie folgte ihr ins Studio und sah zu, wie die Moderatorin ihren Platz einnahm. Doris stellte sich an ihren gewohnten Platz an der Seite des Sets, bereit, in den Werbepausen Elizas Nase oder Stirn leicht nachzupudern, wenn die Haut in dem grellen Scheinwerferlicht zu glänzen begann.

Die Sendung lief glatt. Das erste Thema betraf die neuesten Entwicklungen im Nahen Osten, dann folgten Berichte über den Präsidentschaftskandidaten der Republikaner und den der Demokraten und zum Schluss lief Elizas *NACHGEFRAGT*-Film. Doris, die ihn auf dem Monitor verfolgte, war ausnahmsweise froh, dass sie keine Kinder hatte. Sie wäre bestimmt ein nervöses Wrack, bei den vielen Verrückten, die da draußen herumliefen.

Nach der Sendung wartete Doris vor dem »Goldfischglas«, während Eliza mit Range und den anderen Manöverkritik abhielt. Die fröhlichen Mienen hinter der Glaswand sprachen dafür, dass alle zufrieden waren, und Doris wünschte sich mehr denn je, sie müsste nicht diejenige sein, die Eliza an ihrem großen Tag einen Kübel Eiswasser über den Kopf schüttete. Aber es war besser, wenn Eliza Macks Seitenspung von einer Freundin erfuhr, nicht von anderen Leuten, die Mitgefühl und Besorgnis heucheln würden, während sie sich innerlich an ihrer Reaktion weideten.

Zehn Minuten später, im Büro der Anchorfrau, wo sie

keiner störte, erzählte Doris ihr die schäbige Geschichte, während sie das dicke Fernseh-Make-up von Elizas schockiertem Gesicht entfernte.

58

Auf dem Weg von der Arbeit machte Abigail einen Abstecher ins Victoria's Secret. Zielstrebig steuerte sie auf die Rückseite des Ladens zu, denn sie wusste genau, was sie wollte. Sie suchte sich fünf von den soliden schwarzen Baumwollunterhosen heraus, die sie immer hier kaufte.

Dann war Zeit zum Träumen.

Abigal schlenderte durch den Laden und blieb stehen, um liebkosend über einen tief ausgeschnittenen fliederfarbenen Spitzenbody zu streichen. Anerkennend fuhr sie mit ihren Fingern über Satin-Boxershirts mit Zebramuster. Sie hielt ein sexy Hemdchen mit sich überkreuzenden Bändchen im Rückenteil hoch und malte sich aus, wie Eliza darin wohl aussehen würde.

Eine Frau konnte doch wohl noch träumen, oder?

Das Problem war nur, die Wünsche zur Wirklichkeit werden zu lassen.

Einem Impuls folgend, brachte Abigail das Seidensatin-Camisole zur Kasse und legte es vorsichtig neben die Baumwollunterhosen auf den Tresen. Die Verkäuferin wickelte sie in pinkfarbenes Seidenpapier und wollte dasselbe mit dem Hemdchen tun.

»Könnten Sie das bitte in eine Schachtel packen?«, fragte Abigail. »Es soll ein Geschenk sein.«

In ihrer Wohnung packte sie das Seiden-Camisole vorsichtig aus. Sie war sicher, dass Eliza so etwas tragen würde. Sie dachte an ihre Einkaufsbummel mit Linda Anderson zurück. Linda hatte diese femininen Dessous geliebt, während Abigail sich stets nüchterne Baumwollwäsche und Flannellpyjamas gekauft hatte.

Eliza erinnerte sie so sehr an Linda Anderson.

59

PAIGE BRACH BEINAHE IN Tränen aus, als sie den Brief von Samuel Morton las, der mit der Morgenpost gekommen war. Sie zögerte, bevor sie ihn Eliza brachte, denn die Augen ihrer Chefin waren rot vom Weinen gewesen, und sie hatte – ungewöhnlich für sie – die Tür hinter sich geschlossen, als sie vor einer Stunde in ihr Büro gegangen war.

Irgendwas war passiert und es konnte nichts Positives gewesen sein.

Zögernd klopfte sie an Elizas Tür.

»Kommen Sie herein, Paige.«

Eliza saß mit dem Rücken zur Tür und starrte ins geschäftige Nachrichtenstudio hinunter.

»Ich dachte, Sie würden diesen Brief von Sarahs Vater gern sehen wollen.« Paige reichte ihr das Blatt.

»Sarah?« Eliza wirkte verwirrt.

»Sarah Morton.«

»Oh, natürlich. Entschuldigen Sie, Paige. Ich bin heute nicht ganz da.«

Sie nahm den Brief und begann zu lesen. Paige verließ den Raum. Langsam nahm Eliza Samuel Mortons gramerfüllte Worte in sich auf – Worte, aus der tiefsten Trauer heraus geschrieben, die vorstellbar war. Diesem Mann ging es eindeutig noch schlechter als ihr.

Denn was auch immer geschehen sein mochte, was

auch immer aus ihrer Fernsehkarriere werden würde und wie enttäuschend ihr Liebesleben auch war, wie groß Macks Verrat, sie hatte immer noch Janie.

Samuel Morton hatte sein Kind verloren.

Wie sollte er bloß weiterleben?

So lange sie Janie hatte, konnte sie weitermachen, das wusste Eliza. Sie musste.

60

»HIMMEL, MS. BLAKE, ich würde Ihnen ja gern den Gefallen tun, wirklich. Aber wir können frühestens übernächste Woche kommen.«

Eliza hatte vergeblich versucht, die Firma zu bewegen, ihre Alarmanlage früher zu installieren, aber sie waren schon im Rückstand, es gab einen Auftragsüberhang und Eliza würde warten müssen, bis sie an der Reihe war.

Als sie das Haus kaufte, hatte sie gewusst, dass es keine Alarmanlage gab, aber es hatte sie nicht sonderlich gestört. Es war eben eines der Dinge, die sie irgendwann würde erledigen müssen, ohne besondere Dringlichkeit. Die Schlösser musste sie auch austauschen lassen.

Aber die Drohbriefe und die Anrufe hatten sie zutiefst verunsichert, ihre gewohnte Zuversicht erschüttert. Nach Macks Verrat fühlte sie sich verletzt und verwundbar. Und der schreckliche Verlust, den Samuel Morton erlitten hatte, zeigte nur zu deutlich, wie unumgänglich es war, alle notwendigen Maßnahmen für die Sicherheit ihres Kindes zu ergreifen.

»Gut. Übernächsten Montag also«, stimmte sie widerstrebend zu und trug das Datum in ihren Kalender ein.

61

Eliza war erleichtert, als endlich das Wochenende kam. Am Samstag schlief sie länger als sonst und erwachte, als Janie ihr einen sanften Kuss auf die Wange drückte.

»Morgen, mein Schatz«, lächelte sie und hob einladend die Decke hoch.

Janie kletterte zu ihr ins Bett und Mutter und Tochter kuschelten sich aneinander.

»Was machen wir heute, Mama?«

»Ach, ich dachte, wir schauen mal nach einem neuen Auto. KayKay und Poppie kehren bald in ihre eigene Wohnung zurück und wir brauchen einen eigenen Wagen. Zudem kommt Mrs. Garcia bald und sie wird ebenfalls einen Wagen brauchen.«

Janie spielte mit einer von Elizas Haarsträhnen und wickelte sie um ihren kleinen Finger. »Ich will keine Mrs. Garcia. Ich will KayKay und Poppie.«

»Die wirst du doch immer noch haben, Mäuschen. Wir werden sie sehr oft sehen. Sie werden nur nicht mehr jeden Tag hier sein. Mrs. Garcia wird sich um dich kümmern. Sie ist sehr nett. Du wirst sie bestimmt mögen.«

»Ich mag Mrs. Twomey.«

Eliza bemühte sich angestrengt, keine Miene zu verziehen, da das Kind ihr direkt ins Gesicht spähte.

»Ich mochte Mrs. Twomey auch, Janie. Aber sie ist krank und kann sich nicht mehr um dich kümmern.«

»Aber ich dachte, Mrs. Twomey hat mich lieb.«

»Das hatte sie auch, mein Schatz.«

»Aber sie ruft nie an oder schickt eine Karte.« Das Gesicht des Kindes spiegelte seine Verwirrung und Verletztheit wider.

Eliza strich ihr liebevoll das weiche braune Haar aus

der Stirn. »Das kann sie nicht, Janie. Sie hat Probleme, die sie bewältigen muss, und darauf muss sie sich konzentrieren.«

»Werde ich sie je wieder sehen?«

Das hoffe ich doch nicht. Bitte, lieber Gott. Das hätte ihnen gerade noch gefehlt.

»Komm, stehen wir auf und ziehen uns an«, meinte sie, um ihre Tochter abzulenken. »Was möchtest du zum Frühstück?«

»Pfannkuchen!«

»Prima Idee. Frag KayKay und Poppie, ob sie mitkommen wollen.«

Janie hopste aus dem Bett und eilte über den Flur, während Eliza ins Badezimmer ging, um zu duschen. Zwanzig Minuten später, ungeschminkt, in Jeans, einem roten T-Shirt und weichen Mokassins, steckte sie gerade Brieftasche und Scheckbuch in eine legere Schultertasche, als es klingelte.

Larson Richards stand in der Tür, einen winzigen goldgelben Welpen im Arm. Sobald Eliza ihn erblickte, verübelte sie ihm, was er vorhatte. Denn was das war, konnte sie sich denken. *Wie konnte der Mann es wagen*?

Und wie konnte sie es ihrer kleinen Tochter abschlagen, die aufgeregt auf und ab hüpfte und den weichen, kleinen Labrador in die Arme nahm?

62

Am frühen Sonntagmorgen stand ein blitzblanker weißer Volvo-Kombiwagen in der Auffahrt und Janie tollte entzückt mit dem Hundewelpen auf dem tauigen Gras des Vorgartens herum. Eliza hatte in der Nacht dreimal aufstehen müssen, um das wimmernde Hundebaby zu trösten, das letzte Mal um fünf Uhr morgens. Um sechs war Janie aufgestanden und wollte spielen. In den folgenden Stunden hatte Eliza das Kind wiederholt daran hindern müssen, zu den Feeneys herüberzurennen, um James ihren knuddeligen kleinen Hund zu zeigen, den sie Daisy getauft hatte.

Um zehn trat James mit seiner Mutter aus dem Haus.

»Gott sei Dank«, rief Eliza und winkte die beiden herüber. »Wir haben schon gewartet. Ich weiß nicht, wie lange ich Janie noch hätte zurückhalten können.«

»Sie sind aber mutig«, bemerkte Susan leise, während die beiden Mütter zusahen, wie die Kinder den Hund streichelten.

Eliza seufzte müde. »Ich könnte diesen Larson Richards umbringen. Er ist einfach vorbeigekommen und hat Janie einen Hund geschenkt.«

»Sie machen Witze.«

»Nein. Es war nicht geplant, darauf können Sie Gift nehmen. Morgen fängt unsere neue Haushälterin an. Die wird vielleicht begeistert sein! Jetzt wird auch Sauberkeitstraining für einen Welpen zu ihren Pflichten gehören.«

Susan schüttelte den Kopf. »Der hat vielleicht Nerven. Ihnen einen Hund zu bringen, ohne Sie vorher zu fragen.«

Da sie nicht wusste, wie Susan zu Larson stand, zögerte Eliza, offen zu sagen, was sie von dem Mann hielt. »Vielleicht wollte er nur nett sein.«

Susan verzog die Mundwinkel. »Bestimmt nicht. Larson hat immer Hintergedanken. In diesem Fall würde ich wetten, dass er sich bei Ihnen anbiedern wollte.«

»Na, erreicht hat er das Gegenteil.«

Janie hatte den kleinen Hund aufgehoben und ging mit

James in den Garten. »Wir nehmen Daisy mit hoch ins Baumhaus, Mama«, rief sie über die Schulter zurück.

»Gut, aber seid vorsichtig und passt auf den Hund auf. Lasst ihn nicht fallen.« Eliza drehte sich wieder zu Susan um. »Was wollen Sie damit andeuten? Wieso Hintergedanken?«

Susan wirkte ein wenig verlegen. »Vielleicht sollte ich das gar nicht sagen, aber als wir hierher gezogen sind und die Richards so freundlich zu uns waren, hat Larson meinem Mann eine angeblich erstklassige Kapitalanlage angepriesen. Er hatte alle kleinen Pizzerias hier in der Gegend aufgekauft und wollte die so entstandene Kette an einen Konzern verkaufen. Das sei ein Riesengeschäft und wir würden unser Kapital in einem Jahr mindestens verdoppeln, hat er uns versprochen. Nun, das ist jetzt drei Jahre her, und Larson ist schon ein dutzend Mal zu uns gekommen, damit wir noch mehr Geld investieren. Anfangs waren wir blöd genug, das zu tun. Aber obwohl wir die Richards sehr gern hatten, waren wir später nicht mehr bereit, ihrem Sohn noch einen einzigen Cent nachzuschmeißen.«

»Ich frage mich, ob er mich ebenfalls anhauen wird«, sagte Eliza.

»Darauf können Sie wetten. Aber hören Sie auf meinen Rat, tun Sie es nicht, so überzeugend Larson auch auftreten mag. Am Schluss wollten ihm selbst seine Eltern nichts mehr geben.«

63

ELIZA STELLTE GERADE Familienfotos in Silberrahmen auf dem runden Henredon-Tisch im Wohnzimmer auf, als das Telefon klingelte. Vor einer Woche wäre sie entzückt gewesen, an einem ruhigen Sonntagnachmittag Macks Stimme aus Übersee zu hören. Heute war ihr Ton eisig, als sie seinen Anruf entgegennahm.

»Wie läuft's da drüben?«, fragte sie mechanisch.

»Die Lage hat sich wieder beruhigt. Aber man hat immer das Gefühl, das Pulverfass könnte jeden Moment hochgehen.«

»Sei vorsichtig.«

Mack fand, dass ihre Stimme distanziert klang, desinteressiert, zurückhaltend. Sie war also im Bilde.

»Irgendwas Neues wegen der Drohbriefe?«

»Die Sicherheitsabteilung hat die Sache im Griff«, erwiderte sie kurz.

»Ich will nicht, dass dir etwas zustößt, Eliza. Du bedeutest mir so viel.«

»Klar, Mack. Ich bedeute dir so viel. Gib dir keine Mühe, lass die Farce. Ich weiß Bescheid über dein kleines Abenteuer.«

Was sollte er darauf antworten? Vor diesem Gespräch hatte er sich gefürchtet. Er wappnete sich und machte weiter.

»Ich wollte es dir sagen, Eliza. Ich wollte es dir selbst sagen. Du solltest es nicht von jemand anderem erfahren.«

»Nun, ich habe es erfahren. Tolles Gefühl, das kann ich dir sagen. Besonders, da so viele der Leute, mit denen ich zusammenarbeite, ebenfalls Bescheid wissen. Besten Dank.«

»Es tut mir Leid, Eliza. Es tut mir Leid. Ich wollte dich nicht verletzen.«

»Wie nett von dir. Jetzt fühle ich mich schon viel besser.«

Das Schweigen in der Leitung, das darauf folgte, hatte nichts mit der Zeitverzögerung bei einem Ferngespräch zu tun.

»Ich nehme an, es klingt ziemlich lahm, wenn ich dir versichere, dass es nichts zu bedeuten hatte. Ich war betrunken und deprimiert und es ist einfach passiert.«

»Erspar mir die Details, Mack. Bitte.«

»Hör zu, Liebling, wir können das nicht am Telefon klären. Ich muss dich sehen. Wir müssen uns aussprechen. Ich habe Mist gebaut, aber uns verbindet doch so viel. Wir können doch nicht zulassen, dass ein dämlicher Ausrutscher alles kaputtmacht.«

»Erstens, nenn mich nicht Liebling. Zweitens, das war wohl ein bisschen mehr als ein dämlicher Ausrutscher. Und drittens sieht es nicht so aus, als würden wir irgendwann in näherer Zukunft Gelegenheit haben, uns persönlich auszusprechen. Und um die Wahrheit zu sagen, Mack, ist mir das ganz recht.«

Damit legte sie auf und zwang sich, nicht zu weinen.

64

AUGIE WAR PUNKT SECHS in seiner Tankstelle. Er hatte sich heute Morgen ohne größere Schwierigkeit aus dem Haus gestohlen, indem er lange vor Helene aufgestanden war. Das war nicht sonderlich schwer. Seine Frau würde ausschlafen und dann ihr hartes Tagesprogramm beginnen: in den Fitness-Club gehen, mit Freundinnen essen, bummeln und sich die Nägel maniküren lassen. Wenn er heute Abend nach Hause kam, würde sie klagen, wie müde sie war, zu müde zum Kochen. Sie würden essen gehen oder sich etwas bestellen müssen.

Warum nur war er bei Helene hängen geblieben? Aber er wusste die Antwort. Er dachte an das lange blonde Haar, die engen Pullover, die viel zeigten, ihren perfekten

Hintern in den Designer-Jeans. Es war der Sex, schlicht und einfach. Deshalb hatte er sie geheiratet.

Es läutete, als ein Wagen über den schwarzen Gummischlauch vor den Zapfsäulen fuhr. Augie zog den Reißverschluss seines engen Overalls zu, zum Schutz vor der kühlen Morgenluft, und ging hinaus, um das Auto aufzutanken. Während er nach der Zapfpistole griff, gestand er sich ein, dass er auch wusste, wieso Helene ihn geheiratet hatte.

Wegen Geld.

Er war kein Adonis, das war mal sicher. Er sah nicht gut aus und war übergewichtig. Er hatte nicht gerade einen Traumberuf und war keine Intelligenzbestie. Obwohl das Helene bestimmt egal war. Sie war nicht eben die Hellste.

Augie zog die Kreditkarte durch den Kartenableser und gab sie dem Kunden durch das geöffnete Wagenfenster zurück.

Okay, dachte er. Sie hatten einen Handel abgeschlossen. Das war bei vielen Ehen so. Er hatte seine Seite der Vereinbarung eingehalten. Sie hatten ein verdammt großes Haus, das voll von protzigem Firlefanz war, den Helene ausgesucht hatte. Bevor Augie angefangen hatte, Häuser auszurauben, war ihm gar nicht klar gewesen, wie geschmacklos das Zeug war. Es war schon witzig, aber in gewisser Weise hatte er durch das Einbrechen viel gelernt. Er hatte die Antiquitäten und Kunstwerke in den Villen der Nobelviertel gesehen, in denen seine Kunden wohnten.

Augie war bereit, damit zu leben, solange Helene ihre Seite der Vereinbarung einhielt. Er wollte verdammt sein, wenn er zuließ, dass sie sich ihm verweigerte. Aber genau das hatte sie in den letzten Monaten getan.

Sie hatte immer eine Ausrede parat. Sie hatte Kopfschmerzen oder sie war zu müde. Er war nie zu Hause und sie fühlte sich einsam und vernachlässigt. Natürlich gab es immer irgendwas, das sie wollte: neue Ohrringe, eine neue Lederjacke oder ein paar Tage auf einer Schönheitsfarm mit ihren Freundinnen. Immer wenn Augie etwas springen ließ, ließ sie ihn ran.

Aber im Moment war er ziemlich knapp. Er konnte ihr einfach nicht alles kaufen, was sie haben wollte. Und er wagte nicht, ihr etwas von dem gestohlenen Schmuck zu geben. Jemand könnte die Sachen wieder erkennen, wenn Helene damit in der Stadt herumspazierte. Und wenn Augie die Beute aus seinen Raubzügen verhökerte, war klar, wo das Geld hinging.

Er steckte bis zu den Ohren in dem Pizzeriageschäft von diesem gottverdammten Larson Richards drin. Mittlerweile hatte er so viel Geld investiert, dass er jedes Mal, wenn Larson mit neuen Versprechungen auftauchte – jetzt hätten sie es fast geschafft, oder er bräuchte nur noch »ein bisschen mehr«, um das Geschäft unter Dach und Fach zu bringen –, wieder etwas dazubutterte. Wenn aus dem Geschäft nichts wurde, hatte Augie alles verloren.

Warum hatte er sich überhaupt von dem Kerl überreden lassen?

Auch die Antwort auf diese Frage kannte er. Gier. Gier und Unsicherheit. Als Larson Richards mit seinem großen schwarzen Mercedes für 80 000 Dollar, seinem teuren Anzug und den italienischen Schuhen auf die Tankstelle gebraust kam, war Augie geschmeichelt gewesen, weil er ausgerechnet an ihn herangetreten war. Wenn die Leute einen in Arbeitskluft sahen, mit Motoröl unter den Fingernägeln, scharwenzelten sie meistens nicht gerade um einen herum.

Larson hatte ihn eingewickelt, indem er Augie wie einen Gleichgestellten behandelt hatte. Und Augie war darauf hereingefallen.

65

WENN MRS. GARCIA bestürzt war, als sie den Hundewelpen und das auf dem Boden ausgebreitete Zeitungspapier sah, so machte sie jedenfalls gute Miene zum bösen Spiel und ließ es sich nicht anmerken. Sie kniete sich sofort hin, um das Hündchen zu streicheln, während Janie, noch im Schlafanzug, in der Tür stehen blieb und alles beobachtete. KayKay und Paul waren am Abend zuvor nach Manhattan zurückgekehrt und ihre Enkelin hatte sich weinend an ihnen festgeklammert.

»Es tut mir Leid, Mrs. Garcia. Bei unserem Einstellungsgespräch wusste ich noch nicht, dass wir Daisy haben würden«, entschuldigte sich Eliza.

»Schon in Ordnung, Señora. Ich mag Hunde. Was für ein süßer kleiner Kerl!« Sie streckte Daisy einen Finger entgegen und Daisy leckte ihn mit ihrer winzigen rosa Zunge.

»Danke, dass Sie so verständnisvoll sind«, sagte Eliza. »Hoffen wir, dass es nicht allzu lange dauern wird, bis Daisy stubenrein ist.«

»Sie wird es sicher schnell lernen. Was meinst du, Janie *preciosa*?«

Janie gab keine Antwort und drückte ihren Stoffaffen an sich.

Die beiden Frauen versuchten, das Schweigen des Kindes zu ignorieren. Eliza zeigte Mrs. Garcia, wo die Autoschlüssel hingen, an dem Schlüsselbrett über dem kleinen

Einbauschränkchen in einer Ecke der Küche. »Ein Fahrer wird mich jeden Tag abholen. Das Auto steht also ganz zu Ihrer Verfügung. Sie können Janie damit überall hinkutschieren und Besorgungen machen.« Sie öffnete das Garagentor und Mrs. Garcia musterte den Kombi.

»Er sieht nagelneu aus.«

»Ist er auch. Wir haben ihn am Wochenende gekauft.« Als Eliza den leicht besorgten Gesichtsausdruck der Haushälterin sah, fügte sie hinzu: »Machen Sie sich keine Gedanken deswegen. Es ist mir egal, dass das Auto neu ist. Sie können ruhig damit fahren. Das Einzige, was mich interessiert, ist Ihre und Janies Sicherheit.«

»Natürlich, Señora.« Aber Mrs. Garcia wirkte nicht sonderlich überzeugt.

Eliza drehte sich zu ihrer Tochter um, die ihnen schweigend gefolgt war. »Janie, warum zeigst du Mrs. Garcia nicht dein Zimmer?«, schlug sie munter vor.

Das Kind wirkte nicht allzu begeistert, nickte aber ernst und stieg vor der Haushälterin die Treppe hinauf. Ganz bewusst fasste Eliza den Entschluss, ihnen nicht zu folgen. Die beiden würden sich aneinander gewöhnen müssen.

*

Beim Brainstorming mit Keith über Themen für die NACHGEFRAGT-Reihe hatte Eliza vorgeschlagen, eine Reportage über Wochenendbeziehungen zu machen. Statistiken zeigten, dass immer mehr Paare, in denen beide Partner berufstätig waren, Aufstiegsmöglichkeiten in verschiedenen Städten wahrnahmen.

Keith solle doch ein Paar ausfindig machen, das zwischen den Vereinigten Staaten und Großbritannien hin- und herpendelte, hatte Eliza vorgeschlagen – in der Hoffnung, dass die Dreharbeiten einen Trip nach London erforderlich machen würden und sie so die Chance bekäme, Mack zu sehen. Leider hatte der Redakteur genau so ein Paar bereits aufgetrieben.

Keith saß ihr mit einer aufgeschlagenen Aktenmappe auf dem Schoß gegenüber und erklärte begeistert den Aufbau, den er sich ausgedacht hatte.

»Sie war gerade zu einer führenden Position in einer Werbeagentur in der Madison Avenue aufgestiegen, als die Investmentbank, bei der er arbeitet, ihm die Chance bot, die Londoner Filiale zu leiten. Die Wochenenden verbringen sie abwechselnd in London und in New York. Sie sind bereit, sich interviewen zu lassen und wir könnten am Arbeitsplatz und in den Wohnungen drehen. Wir könnten sogar mitfliegen und die Frau filmen, wenn sie das nächste Mal nach London fliegt.«

Keith blickte Eliza mit hoffnungsvollem Lächeln an. Er hatte genau das geliefert, was sie hatte haben wollen, und erwartete, dass sie seine Begeisterung teilte.

Ihr lustloser Gesichtsausdruck verriet ihm, dass das nicht der Fall war.

»Stimmt irgendwas nicht?«

Eliza rutschte unbehaglich auf ihrem Stuhl hin und her. »Es tut mir Leid, Keith. Ich will den Film nicht mehr machen. Jedenfalls nicht die London-New-York-Version.«

Am liebsten hätte er Eliza gefragt, was diesen Sinneswandel bei ihr bewirkt hatte, aber er wagte es nicht. Wenn die Moderatorin von »KEY aktuell« einen Filmbeitrag nicht wollte oder anders wollte, wurde es eben anders gemacht. Punkt.

Er versuchte, sich weder Zorn noch Enttäuschung anmerken zu lassen. Er hatte Stunden mit den Recherchen zugebracht und jetzt wollte sie den Film nicht machen. Er fand, dass sie ihm eine Erklärung schuldig war, aber die würde Eliza ihm freiwillig geben müssen. Er konnte sie nicht einfordern.

»Verstehe«, sagte er. »Soll ich ein anderes Paar suchen?«

Eliza zuckte die Achseln. »Ja, aber versuchen Sie, innerhalb der Vereinigten Staaten zu bleiben. Ich will im Moment möglichst nicht aus New York weg. Versuchen Sie, ein Paar zu finden, das zwischen irgendwelchen Städten an der Ostküste pendelt.«

Keith nickte und machte sich eine Notiz.

»Ist mit dem Filmbeitrag für diese Woche alles klar?«, fragte Eliza.

Er reichte ihr ein Blatt Papier. »Hier ist das Manuskript. Range hat es bereits gesehen und findet es gut. Schauen Sie es sich an. Wenn Sie zufrieden sind, können wir heute Vormittag noch aufzeichnen und danach gleich den Schnitt machen.«

Keith erhob sich und wollte gehen. Als er an der Tür angelangt war, rief Eliza hinter ihm her: »Danke, Keith. Sie müssen da eine Menge Arbeit reingesteckt haben. Es tut mir Leid, dass ich alles über den Haufen geworfen habe.«

»Kein Problem. Machen Sie sich keine Gedanken.«

Erst später, als er mit zwei anderen Nachrichtenredakteuren in der Kantine saß und den neuesten Klatsch hörte, begriff er, warum die Story, an der er so hart gearbeitet hatte, abgelehnt worden war.

Mack McBride war ein Trottel.

*

Passenderweise ging es diese Woche in NACHGEFRAGT um das Thema Depression. Eliza las das Manuskript gründlich durch, das Keith ihr gegeben hatte. Er hatte gute Arbeit geleistet und es musste nichts Wesentliches geändert werden. Eliza ersetzte nur hier und da ein paar Worte, um den Text ihrem Sprechstil anzupassen.

Sie lehnte den Kopf gegen die Stuhllehne und spielte geistesabwesend mit dem Talisman, der an dem Goldarmband an ihrem linken Handgelenk baumelte. Sie überlegte, ob sie sich einen neuen Therapeuten suchen sollte. Wie sehr wünschte sie, Dr. Karas wäre noch am Leben! Er hatte sie nach Johns Tod und Janies Geburt durch ihre Depression begleitet. Dr. Karas hatte ihr über die schlimmste Zeit hinweggeholfen, damals, als sie in die Psychiatrie eingeliefert werden musste.

Eliza hatte aus dieser schmerzlichen Erfahrung gelernt und sie war entschlossen, es nicht wieder so weit kommen zu lassen. Wenn sie den Eindruck hatte, wirklich Hilfe zu brauchen, würde sie zu einem Psychiater gehen. Aber ihr graute davor, sich einen neuen Therapeuten zu suchen. Es war nicht so einfach, einen Arzt zu finden, dem man vertrauen konnte und mit dem man sich wohl fühlte. Beides zusammen war selten.

Es ist ganz normal, um eine gescheiterte Beziehung zu trauern, sagte sie sich. Dass es mit Mack zu Ende war, tat weh, es tat ganz furchtbar weh. Aber sie würde erst einmal sehen, ob sie das nicht allein durchstehen konnte. Sie führte ein erfülltes Leben und genug um die Ohren hatte sie bestimmt. Wenn sie sich auf die Arbeit und auf Janie konzentrierte, würde sie es schon schaffen.

Die Wechselsprechanlage summte.

»Ja, Paige?«

»Mr. Connelly ist auf Leitung zwei.«

»Gut. Danke.«

Sie holte tief Luft, bevor sie auf den Knopf drückte.

»Hi, Joe. Warum nur habe ich das Gefühl, dass Sie mir nichts Positives zu sagen haben?«

»Ich wünschte, es wäre etwas Positives, Eliza.«

»Was ist es denn diesmal?«

»Wieder ein Brief.«

Eliza bekam ein beengtes Gefühl in der Brust.

»Von diesem Mann?«

»Ja. Von unserem Freund Meat.«

»Na großartig. Was will er denn jetzt wieder?«

»Wollen Sie, dass ich Ihnen den Brief vorlese?«

Schone dich, warnte eine innere Stimme.

»Nein danke. Die Höhepunkte reichen.«

»Er will, dass Sie ihm einen Job bei KEY News beschaffen, damit er in Ihrer Nähe sein und Sie darauf hinweisen kann, wie eine Dame sich benehmen sollte.«

Wider Willen musste Eliza lachen.

»Hat er einen Lebenslauf eingereicht?«

Connelly antwortete nicht.

»Schon gut, Joe. Ich weiß, das ist nicht witzig.« Eliza war wieder ernst geworden.

»Damit ist in der Tat nicht zu spaßen, Eliza. Mir gefällt diese Andeutung nicht, dass er hierher kommen will. Es gefällt mir ganz und gar nicht.«

*

Als der Fahrer sie an diesem Abend vor ihrem Haus absetzte, wappnete Eliza sich innerlich. Ihr graute vor einer Szene. Würde Janie gleich auf sie zugerannt kommen, die Arme um sie werfen und ausrufen, dass sie Mrs. Garcia nicht leiden konnte?

Sie ließ den Hausschlüssel ins Schloss gleiten und öffnete die Tür so leise wie möglich. Der köstliche Duft eines brutzelnden Hähnchens begrüßte sie in der leeren Eingangshalle und von oben konnte sie fröhliches Singen hören.

Gott sei Dank.

Sie ließ ihre Tasche auf den Tisch in der Eingangshalle fallen, zog die Schuhe aus und schlich auf Zehenspitzen die Treppe hoch. Als sie am Badezimmer vorbeikam, hörte sie Wasser aus der Wanne ablaufen.

Die Klänge von »Cielito Lindo« drangen aus Janies Zimmer.

»Mama!«, kreischte Janie, als ihre Mutter eintrat. Das frisch gesäuberte Gesicht des Kindes strahlte. In ihrem rosa Nachthemd, nach Kinderbadeschaum duftend, stürmte sie zu Eliza und umarmte sie.

»Hallo, meine Süße. Sieht aus, als hättest du einen schönen Tag gehabt!«

Janie nickte nachdrücklich. »Ja, Mama. Mrs. Garcia bringt mir Spanisch bei.«

»Das habe ich gehört.«

»Und wir sind mit Daisy spazieren gegangen, um den Teich herum, und wir haben Schokoladenplätzchen gebacken.«

»Ich hoffe, ihr habt mir welche aufgehoben.«

»Ja. Wir haben ganz viele gemacht.«

»Und wie war's in der Schule?«

»Gut. James ist nach dem Essen rübergekommen und wir haben gespielt.«

Eliza blickte an ihrer Tochter vorbei auf Mrs. Garcia. Die Haushälterin sammelte Janies Sachen auf, um sie unten in die Waschmaschine zu stecken.

»Janie, nimm bitte Mrs. Garcia deine Sachen ab und leg sie in den Wäschepuff im Badezimmer.«

Der Kind gehorchte und Eliza sank lächelnd auf das Bett ihrer Tochter nieder. »Offenbar haben Sie beide sich gut vertragen.«

»Janie ist ein liebes Mädchen. Ich glaube, wir gut werden miteinander auskommen.«

»Das freut mich sehr, Mrs. Garcia«, sagte Eliza erleichtert.

Die Haushälterin drehte sich um und wollte den Raum verlassen. »Ich machen Ihr Essen fertig, bevor ich gehe.«

»Das wäre wunderbar. Vielen Dank.«

An der Tür drehte Mrs. Garcia sich um. »Eines hat mir heute nicht gefallen, Mrs. Blake.«

Elizas Hochstimmung schwand. »Was denn?«

»Dieser Mann, der heute gekommen ist, er hat gesagt, er Janie das Hündchen geschenkt hat und will wissen, ob sie mag es. Ich kein gutes Gefühl bei dem Mann. Ich hab ihm gesagt, soll nicht kommen, wenn Sie nicht da. Hoffentlich, das war richtig von mir.«

»Sie haben das Richtige getan, Mrs. Garcia. Ich mag den Mann auch nicht.«

66

LARSON HATTE NICHT auf seine Anrufe reagiert und das gefiel Augie gar nicht.

Er wollte sein Geld. Er hatte es satt, auf einen Profit zu warten, der nie kam.

Der Sommer neigte sich seinem Ende zu und damit die Urlaubszeit. Das hieß auch, dass er in den kommenden Monaten weniger Gelegenheiten haben würde, in den leer stehenden Villen abzuräumen. Augies Geldquelle der letzten drei Monate hatte aufgehört zu sprudeln und daran würde sich wohl auch bis Thanksgiving oder Weihnachten, wenn die Eigentümer das nächste Mal verreisten, nichts ändern.

Augie hatte ein riesiges Minus auf dem Konto. Was er mit der Werkstatt und der Tankstelle verdiente, reichte nicht, jedenfalls nicht, um Helene bei Laune zu halten.

Er wählte noch einmal die Nummer von Richards' Büro.

»Mr. Richards ist gerade in einer Besprechung, Mr. Sinisi. Ich werde ihm ausrichten, dass Sie angerufen haben.«

»Er ist immer in einer Besprechung und er ruft nie zurück«, knurrte Augie.

»Tut mir Leid, Mr. Sinisi. Ich werde Mr. Richards ausrichten, dass Sie angerufen haben«, wiederholte die Sekretärin.

»Sagen Sie Ihrem Chef, wenn er nicht zurückruft, komme ich in sein schickes Büro und knöpfe ihn mir persönlich vor.«

*

Larson ließ die Anrufe sorgfältig von seiner Sekretärin filtern. Dieser Tage nahm er nur wenige persönlich entgegen, denn die meisten kamen von ungehaltenen Kapitalgebern. Aber als die Sekretärin ihm meldete, dass Eliza Blake in der Leitung war, nahm er das Gespräch sofort an.

»Eliza! Schön, von Ihnen zu hören. Wie findet Janie denn den kleinen Hund?«

»Sie ist ganz vernarrt in ihn.«

»Prima – das habe ich mir doch gedacht.«

»Mir wäre es aber trotzdem lieber gewesen, wenn Sie mich vorher gefragt hätten.«

»Ach ... Tja, das hätte ich wohl tun sollen, aber ich habe Ihr Einverständnis einfach vorausgesetzt.«

»Larson, Sie kennen mich nicht gut genug, um einschätzen zu können, ob so etwas in Ordnung ist oder nicht.«

So ein Aas! Hundert Dollar hat mich der blöde Köter gekostet ... Aber sachte, mein Freund. Du musst dir Eliza Blake warm halten.

»Ach, das tut mir aber Leid, Eliza. Ich hab's nur gut gemeint. Verzeihen Sie mir.«

Sie ging nicht darauf ein. »Eigentlich rufe ich an, weil Mrs. Garcia mir erzählt hat, dass Sie gestern bei uns vorbeigekommen sind.«

»Stimmt, ich wollte mal sehen, wie Janie und der Hund sich vertragen. Ist das ein Problem?«

»Ehrlich gesagt, ja, Larson. Mir wäre es lieber, wenn Sie das nicht noch einmal tun würden. Mrs. Garcia hat gerade erst bei uns angefangen und ich wollte nicht gleich so viel Aufregung im Haus haben.«

»Eliza, das war doch wirklich keine große Sache«, protestierte Larson. »Und wenn Sie meine Meinung hören wollen, Sie sollten froh sein, dass jemand ab und zu vorbeischaut und nach dem Rechten sieht, während Sie im Studio sind. Sie wissen doch, dass es hier in der Gegend von diesen Guatemalteken nur so wimmelt, und sie sind den meisten Leuten nicht ganz geheuer. Ich sehe dieses Gesocks immer an den Straßenecken herumlungern, bis sie irgendein Gartenbauunternehmer für den Tag anheuert. In der Autowaschanlage ist auch ein ganzer Haufen beschäftigt. Dreckspack! Ihre Mrs. Garcia mag ja ganz nett sein, aber Sie wissen doch gar nicht, was die Frau für Freunde hat. Und Sie wollen doch garantiert nicht, dass diese Freunde in Ihrer Abwesenheit zu Besuch kommen.«

Eliza machte aus ihrer Verachtung für den Mann keinen Hehl. »Die Guatemalteken sind wunderbare Menschen. Vielleicht gerade weil die Leute so arm sind, wird in ihrer Kultur Wert auf Reinlichkeit, Würde und gute Manieren gelegt. Wir alle könnten eine Menge von ihnen lernen.«

»Denken Sie dabei vielleicht speziell an meine Person?«

»Wenn Sie es genau wissen wollen, ja. Bitte kommen Sie nicht wieder unangekündigt bei mir vorbei.«

Als Eliza auflegte, von seiner Fremdenfeindlichkeit abgestoßen, fiel ihr der Safe wieder ein. Larson hatte ihr immer noch nicht die Kombination mitgeteilt.

Zum Teufel mit der Kombination! Auf gar keinen Fall würde sie ihn noch einmal anrufen.

67

CORNELIUS SAH DURCH die Scheiben des Busses die rußgeschwärzten Kachelwände des Lincoln-Tunnels vorbeihuschen. Vom Port-Authority-Busbahnhof aus würde er mit der U-Bahn schnell ins Zentrum kommen – zum KEY-Sendegebäude. Er konnte tun, was er tun musste, und trotzdem noch rechtzeitig wieder in Moonachie sein, um seine Schicht hinter der Theke zu schieben.

Meat war es leid, Eliza nur auf der Mattscheibe anschauen zu dürfen. Das reichte ihm nicht mehr. Es drängte ihn, sie in natura zu sehen. Und wenn er deswegen tagtäglich in die Stadt fahren musste.

Er musste unbedingt Elizas Arbeitszeiten herausfinden. Wann kam sie morgens? Ging sie in der Mittagspause weg? Die beste Zeit, sie zu erwischen, wäre vermutlich nach den Nachrichten, wenn sie nach Hause fuhr. Aber um sieben Uhr hatte Meat bei der Arbeit zu sein, und er war nicht bereit, seinen Kneipenjob aufzugeben. Wenigstens jetzt noch nicht.

In Jeans und einem blauen Sweatshirt mit der Aufschrift »New York Giants« stand Meat auf dem U-Bahnsteig und wartete auf den Zug der Linie A. Voller Abscheu musterte er die anderen Pendler. Manche Frauen trugen knallenge Hosen oder kurze Röcke, was ihn besonders abstieß. *Schlampen!*

An der Station Columbus Circle, wo ein furchtbares Gedränge herrschte, stieg er aus und stapfte langsam die Treppe hoch ins Sonnenlicht. An einem Imbisswagen erstand er eine riesige Salzbrezel und eine Cola. Gierig verschlang er die heiße Brezel und stürzte die Cola hinterher. Dann ging er in Richtung Westen. Er warf einen Blick auf seine Uhr. Schon nach elf. Er war später dran als geplant. Inzwischen würde Eliza wohl schon in ihrem Büro sein.

Als er das lang gestreckte Backsteingebäude des Senders erreichte, postierte er sich auf der anderen Straßenseite, wo er den Eingang gut im Gesichtsfeld hatte. Vielleicht würde er doch noch einen Blick auf Eliza erhaschen, wenn sie zum Essen ging. Aufmerksam beobachtete er, wie Dutzende von Menschen durch die schwere Drehtür hineingingen oder herauskamen. Nach einer halben Stunde schlenderte er ein Stück die Straße entlang, ging in eine Pizzeria und bestellte ein Stück Salami-Pizza. Während er wartete, dass es heiß gemacht wurde, ließ er die Spiegelglasscheibe des Ladens nicht aus den Augen. Er zahlte für die Pizza und eine Dose Limonade und ließ sich auf einem der weißen Plastikstühle am Bistrotisch draußen nieder.

Inzwischen strömten mehr Leute aus dem Sendegebäude.

*

»Sie sind ein Zauberer! Unglaublich, dass Sie das so schnell organisiert haben.«

Keith lächelte verlegen. »Zu viel der Ehre, Eliza. Ich habe meiner Frau davon erzählt und die hat zufällig eine Freundin, die Literaturagentin ist und meint, dass sie in New York bleiben muss, während ihr Mann seine Chance in Dallas nutzen will. Er ist vor einem halben Jahr runtergezogen. Das hat ihre Beziehung auf eine harte Belastungsprobe gestellt, aber sie sind eisern entschlossen, die Sache in den Griff zu bekommen.«

»Sie haben natürlich schon mit den beiden gesprochen?«

Keith nickte. »Ja, und sie sind damit einverstanden, dass wir ihre Geschichte bringen. Wir könnten die Frau im Flugzeug begleiten und dann beide zusammen in Dallas filmen. Würde sich doch gut machen, wenn Sie am Freitagabend das Interview führen, in dem die Vorfreude der Frau zum Ausdruck kommt, und wir auf dem Rückflug am Sonntag dann die gedämpfte Stimmung einfangen.«

Er sah Eliza fragend an.

Sie wusste, dass sein Vorschlag gut war. Das wäre ein sinnvoller Aufbau, aber eigentlich wollte sie nicht übers Wochenende wegfahren. Doch nachdem sie das New-York-London-Projekt hatte scheitern lassen, konnte sie jetzt schlecht die Primadonna spielen und auch diesen Plan vom Tisch wischen. Das wäre einfach nicht fair Keith gegenüber.

Eliza sah auf die Uhr. »Haben Sie Hunger? Gehen wir etwas essen, dabei können wir dann die Einzelheiten besprechen.«

*

Meat war das Warten gewohnt.

Am schönsten war doch die Vorfreude, oh ja! Und der Lohn für seine Geduld. Sonst wartete er darauf, dass die Fledermäuse ausflogen, jetzt wartete er auf Eliza.

Da war sie, sie kam aus der Drehtür! Ein Mann folgte ihr und sie gingen zusammen auf die Straße. Der Mann hob den Arm, um ein Taxi heranzuwinken.

Es dauerte einige Zeit, bis ein leeres Taxi vorbeikam. Zeit für Meat, zu schäumen. Eliza hörte noch immer nicht auf ihn.

Ihr braunes Haar glänzte im Licht der Mittagssonne. Doch ihr marineblaues Kostüm, wenn man es denn so nennen wollte, zeigte viel zu viel Bein.

Beim Einsteigen ins Taxi lachte sie über etwas, das der Mann sagte. *Diese Hure!*

68

Abends verkündete Eliza, dass sie am Wochenende verreisen müsse. Janie schien nichts dagegen zu haben, dass ihre Mutter wegfuhr, wenn sie dafür zweimal bei ihren geliebten Großeltern übernachten durfte.

Janie wusste genau, das bedeutete einen Ausflug zu den Affen im kleinen Zoo im Central Park, einen Kinobesuch und vielleicht, wenn sie brav war, einen Besuch in einem schönen Spielzeugladen.

»Könnten Sie Janie am Freitag nach der Schule nach New York chauffieren?«, fragte Eliza ihre Haushälterin. »Janies Großeltern wohnen direkt am Harlem River Drive.«

»Wie Sie wünschen, Señora. Ich kenne den Weg in die Stadt. Ich habe Verwandte, die in Washington Heights wohnen, und ich schon gesehen Schilder nach dem Harlem River Drive – ganz einfach.«

»Schön. Das wäre also klar. Ich fahre am Freitagmorgen zur Arbeit und fliege direkt nach der Sendung nach Texas. Sonntagabend bin ich zurück. Janie wird dann von ihren Großeltern zurückgebracht.«

Beruf und Kind unter einen Hut zu bringen, erforderte eine unerbittliche Logistik. Doch Eliza wusste, dass sie privilegiert war. Die meisten Eltern verfügten nicht über die finanziellen Mittel und die familiäre Unterstützung, die sie genoss.

Die Gewissheit, dass Janie bei Katharine und Paul gut aufgehoben war, machte es für Eliza leichter, ihre Arbeit zu machen. Sie hatte die Haushälterin nicht bitten wollen, gleich das erste Wochenende zu arbeiten. Das hätte sowohl Mrs. Garcia als auch Janie überfordert. Sie kamen ja gut miteinander aus, aber Eliza wollte es nicht auf die Spitze treiben. Es war besser, wenn sie sich das Wochenende über nicht sahen.

Und ihre Verunsicherung durch die Drohbriefe, die immer noch im Sender eingingen, war so groß, dass Eliza sowieso nicht wohl bei dem Gedanken gewesen wäre, ihre Tochter übers Wochenende mit der Haushälterin allein zu lassen.

69

Carmen Garcia holte ihren Schützling von der Schule ab, ging mit ihr bei McDonald's essen und fuhr dann auf die George Washington Bridge. Die Route zum Harlem River Drive war gut ausgeschildert und so kam Janie um halb zwei wohlbehalten bei ihren Großeltern an. Um halb drei war Carmen wieder in HoHoKus.

Sie warf einen Blick auf den Benzinstandanzeiger. Der Tank war noch mehr als halb voll. Sie könnte es dabei belassen, für heute Schluss machen, den Wagen in die Garage fahren und ihre Tochter telefonisch bitten, sie früher abzuholen. Doch Carmen war der Ansicht, Señora Eliza einen vollen Arbeitstag zu schulden. Bevor sie nach Hause fuhr, würde sie die Betten frisch beziehen und die Wäsche waschen. Ihre Arbeitgeberin sollte das Haus tipptopp aufgeräumt vorfinden, mit einem voll getankten Wagen in der Garage.

Sie fuhr bei der Tankstelle vor. Der Mann, der herauskam, um sie zu bedienen, musterte sie misstrauisch. *Er denkt, eine wie ich kann nicht einen nagelneuen Wagen fahren.*

»Volltanken, bitte.«

»Womit?«, fragte der Mann barsch.

Carmen sah ihn entgeistert an.

»Was für Benzin? Normal oder Super?«

Sie wusste nicht genau, was sie antworten sollte. Niemand hatte sie das jemals gefragt, wenn sie mit der alten Karre zum Tanken fuhr, die sie manchmal von ihrer Tochter auslieh. Ihr ging auf, dass der Tankwart einfach immer davon ausging, dass sie das billigere Benzin nehmen würde. Aber Carmen fasste sich schnell.

»Super.«

Hoch erhobenen Hauptes saß sie hinter dem Steuer und blickte starr geradeaus, während das Benzin in den neuen Volvo strömte.

»Zwölf Dollar.«

Carmen reichte dem Mann Elizas Kreditkarte. Er betrachtete sie argwöhnisch.

»Sie sind nicht Eliza Blake.«

»Ja, Sir, ich weiß. Ich arbeiten für sie. Sie mir hat die Karte gegeben.«

»Und woher weiß ich, dass Sie die Wahrheit sagen? Woher weiß ich, dass Sie die Karte nicht gestohlen haben? Oder den Wagen?«

Carmen war sprachlos und machte eine ängstliche Miene.

»Ich kenne Ms. Blake«, sagte der Mann. »Ich gehe jetzt rein und rufe sie an und erkundige mich nach Ihnen.«

»Bitte, Sir, Sie nicht können erreichen. Ist auf Arbeit.« Carmen war ganz durcheinander.

»Schön, dieses Mal lasse ich es noch durchgehen«, sagte der Mann, während er die Karte ins Lesegerät schob. »Aber heute Abend rufe ich Ms. Blake an und frage nach, ob das auch seine Richtigkeit hat.«

»Heute Abend nicht zu Hause. Ganzes Wochenende nicht da«, sagte die eingeschüchterte Frau. *Na also!* dachte der Mann in dem knapp sitzenden Overall.

70

Eliza, Keith und B.J. schoben sich langsam hinter den anderen Passagieren über die Fluggastbrücke. Der Freitagabend-Flug von New York nach Dallas war ausgebucht.

B.J. D'Elia war mit der Kameraausrüstung bepackt, die er sich über die Schulter gehängt und an einem Kofferkuli fest gezurrt hatte, den er hinter sich herzog. Keith trug die Kamera, denn B.J. konnte nichts Zusätzliches mehr schleppen. Eigentlich hätte sie noch ein Tontechniker begleiten sollen, aber Keith hatte so kurzfristig keinen weiteren Platz im Flugzeug bekommen. Das war auch in Ordnung. Die Kollegen zogen Keith gern damit auf, dass er bei seinen Filmen immer ein strenges Auge auf die Kosten hatte. Ohne den Extramann im Team sparte er Reise- und Hotelkosten sowie Honorar. B.J., der Tüchtige, konnte neben den Bildaufnahmen auch die Tonaufzeichnungen machen.

Keith und B.J. nahmen ihre Plätze in der Reihe vor Eliza und Lauren Houghton ein, die zu dem Thema Wochenendbeziehungen interviewt werden sollte. Es war geplant, dass B.J. die Kamera über die Lehne seines Sitzes halten und so Eliza mit ihrer Gesprächspartnerin filmen sollte.

Als man bei der Fluggesellschaft erfahren hatte, dass es bei dem geplanten Filmbeitrag nicht um die Sicherheit im Flugverkehr ging, war man gern bereit gewesen, das Sitzarrangement so zu regeln. Für KEY News galt die strikte Anweisung seitens der Sponsoren, dass Werbespots für Flugreisen nie in Sendungen ausgestrahlt werden durften, in denen über Abstürze berichtet wurde. Daher wusste Keith nur zu gut, wie eifrig die Fluglinien über ihren guten Ruf wachten. Wenn aber eine Reportage das Fliegen als Hilfe zur Rettung einer Beziehung herausstrich, war das ganz im Sinne der PR-Abteilung. Die Presseleute brannten geradezu darauf, das Fernsehteam an Bord zu haben, und hatten es zutiefst bedauert, keinen Platz für den Tontechniker bereitstellen zu können.

Keith war froh, dass er den Dreh so schnell in die Wege geleitet hatte. Wenn Cindy erst kurz vor der Geburt stand, sollte er zu Hause sein. Da war es gut, wenn er jetzt so viele auswärtige Drehorte wie möglich abhakte. Außerdem war er, wie er sich eingestand, erleichtert, das Wochenende nicht mit seiner Frau verbringen zu müssen.

Heute Morgen, als Cindy wieder einen hysterischen Anfall bekommen und sich beklagt hatte, er lasse sie zu oft allein, hatte er einfach auf Durchzug geschaltet. Inzwischen war er sehr geübt darin, den mitfühlenden Zuhörer zu mimen, während er ihre Worte in Wirklichkeit gar nicht an sich herankommen ließ. Er hatte Cindys ermüdende Tiraden satt und brachte keine Geduld mehr für ihr nicht enden wollendes Gejammer und Genörgel auf. Wenn es nach der Geburt des Kindes nicht besser wurde, wusste er wirklich nicht, wie es weitergehen sollte.

Dieses Wochenende bot Keith eine willkommene Abwechslung von seiner häuslichen Misere. Wenigstens bei der Arbeit wusste er, was er zu tun hatte, und schaffte es auch. Hier stellte niemand seine Motive in Frage oder beklagte sich darüber, dass er ihm das Leben nicht erleichterte. Er musste niemanden glücklich machen.

Natürlich hatte er sich um das leibliche Wohl der Moderatorin zu kümmern. Aber Eliza war im Grunde pflegeleicht, jedenfalls verglichen mit anderen Bildschirmgrößen. Als echter Profi erwartete sie von ihrem Producer einzig und allein, dass er die Dreharbeiten plante und koordinierte. Sie würde nicht von Keith verlangen, dass er das beste Restaurant der Stadt aufspürte und dort einen Tisch reservierte oder einen Besuch in einer Wellness-Oase für sie arrangierte. Eliza wollte nur ihre Arbeit erledigen und war am Ende des Tages damit zufrieden, in ihr Hotelzimmer zurückzukehren und den Zimmerservice zu rufen. Um ihre persönlichen Wünsche kümmerte sie sich selbst.

Keith zog den Sicherheitsgurt fest, legte den Kopf zurück und schloss die Augen, als sich die Maschine in Bewegung setzte. Ihm fielen da ein paar persönliche Bedürfnisse von Eliza ein, um die er sich nur zu gern kümmern würde. Während das Flugzeug langsam abhob, malte er sich aus, wie Eliza wohl auf eventuelle Avancen reagieren würde. Mack McBride hatte sie betrogen und war somit weg vom Fenster. Das hatte sie sicher sehr getroffen. Vielleicht wäre es eine günstige Gelegenheit …

Aber Eliza war bekannt, dass er verheiratet war und seine Frau ihr erstes Kind erwartete. Alles, was er von ihr wusste, deutete darauf hin, dass sie nicht die Art Frau war, die sich mit einem verheirateten Mann einlassen würde. Und bisher hatte sie auch nicht erkennen lassen, dass sie ihn anziehend fand.

Aber man konnte ja nie wissen. Auf Reisen galten andere Regeln. Da machten Leute Dinge, die in New York oder in der hektischen Betriebsamkeit des Senders völlig unvorstellbar gewesen wären. In der lockeren Reise-Atmosphäre fielen Hemmschwellen. Viele Affären unter Kollegen »passierten« eben unterwegs.

Ehrensache, dass man hinterher kein Wort darüber verlor, frei nach dem Motto »Was außerhalb passiert, bleibt außen vor«.

Andere Regeln. Keine Regeln.

71

Als Samuel Morton auf dem Ringling Boulevard heimfuhr, blitzten nach und nach die Lichter in den rosa und cremefarbenen Hochhausappartements auf und verwandelten den Rand von Sarasota Bay in ein Meer aus kleinen goldenen Pünktchen. Als die Sonne im Golf von Mexiko versank, leuchtete der Himmel in einem Gemisch aus Rosa-, Violett- und Blautönen. Hätte man die Szene auf einem Gemälde festgehalten, wäre der Betrachter des Bildes sicher skeptisch gewesen, was den Realismus der Darstellung anging, so unwahrscheinlich war es, dass die Natur ein solch farbenprächtiges, zauberhaftes Schauspiel hervorbringen könnte. Aber in Sarasota geschah dies an vielen Abenden.

Die Stadt in Südwest-Florida war ein unglaublich schöner Wohnort, der außer den allerfeinsten Sandstränden und atemberaubenden Sonnenuntergängen noch viele weitere Annehmlichkeiten zu bieten hatte. Samuel hatte es nie bereut, aus dem Norden hierher gezogen zu sein. Sarasota hatte sogar ein reiches kulturelles Angebot. Das Asolo und das Florida-Studio-Theater brachten erstklassige dramatische Inszenierungen heraus. Beethoven-, Bach- und Pucciniklänge erfüllten das Opernhaus. Auf der Bühne des »Van Wezel Performing Arts Center« fanden Gastspiele von Broadway-Shows, prominenten Künstlern, Musicals, Ballettgruppen und Symphonieorchestern statt. Im Volksmund hieß die riesige lavendelfarbene Muschel des Van-Wezel-Baus liebevoll »lila Kuh«.

Das Ringling Museum of Art, Floridas staatliches Kunstmuseum, erstreckte sich über ein vierundzwanzig Hektar großes Areal. Dort befanden sich auch ein Zirkusmuseum, ein bezaubernder Rosengarten und Ca'd'Zan, John und Mabel Ringlings venezianisch angehauchte Villa mit dreißig Zimmern. Werke von El Greco, Velasquez, Rubens und Van Dyke hingen an den Museumswänden.

Die Stadt lockte Künstler, Schauspieler, Tänzer, Maler, Musiker, Autoren und Leute aus dem Norden an, die wie Samuel allem entfliehen wollten. Leute, die den Winter in kalten Klimazonen hassten und sich nach Wärme, weißen Stränden, lauem Wasser, tollen Einkaufsmöglichkeiten und guten Restaurants sehnten. In den langen, feuchtwarmen Sommermonaten brachten Gewitter am Nachmittag oder frühen Abend wohltuende Abkühlung. Viel lieber ertrug Sam den Juli und August mit der Klimaanlage im Haus, als sich mit der Kälte, dem Eis und dem Schnee der nördlichen Winter abzufinden.

Bislang.

Im nächsten Monat würde die Hauptsaison beginnen und die Einwohnerzahl der Stadt anschwellen, da viele der Rentner zurückkehrten, die den Sommer im Norden verbracht hatten. Die Aussicht, mit Einladungen zu Wohltätigkeitsveranstaltungen, Theaterpremieren, Gala-Empfängen, Vernissagen, Bällen, Festessen und Cocktailpartys im weiten Umkreis überhäuft zu werden, bedrückte Sam.

Dieses Jahr fühlte er sich dem nicht gewachsen.

Er trat auf die Bremse, als er die Abfahrt nach Siesta

Key erreichte, und fädelte sich in die Schlange ein, die darauf wartete, dass sich die Klappbrücke öffnete, um einen Schoner mit hohen Masten passieren zu lassen. Im Dämmerlicht durchpflügte das weiße Segelschiff friedlich das ruhige Wasser der Bucht. Sam konnte eine Frau und einen Mann an Bord erkennen. Das lange Haar der Frau flatterte in der leichten Brise, der Mann hielt einen Drink in der Hand. Es war ein heiteres Bild.

Aber Sam wusste, dass die Dinge nicht immer so sind, wie sie scheinen. Er machte sich so seine Gedanken über das wohlhabende, attraktive Paar auf dem Boot. Waren die beiden wirklich glücklich? Samuel war es mit Sicherheit nicht. Doch jeder, der ihn so sah – gebräunt, gut gekleidet, auf der Heimfahrt im offenen Kabrio –, würde annehmen, die Welt liege ihm zu Füßen. Und dabei litt er Seelenqualen.

Es war Zeit, für eine Weile zu verschwinden. Er brauchte das einfach.

Seine Eltern besaßen immer noch eine kleine Zweitwohnung in New York. Dort konnte er wohnen, in der Stadt, die ihm so gut gefiel. In der Kanzlei würden sie eben ohne ihn auskommen müssen. Schon seit Monaten war Samuel nicht mehr so recht bei der Sache gewesen. Rein mechanisch hatte er die Verträge bearbeitet und sein Bruder Leo hatte die Sachen dann durchgezogen. Er wusste, dass sich sein Bruder seinetwegen Sorgen machte. Bestimmt würde Leo Verständnis dafür haben, dass Sam Urlaub nehmen wollte, ja, vielleicht war er sogar erleichtert, Sams bedrückte Miene eine Weile nicht sehen zu müssen.

Die Brücke kam herunter und die Autos setzten ihre Fahrt fort. Samuel warf einen Blick auf die endlose Weite des Wassers und kam innerlich zur Ruhe. Die Entscheidung war gefallen.

72

Die Houghtons hatten eingewilligt, dass das Fernsehteam sie den ganzen Samstag begleitete und filmte, während sie versuchten, ein ganz normales Wochenende miteinander zu verbringen. Mit Rücksicht darauf, dass die beiden an ihrem ersten Morgen nach einer getrennt verbrachten Woche vermutlich ausschlafen wollten, hatte Keith versichert, dass sie nicht vor elf Uhr bei ihnen auftauchen würden.

Keith schämte sich beinahe dafür, wie gut er ohne Cindy an seiner Seite geschlafen hatte. Sie stand nachts immer mehrmals auf, um auf die Toilette zu gehen, und wenn sie zurückkam, wälzte sie sich von einer Seite auf die andere und seufzte tief, bis sie wieder einschlief. Er stellte sich dann schlafend, denn er wollte keinen Streit riskieren. Dennoch wurde seine Nachtruhe ständig gestört.

Nun drehte er sich glücklich in dem Doppelbett um, warf einen Blick auf die Uhr und sah, dass ihm vor dem Frühstück noch Zeit blieb, in den Fitnessraum des Hotels zu gehen. Der reinste Luxus! Er hatte sein Training in den letzten Monaten vernachlässigt, weil er spürte, dass Cindy es ihm verübelt hätte, wenn er an seiner Fitness arbeitete, während sie wie ein Hefeteig aufging. Ein strammes Hügelprogramm auf dem Laufband, falls er das noch schaffte, war genau das, was er jetzt brauchte. Vielleicht vergingen ihm dabei sogar die unkeuschen Gedanken an Eliza.

Der Fitnessraum hatte Glaswände, daher sah er Eliza schon von weitem auf dem Laufband. Sie trug eine schwarze Radlerhose und einen Sport-BH. Zum Umkehren war es zu spät. Sie hatte ihn entdeckt und winkte ihm zu.

Selbst ungeschminkt war Eliza schön.

Er sprang auf das Laufband neben dem ihren und sie begannen zusammen zu trainieren.

»Ich glaube, bei dem Interview gestern im Flugzeug waren ein paar starke Sätze dabei, nicht, Keith?«, bemerkte Eliza in einer Verschnaufpause.

»Absolut. Wir werden heute seine Seite beleuchten.«

»Was steht denn noch an?«

»Sie verbringen einige Zeit zu Hause, erledigen einiges gemeinsam. Ich habe ihnen gesagt, sie sollen tun, was sie normalerweise auch tun würden. Ich glaube, sie gehen heute Abend essen und ins Kino.«

»So ein Glück.«

»Was?«

»Die beiden haben Glück«, sagte Eliza, ohne ihr Tempo zu verlangsamen. »Für mich hört sich das nach einem tollen Tag an.«

Keith wusste nicht genau, was er darauf erwidern sollte. Vertraute sie ihm etwa ihre geheimen Sehnsüchte an? Wollte sie ihm sagen, dass sie sich ein ganz normales Leben wünschte, dass ihr die Vorstellung gefiel, den Alltag mit einem geliebten Menschen zu leben? Erwartete sie womöglich, dass er den ersten Schritt machte?

Spontan schaltete er sein Laufgerät ab, ging zu ihr, zog sie vom Laufband und küsste sie leidenschaftlich auf den Mund. Sie stieß ihn von sich. Ihre erschrockene Miene sagte alles.

73

AUGIE BRACH EINEN STREIT mit Helene vom Zaun, damit er aus dem Haus stürmen konnte. Das war relativ leicht, denn sie schützte mal wieder Kopfschmerzen vor.

Wütend stieg er in seinen Lieferwagen und fuhr die kurze Strecke bis zu Elizas Wohngegend. Bis Mitternacht fuhr er ziellos herum und beobachtete, wie es in den Häusern nach und nach dunkel wurde. In Elizas Haus brannte in mehreren Zimmern Licht, obwohl er keine Bewegungen hinter den Fenstern bemerkte. Schließlich ließ die Zeitschaltuhr alle Lampen bis auf das Licht am Eingang erlöschen, das die Septembernacht erleuchtete.

Er bog in die Auffahrt ein, fuhr ganz bis ans Haus, wendete und hielt auf dem Rasen hinter der Küche. Niemand würde ihn von der Straße aus sehen können. Er ließ den Motor laufen.

Augie ging ein großes Risiko ein und das wusste er. Wenn Eliza eine Alarmanlage hatte, würde er schnell verschwinden müssen. Er wollte, sobald er im Haus war, rasch überall nach einer Alarmanlage suchen. Falls er eine fand oder eine Sirene aufheulte, würde er längst über alle Berge sein, bevor die Polizei auftauchte.

Er hatte Mühe, sich die Latex-Handschuhe über die von Schweiß feuchten Hände zu streifen. Als er sie endlich anhatte, zog er den Nachschlüssel aus der Tasche und schnappte sich die Taschenlampe vom Vordersitz. Behutsam ließ er den Schlüssel in das Schloss der Hintertür gleiten. Der Türknauf bewegte sich nicht.

Verdammt! Das war wohl der Schlüssel für die Haustür. Der Haustür, über der die helle Lampe brannte. Von der Straße aus direkt einsehbar.

Er knipste die Taschenlampe aus und ging um das Haus herum, immer dicht an der Wand entlang. An der Ecke blieb er im Schutz eines immergrünen Gehölzes stehen, um sich zu sammeln. *Immer mit der Ruhe!*

Zehn Minuten später war noch kein Wagen vorbeigefahren. Bei den Feeneys schräg gegenüber war alles dunkel. Mit drei kleinen Kindern waren die Eltern vermutlich erschöpft und schliefen so fest wie ihr Nachwuchs. Es zahlte sich eben aus, seine Kundschaft zu kennen.

Augie verließ sein Versteck und rannte zur Haustür. Zum langen Herumhantieren blieb ihm keine Zeit. Konzentriert schob er den Schlüssel ins Schloss.

Der Messingknauf drehte sich und die Tür sprang auf. Augie trat ein und zog die Tür hinter sich zu. Er knipste die Taschenlampe an und suchte die Wände zu beiden Seiten des Eingangs ab. Nichts.

Dann eilte er in den hinteren Teil des Hauses, richtete den Lichtstrahl auf die Hintertür und die Tür zur Garage. Keine Alarmanlage. Wahrscheinlich war er in Sicherheit, aber er musste schnell machen.

Er ging sofort nach oben und fand rasch das größte Schlafzimmer. Als Erstes war die Spiegelkommode dran. Er öffnete die oberste Schublade und wurde prompt fündig. Augie packte den mit Leder bezogenen Schmuckkasten, ohne ihn zu öffnen, und ließ ihn in einen Kopfkissenbezug fallen, den er von einem der Kissen auf dem Bett abgezogen hatte. Die Taschenlampe erhellte das Dunkel: kein Fernseher, kein Videogerät.

In Eliza begehbarem Schrank ging Licht an, als er die Tür öffnete. Er durchwühlte die Kleider auf der Stange. Er wusste, dass es teure Klamotten waren, aber die interessierten ihn nicht weiter. So was brachte im Secondhandladen nicht viel. Er machte sich ja zum Affen, wenn er solche Sachen zum Verkauf anbot – und obendrein verdächtig wie sonst was.

Seine behandschuhte Hand ertastete einen Wandvorsprung. Obwohl er keine Ahnung vom Schlösserknacken hatte, probierte er den Safehebel. Zu seiner Überraschung sprang die Tür auf. Augies Herz raste in Erwartung der Beute.

Der Safe war leer.

Augie zog sich aus Elizas Schlafzimmer zurück und ging wieder nach unten. Im Esszimmer fand er einen Mahagonikasten mit Silberbesteck und silbernen Servierschüsseln. Gierig ließ er alles in den Kissenbezug fallen. Eine große silberne Schale mit Blumen stand mitten auf dem Esstisch. Er zog die Blumen heraus und schnappte sich die Schale. Hoffentlich war das Sterlingsilber.

Der Schein der Taschenlampe ließ irgendwas im Wohnzimmer aufblitzen. Als Quelle machte er einen runden Tisch aus, auf dem mindestens zwei Dutzend Bilderrahmen standen. Er ließ sie allesamt in seinem Beutel verschwinden. Später würde er prüfen, ob sie aus echtem Silber oder nur versilbert waren.

Der Bettbezug war voll. Augie ging in die Küche und legte ihn neben der Hintertür ab. Er probierte aus, ob sich die Tür zum Garten von innen öffnen ließ. Ja. Augie ließ sie einen Spalt offen, ging zum Kühlschrank und öffnete die Tür. Manche Leute versteckten ihre Wertsachen im Kühlfach. Er durchforstete es.

Nichts.

Augie ging ins Arbeitszimmer, wo er den großen Fernseher, einen DVD-Player, ein Videogerät und noch irgendein anderes Gerät erbeutete. Da Eliza ein Kind hatte, musste auch irgendwo eine Videokamera sein. Er fand sie in dem vertäfelten Schrank.

Viermal lief er zwischen dem Haus und seinem Wagen hin und her, um das Diebesgut zu verstauen, dann fuhr er los. Er sah auf die Uhr. Kein schlechtes Ergebnis für fünfunddreißig Minuten Arbeit.

Später warf er die Fotos achtlos weg. Nur die echt silbernen Rahmen ließen sich im wahrsten Sinn des Wortes noch einmal versilbern.

74

Irgendwie hatten sie die Dreharbeiten zu Ende gebracht. Jetzt würde sich Eliza entscheiden müssen, ob sie weiter mit ihrem NACHGEFRAGT-Redakteur zusammenarbeiten wollte.

Keith war nach dem Kuss wie vom Donner gerührt gewesen. Ihr Gesichtsausdruck hatte ihn sofort begreifen lassen, dass er die Grenze überschritten hatte. Wortreiche Entschuldigungen folgten, er flehte Eliza um Verzeihung an. Mit Tränen in den Augen und brüchiger Stimme erklärte er, unter welchem Druck er stand. Zu Hause gab es Stress wegen des Babys, das unterwegs war. Wenn er sich eins nicht leisten konnte, dann, seinen Job zu verlieren.

Eliza hatte ihm gesagt, er solle die Sache vergessen. Sie verstehe das. So etwas passiere nun mal. Die restliche, von Spannungen geprägte Zeit in Dallas war das Thema nicht mehr angesprochen worden. Zu Elizas Erleichterung war für den Rückflug ein Erste-Klasse-Ticket für sie reserviert. Keith und B. J. waren in der Touristenklasse zurückgeflogen.

Am Flughafen wurde sie von einem Wagen des Senders abgeholt und entgegen ihrer Gewohnheit bot sie nicht an, die Mitglieder des Teams mitzunehmen. Sie müsse sofort nach Hause, erklärte sie. Das stimmte sogar. Sie wollte dort sein, wenn Katharine und Paul Janie zurückbrachten.

Die Limousine bog von der Route 17 in die Saddle River Road ein und Eliza überlegte, was sie tun sollte. Keith tat ihr Leid. Er sollte nicht in alle Ewigkeit dafür büßen müssen, dass ihn einmal sein Urteilsvermögen im Stich gelassen hatte. Aber sie war schließlich die Moderatorin von »KEY aktuell«. Sollte es jemals herauskommen, dass Keith diese Nummer abgezogen und sie es hingenommen hatte, gefährdete sie ihre eigene Position.

Aber wie sollte es denn herauskommen? Keith würde es mit Sicherheit nicht weitererzählen. Eliza beschloss, ihn am nächsten Morgen noch einmal zur Rede zu stellen. Das würde die Atmosphäre reinigen und ihnen einen neuen Anfang ermöglichen. Sie war bereit, die Sache zu ignorieren, sofern es nie wieder vorkam.

Die Limousine hielt vor ihrem Haus und der Fahrer holte ihr Gepäck aus dem Kofferraum und trug es zur Haustür. Eliza schloss auf und der Chauffeur stellte den Koffer in den Flur und fuhr weg.

Es war noch nicht ganz dunkel, aber Eliza schaltete trotzdem das Licht ein. Sie streifte ihre Schuhe ab und ging sofort die Post ansehen, die Mrs. Garcia in einem ordentlichen Stapel auf dem Tischchen in der Diele abgelegt hatte. Flüchtig sah sie die Briefe durch, während sie ins schwach erleuchtete Wohnzimmer ging und sich in den Sessel am Fenster setzte. Sie erkannte die Handschrift auf dem dünnen Luftpostumschlag und knipste die Lampe neben ihrem Sessel an, um Macks Brief besser lesen zu können.

Erst dann ließ sie den Blick im Zimmer umherschweifen und bemerkte, dass ihre kostbaren Fotos verschwunden waren.

75

Am Montagmorgen – leider einen Tag zu spät – kamen die Leute von der Sicherheitsfirma, um die Alarmanlage einzubauen und die Schlösser auszutauschen.

Eliza hatte Janie gegenüber den Verlust des Fernsehers

und des Videogeräts heruntergespielt, als ihre kleine Tochter von dem Wochenende mit den Großeltern heimkehrte. Sie hatte ihr versprochen, dass Mrs. Garcia am nächsten Tag einen neuen Fernseher kaufen würde, wenn Janie in der Schule war. Doch nachdem ihre Schwiegereltern gegangen waren und sie das Kind beruhigt und ins Bett gesteckt hatte, machte Eliza eine detaillierte Bestandsaufnahme von allem, was gestohlen worden war, und brach in Tränen aus.

Das ganze Silber für achtzehn Personen, ein Hochzeitsgeschenk für sie und John. Ihr Schmuck, darunter ihr Brillantring zur Verlobung und der schlichte goldene Ehering, den ihr Mann ihr so liebevoll an den Finger gesteckt hatte. Die Brillant-Manschettenknöpfe, ihr Geschenk für John zum ersten Hochzeitstag. Ein Smaragdarmband, seit drei Generationen im Besitz der Familie Blake, das ihr Katharine und Paul zu Janies Geburt geschenkt hatten. Ihr Jahrgangsring von der University of Rhode Island. Die Uhr, ein Geschenk ihrer Eltern zum bestandenen Examen. Schmuck, der für die wichtigsten Stationen ihres Lebens stand und mit viel Liebe ausgesucht worden war.

Wenn sie nur ein einziges Schmuckstück zurückbekommen könnte, würde sie die Anstecknadel mit den Saphiren und Diamanten wählen, die John noch vor seinem Tod für sie ausgesucht hatte, damit seine Frau sie nach der Geburt des gemeinsamen Kindes bekam. Er hatte gewusst, dass er ihren Gesichtsausdruck beim Öffnen des Schmuckkästchens nicht mehr würde sehen können. Eliza hielt diese Brosche in hohen Ehren. Sie verband sie mit ihrem Mann, auch über den Tod hinaus, wie sie hoffte.

Für Eliza war der gefühlsmäßige Wert der gestohlenen Gegenstände viel höher als deren Geldwert. Mit Freuden hätte sie dem Einbrecher einen Scheck ausgestellt, wenn sie dafür nur die Sachen zurückbekommen hätte. Ein Camcorder oder DVD-Player ließen sich leicht ersetzen, und ein neues Play-back-Gerät für Beta-Kassetten zu bestellen, war auch kein Problem. Aber die Erinnerungen waren unersetzlich.

Und die Bilder. Alle privaten Fotos bloß wegen der lächerlichen Rahmen zu stehlen! Das war grausam und Eliza fühlte sich fast vergewaltigt.

Jemand war in ihr Heim eingedrungen und hatte sich gefühllos einfach genommen, was *ihr* gehörte. Er sollte nicht ungeschoren davonkommen. Aber bislang sah es ganz danach aus. Die Polizisten hatte ihre Anzeige aufgenommen und gemurmelt, sie würden die Ermittlungen aufnehmen. Sie hörten so was nicht zum ersten Mal.

Keine Spuren gewaltsamen Eindringens. Jemand war einfach mit einem Nachschlüssel hereingekommen und hatte sich bedient.

Eliza wollte nicht glauben, dass Mrs. Garcia etwas mit der Sache zu tun haben könnte, auch wenn ihr Larsons eindringliche Warnung plötzlich wieder in den Sinn kam. Aber sie verwarf den Gedanken. Carmen Garcia war jahrelang für ihren vorigen Arbeitgeber tätig gewesen und sie hatte hervorragende Referenzen. Hätten jemals Zweifel an ihrer Ehrlichkeit bestanden, wäre sie sofort entlassen worden.

Aber wenn sie so darüber nachdachte – es bestand durchaus die Möglichkeit, dass Larson Richards selbst noch einen Hausschlüssel besaß. Hatte er ihr die Kombination für den Safe nicht mitgeteilt, damit sie ihren Schmuck nicht einschließen konnte?

76

Am Montagmorgen blieb Eliza wenig Zeit, sich den Kopf über den Diebstahl zu zerbrechen. Sie hatte einen vollen Terminkalender, angefangen beim Interview um elf Uhr dreißig mit einem Nobelpreisträger der Columbia University, der das Martin-Bell-Syndrom erforschte. Keith fragte Eliza, ob sie etwas dagegen habe, wenn die Producerin Farrell Slater sie begleitete. Die Redaktionsleitung hatte den Sendetermin für den Film über Wochenendbeziehungen auf diesen Mittwoch vorgeschoben, was hieß, dass ihnen nur zwei Tage für die Fertigstellung blieb. Keith wollte das Aufnahmematerial vom vergangenen Wochenende sichten und das Manuskript ausarbeiten.

»Klar, Keith. Das ist in Ordnung.«

Der Redakteur, der an der Tür ihres Büros stehen geblieben war, kaute an seiner Nagelhaut. Es war nicht schön, ihn so zappeln zu lassen. Eliza beschloss, ihn vom Haken zu lassen.

»Keith, kommen Sie doch kurz herein und schließen Sie die Tür.«

Gehorsam befolgte er ihre Anweisung und setzte sich auf den angebotenen Stuhl.

»Ich glaube, wir müssen reinen Tisch machen, Keith.«

Er nickte stumm, mit gesenktem Blick. Seine Hände umklammerten die Stuhllehnen und Eliza bemerkte die abgekauten Fingernägel. *Armer Kerl.*

»Schauen Sie – es war nicht richtig, was da vorgefallen ist. Sie wissen das ebenso gut wie ich, Keith. Aber Sie sind ein ausgezeichneter Redakteur und haben sehr hart gearbeitet, um sicherzustellen, dass unsere Filmbeiträge Hand und Fuß haben. Auf der beruflichen Ebene schätze ich Sie sehr. Aber das ist auch alles.«

Er hob den Kopf und schaute sie flehentlich an.

»Mein Gott, Eliza, ich kann Ihnen gar nicht sagen, wie Leid es mir tut. Ich habe gestern Nacht kein Auge zugetan. Ich weiß gar nicht, was in mich gefahren ist. Es soll auch nie, nie wieder vorkommen, das schwöre ich«, versprach er feierlich.

Eliza bekam einen entschlossenen Zug um den Mund, als sie ihn prüfend ansah, um seine Aufrichtigkeit abzuschätzen.

»Schön. Dann also weiter im Text.«

77

Sie hatte sich das ganze Wochenende gequält und endlich war sie zu einem Entschluss gekommen. Abigail wollte es wagen, sie würde Eliza das Geschenk geben, das sie bei Victoria's Secret für sie gekauft hatte. Aber sie brachte nicht den Mut auf, es ihr persönlich zu überreichen.

Sie bewahrte die kleine pinkfarbene Einkaufstüte den ganzen Tag unter ihrem Schreibtisch auf und wartete. Als »KEY aktuell« vorbei war und das Studio und die Redaktionsräume sich leerten, nahm Abigail die Hintertreppe, die von dem winzigen Flur neben dem »Goldfischglas« zu Elizas Redaktionsbüro führte. Da die Tür zu und abgeschlossen war, schob sie die Henkel über den Knauf und hoffte inständig, dass die Tüte dort bis zum Morgen sicher sein würde.

Mit Herzklopfen und hochrotem Kopf eilte Abigail über den langen Flur zum Aufzug zurück. Sie ahnte nicht, dass jede einzelne ihrer Bewegungen von Überwachungskameras aufgezeichnet wurde.

78

Es war ein kühler, frischer Septembermorgen, der erste, der einen Hauch von Herbst brachte. Paige begrüßte die Gelegenheit, den knielangen roten Lederrock und den schwarzen Rollkragenpullover tragen zu können, die sie bei T. J. Maxx zu einem Spottpreis ergattert hatte. Ihr Weg führte sie aus dem Aufzug direkt in den Waschraum. Dort warf sie einen prüfenden Blick in den Spiegel, arrangierte das dunkle, lockige Haar neu, das ihr Gesicht einrahmte, und steckte es am Hinterkopf fest.

Langsam habe ich mich eingewöhnt, dachte Paige zufrieden, während sie an den noch leeren Zimmern der Redakteure vorbei in ihr Büro ging. Es hatte sich inzwischen so eingespielt, dass sie morgens zwischen neun und neun Uhr dreißig anfing, während das Gros der Mitarbeiter erst gegen zehn eintrudelte. Wenn Eliza kam, waren ihre Nachrichten bereits abgehört, die Post durchgesehen und in der kleinen Teeküche lief frischer Kaffee durch die Maschine.

Schon von weitem erkannte Paige die Marke der pinkfarbenen Tüte, die an der Tür hing. Sie nahm sie mit ins Büro und legte sie zunächst auf ihren eigenen Schreibtisch. Wäre doch toll, wenn das ein Geschenk für sie wäre.

Doch das kleine Kuvert, das an der Schachtel klebte, trug die Aufschrift *Eliza*.

Paige schob die Schachtel in die Tüte zurück, brachte sie ins Zimmer ihrer Chefin und legte sie auf den Schreibtisch.

Nachdem Paige die Kaffeemaschine angestellt hatte, drückte sie die Abhörtaste auf dem Anrufbeantworter.

»Hallo, hier ist Samuel Morton, Sarahs Vater. Ich bin nächste Woche in New York und wollte fragen, ob ich wohl mal vorbeikommen könnte – falls es passt –, um Ihnen persönlich meinen Dank abzustatten und ein kleines Geschenk von Sarah vorbeizubringen.«

*

Beklommen las Eliza, was in Blockbuchstaben auf dem Geschenkkärtchen geschrieben stand:

Du bist klug und schön und ich wünschte, wir könnten uns besser kennen lernen. Hoffentlich bist du dafür offen.

Es gab keine Unterschrift.

Eliza hob den Deckel der Schachtel an und sah erschrocken auf das Seidenhemdchen. Ein ziemlich intimes Geschenk. Ausgesprochen unpassend von einem Unbekannten.

Oder sollte Eliza ihn kennen?

Sie rief Paige über die Wechselsprechanlage und bat sie, Keith Chapel ans Telefon zu holen.

»Keith, da lag etwas für mich auf meinem Schreibtisch, als ich heute Morgen hereinkam.«

»Ja?«

»Wissen Sie, was es ist?«

»Nein. Sollte ich?«

»Das will ich nicht hoffen. Sind Sie sicher, dass Sie kein Geschenk für mich hinterlegt haben?«

»Ganz sicher, Eliza«, beteuerte er eifrig. »Ich habe nichts für Sie dagelassen.«

Wenn Keith es nicht war, wer dann? Irgendwem war es gelungen, bis zu ihrem Büro vorzudringen und die Tüte dort zu deponieren. Es musste jemand sein, der bei KEY beschäftigt war.

Gedankenverloren spielte Eliza mit ihrem Armband,

als sie plötzlich zusammenzuckte. *Was, wenn jemand von draußen ins Sendegebäude eingedrungen war?*

✳

»Hallo, Eliza, was gibt's?«

»Joe, ich komme mir etwas albern vor, dass ich Sie deswegen anrufe, aber nach allem, was passiert ist, sollte ich es Ihnen vielleicht melden.«

»Worum geht's denn?«

»Jemand hat gestern Abend ein Geschenk für mich in meinem Büro deponiert.«

»Was ist es?«, fragte der Sicherheitschef.

»Ein Dessous.«

»Na toll«, erwiderte er sarkastisch. »Karte dabei?«

»Ja, aber nicht unterschrieben.«

»Schön. Bitten Sie Paige, mir beides zu bringen, aber machen Sie sich keine Sorgen, Eliza. Es wird sich leicht feststellen lassen, wer das war. Wir brauchen nur unsere Überwachungsbänder zu überprüfen.«

79

NACH DEM LUNCH leerte Susan Feeney ihren Briefkasten und entdeckte dabei zu ihrer Freude die Oktobernummer von *Martha Stewart Living*. Mit Ausnahme von Weihnachten war Halloween Susans Lieblingsfest und Marthas Wohnzeitschrift war ja immer für ein, zwei kreative Ideen gut.

Susan nähte gern und hortete auf dem Dachboden eine umfangreiche Sammlung von Kostümen aus eigener Werkstatt. Sie hatte nicht nur für die Kinder Kostüme geschneidert, sondern auch für sich und ihren Mann James, für gemeinsam besuchte Feste, auch schon vor ihrer Heirat. In fein säuberlich beschrifteten Kartons lagerten ein Mönchs- und ein Nonnenkostüm, Verkleidungen für einen Seeräuber und eine Haremsdame, für Dracula, Zorro, eine französische Zofe, ein Go-go-Girl und Uncle Sam samt Freiheitsstatue. Für letzteren patriotischen Aufzug hatten Susan und James im Vorjahr auf der Halloween-Party hier im Ort den Preis für die beste Paar-Kostümierung gewonnen. Wenn die Kinder in der Nachbarschaft am Halloweenstag auf ihren süßen Beutezug gingen, schloss Susan sich ihnen immer in Verkleidung an. In einem Jahr war sie als schwangere Clownin gegangen und niemand hatte sie erkannt.

Sie schmiedete schon Pläne für Halloween. Letztes Jahr hatte sie Kelly und Kimberly als gelbe Twinkie-Kekse im Doppelpack ausstaffiert, während James auf Batman bestanden hatte. Dieses Jahr wollte Kelly als Hummel und Kimberly als Marienkäfer gehen. Susan hatte beide Kostüme fast fertig. Sie schlug James vor, sich als Spinne zu verkleiden, da das zum Thema Insekten passen würde. Aber James fand das nicht gut. Er wollte weder Spinne noch Teufel oder Boxer sein, was seine Mutter als Alternativen vorschlug. Susan versuchte, sich in Geduld zu üben, aber wenn er nicht bald seine Wahl traf, würde sie ihm die Entscheidung abnehmen. Einem Kind den eigenen Willen zu lassen, konnte leicht in Verwöhnung ausarten.

Als Susan ins Haus zurückkehren wollte, hörte sie eine Kinderstimme rufen: »Mrs. Feeney, darf James zum Spielen rüberkommen?«

Janie Blake, in knallroter Strickjacke, stand hinter ihrem Gartentor und hielt den goldfarbenen Welpen an der Leine, der am anderen Ende zerrte. Mrs. Garcia stand hinter ihr Wache.

»James ist drinnen und sieht sich ein Video an, Janie. Wenn es Mrs. Garcia recht ist, darfst du gern eine Weile zu uns kommen.«

Janie drehte sich zu der Haushälterin um und drückte ihr Daisys Leine in die Hand. Das Kind hielt die Sache eigentlich für entschieden, wahrte aber den Schein der Höflichkeit. »Darf ich, Mrs. Garcia?«

Die Haushälterin nickte. »Ja, *muñequita.* Ich dich hole nachher wieder ab.«

Sie nahm die Kleine an die Hand und brachte sie über die Straße.

James war in das Popeye-Video vertieft, als Susan und Janie ins Spielzimmer kamen. Das kleine Mädchen setzte sich neben ihn aufs Sofa. Da ihre beiden Töchter gerade schliefen, entschied Susan, sich zu den Kindern zu setzen und ein paar Minuten auszuruhen. Sie blätterte in ihrer Zeitschrift, entdeckte ein Rezept für gebackene Bohnen auf Bostoner Art, das sie ausprobieren wollte, und eins für Halloween-Lutscher. Na, mal sehen, ob sie dafür genügend Ehrgeiz und Zeit aufbrachte.

Genau das war der Haken an Martha Stewart. Es war faszinierend, ihre Fernsehauftritte zu verfolgen oder ihr Heft zu lesen und sich vorführen zu lassen, wie sich das Leben schöner und angenehmer gestalten ließ; aber Susan würde wetten, dass die meisten Leserinnen es dabei bewenden ließen, sich an Marthas Anregungen zu erfreuen, und weder Zeit noch Lust hatten, ihrem Beispiel zu folgen.

Sie sah auf, als sie James und Janie über Robin Williams Faxen als Popeye auf dem Bildschirm lachen hörte. Der kahlköpfige Seemann mit dem anschwellenden Bizeps und der sauren Miene verputzte seinen Spinat und befreite sich daraufhin aus einer ausweglosen Lage. Die Kinder freuten sich.

»He, James! Ich habe eine Idee. Willst du dich für Halloween nicht als Popeye verkleiden?«

Ihr Sohn sprang vom Sofa auf. »Jaaa!«

Janie blieb ruhig sitzen.

»Weißt du denn schon, als was du dich verkleiden willst, Janie?«, fragte Susan.

Janie schüttelte wortlos den Kopf.

»Wärst du gern Olivia? Du kannst deine Mutter fragen, und wenn sie einverstanden ist, nähe ich auch für dich ein Kostüm. Dann kannst du zusammen mit James auf den Halloween-Umzug gehen.«

Damit hatte sie genau ins Schwarze getroffen. Janie strahlte. Ihre Mutter hatte bestimmt nichts dagegen. Sie nähte ja nicht. Sie war immer im Büro.

80

Nach jahrzehntelanger Erfahrung im Sicherheitsbereich konnte Joe Connelly kaum noch etwas überraschen. Doch was die Kameras am gestrigen Abend vor Elizas Büro aufgezeichnet hatten, entsprach überhaupt nicht seinen Erwartungen.

Um zwanzig Uhr hatte eine blonde Frau in schwarzer Hose und einem Rollkragenpullover eine Einkaufstüte an die Tür gehängt.

Da Joe die Frau nicht kannte, war es am besten, Eliza herunterzurufen und sie selbst zu fragen.

Die Nachrichtenmoderatorin starrte angestrengt auf das körnige Bild auf dem Monitor, das Joe im Büro des Sicherheitsdienstes für sie vergrößert hatte.

»Das könnte Abigail Snow sein. Sie ist in der Werbeabteilung.«

»Hat sie schon mal versucht, sie anzubaggern?«

»Nein, nie.«

Joe schaltete das Gerät ab.

»Ich bestelle sie her und rede mit ihr.«

»Oh Gott, nein, Joe«, widersprach Eliza gequält. »Ich will Abigail nicht in Verlegenheit bringen. Ich kenne sie zwar kaum, aber ich glaube, sie ist sehr nett. Eine Bedrohung ist sie bestimmt nicht.«

»Na, wie wollen Sie die Sache denn handhaben? Ich würde nicht dazu raten, einfach darüber hinwegzugehen. Sie sollten ihr unmissverständlich zu verstehen geben, dass Sie nicht interessiert sind, Eliza. Die Frau sollte sich nicht einbilden können, dass sich zwischen Ihnen etwas anbahnt.«

Eliza dachte nach und kam zu einem Entschluss.

»Ich rede selbst mit ihr, Joe.«

»Sind Sie sicher? Ich nehme Ihnen das gern ab.«

»Nein«, sagte Eliza mit fester Stimme. »Das muss ich selber machen.«

*

Eliza ging zehn Minuten früher als sonst zur Maske, um noch einen Abstecher zur Werbeabteilung zu machen. Dort besprach sich Abigail gerade mit einer Kollegin.

»Abigail, könnte ich Sie mal kurz sprechen?«

»Gern, Eliza. Kommen Sie doch herein«, erwiderte Abigail erfreut und wies auf einen Stuhl.

Die Kollegin verstand den Wink und zog sich zurück.

»Möchten Sie den *NACHGEFRAGT*-Trailer von dem Film über Wochenendbeziehungen sehen?«, fragte Abigail.

»Ach, das geht jetzt nicht. Ich muss in die Maske. Aber er ist sicher ganz fantastisch, wie alle Ihre Trailer.« Eliza schlug ihre langen Beine übereinander und beugte sich vor.

Abigail bekam Herzklopfen.

»Also, was führt Sie denn dann zu mir?«

»Abigail, jemand hat gestern Abend ein Geschenk für mich an die Klinke meines Büros gehängt. Und ich habe mich gefragt, ob Sie das vielleicht gewesen sind.«

Abigail wurde rot.

»Waren Sie es?«

»Ja.«

Eliza wünschte sich meilenweit weg, als sie Abigails hoffnungsfrohes Gesicht sah. Wenn sie jetzt gleich hörte, was Eliza zu sagen hatte, würde sie sich sicher gedemütigt und gekränkt fühlen. Eine heikle Situation. Eliza wollte Abigails Gefühle nicht verletzen, aber die Geschichte musste im Keim erstickt werden.

»Ich bin nicht interessiert, Abigail. Es tut mir Leid.«

Ihr Gegenüber reagierte anders, als Eliza erwartet hatte.

»Woher wollen Sie das denn wissen?«, fragte Abigail, fast zu ruhig.

»Was will ich wissen?«

»Haben Sie schon mal überlegt, wie es wäre, mit einer Frau zu schlafen?«

»Das geht Sie eigentlich nichts an, Abigail. Aber die Antwort lautet nein.«

»Es könnte doch sein, dass es Ihnen gefällt.«

»Das glaube ich kaum.«

»Das können Sie doch gar nicht wissen, solange Sie es nicht ausprobiert haben.«

»Hören Sie mal«, sagte Eliza mit fester Stimme. »Ich bin nicht hergekommen, um mit Ihnen über Sexualität zu diskutieren. Ich wollte Sie nur wissen lassen, dass es mir lieb wäre, wenn sich so etwas nicht wiederholen würde.«

Damit stand sie auf und wandte sich zum Gehen.

»Eliza, bitte denken Sie doch noch mal darüber nach. Viele Frauen heiraten und bekommen Kinder, bevor sie ihre wahren Gefühle entdecken. Überlegen Sie doch wenigstens mal, warum dieses Thema ein solches Unbehagen bei Ihnen auslöst.«

»Es löst kein Unbehagen bei mir aus, Abigail. Ich halte mich für tolerant und aufgeschlossen, aber ich kenne mich, und ich weiß, dass ich mich sexuell nicht zu Frauen hingezogen fühle.«

*

Mit einem Stöhnen ließ Eliza sich auf den Frisierstuhl fallen und berichtete Doris von ihrem Gespräch mit Abigail.

»Ich wusste, dass sie heiß auf dich ist, Engelchen«, sagte Doris, während sie mit einem Pinsel über das Puderrouge strich.

»Ja? Warum hast du mir nichts davon gesagt?«

»Als ob du nicht schon genug Sorgen hättest!« Doris, die wie immer Leggins anhatte, trat einen Schritt zurück und schob die Hüfte vor. Sie hob die Hand und begann an den Fingern abzuzählen: »Also: Du bekommst Drohanrufe. Du bekommst Drohbriefe. Dein Freund geht fremd. Und nicht zu vergessen: Gerade wurde in dein Haus eingebrochen.«

Eliza musste unwillkürlich lachen. »Ach ja – und eine tolle Sache habe ich noch gar nicht erwähnt. Keith Chapel hat letztes Wochenende in Dallas einen plumpen Annäherungsversuch gemacht.«

Doris sperrte ihren bronzefarben geschminkten Mund auf. »Du machst Witze! Ich habe Keith immer für einen richtigen Waschlappen gehalten. Hätte ich nie gedacht, dass der sich traut, eine Frau anzubaggern. Und dann auch noch die Anchorfrau von »KEY aktuell«! Wenn das nicht mutig ist.«

Eliza zuckte mit den Achseln, als Doris ihr den Schminkumhang abnahm.

»Was für ein Mut denn? Übermut oder der Mut der Verzweiflung?« Eliza stand auf und strich sich den Rock glatt.

»Eben sinne ich noch über diese neckische Frage nach und gleich werde ich die Abendnachrichten für acht Millionen Menschen moderieren, die nicht die geringste Ahnung haben, wie chaotisch mein Leben ist.«

81

So nah und doch *so fern.*

Sie war so nah wie der Bildschirm.

Sie war so nah wie ihr Foto in einer Illustrierten oder einer Zeitung.

Tagsüber galten alle Gedanken ihr und nachts erschien sie in lebhaften, heißen Träumen.

Sie war allgegenwärtig und doch nie da.

Neid. Schrecklicher Neid auf die Frau, die beim Interview neben Eliza im Flugzeug saß, pulsierte durch die Adern. Ach, einmal solche Nähe zu Eliza Blake zu erleben! Ihren warmen Arm zu spüren. Mit ihr irgendwohin zu fliegen, wo sie allein sein könnten, irgendwo in weiter Ferne …

Bitte, Eliza … Wenn ich dir nur so nah sein könnte.

82

Am Donnerstag eilte Eliza sofort nach der Sendung aus dem Studio. Der erste Elternabend in der Vorschule sollte um halb acht anfangen und sie würde sich von dem Fahrer direkt zur Schule bringen lassen. Sie würde zu spät kommen, selbst wenn auf dem Westside Highway kaum Verkehr war.

Aber es herrschte wie fast jeden Abend starker Verkehr. Als Eliza ins Klassenzimmer der Vorschüler gestürzt kam, hatte Mrs. Prescott ihre Halbjahresplanung schon vorgestellt. Die Eltern hatten sich aus der verkrampften Haltung befreit, die sie auf den Zwergenstühlchen an den winzigen Tischen eingenommen hatten, streiften durch den Klassenraum und schauten sich die Kunstwerke ihrer Kinder an, die an den Wänden aufgehängt waren.

»Mrs. Prescott, ich bin Eliza Blake, Janies Mutter.«

»Natürlich, Ms. Blake.« Die Vorschullehrerin, eine winzige Frau mittleren Alters, die ihre Schützlinge an Körpergröße kaum überragte, streckte die Hand aus. »Schön, Sie kennen zu lernen. Mein Mann und ich sehen Sie jeden Abend in den Nachrichten.«

»Danke«, sagte Eliza, die leichtes Unbehagen empfand. Sie wollte nicht im Mittelpunkt des Interesses stehen. Schließlich war sie gekommen, um über ihre Tochter zu sprechen. »Wie macht Janie sich denn?«

»Sehr gut«, erwiderte Mrs. Prescott. »Sie lebt sich offenbar gut ein. Sie sind wohl erst ein paar Tage vor Schulanfang nach HoHoKus gezogen?«

»Ja. Es kam alles sehr plötzlich.«

»Und Sie haben eine neue Haushälterin?«

»Ja, eine Mrs. Garcia«, bestätigte Eliza. »So weit, so gut. Janie kommt prima mit ihr aus.«

Mrs. Prescott nickte. »Ja, ich fand sie auch sehr nett. Sie holt Janie ja jeden Tag ab. Ihre Tochter geht offenbar gern mit ihr mit.«

»Das freut mich.«

»Janie hat mir erzählt, dass bei Ihnen eingebrochen wurde.«

Eliza fühlte sich nicht wohl in ihrer Haut. Ihr schlechtes Gewissen regte sich, als die Vorschullehrerin sie auf alle Veränderungen und Traumata ansprach, die das Kind in letzter Zeit hatte durchleben müssen. »Ja, leider«, antwortete sie.

»Janie sagte mir, sie sei traurig, weil dabei auch Fotos gestohlen wurden.«

Und zu ihr hatte Janie kein Wort gesagt. Oh Gott!

»Ja, Familienfotos, wegen der Silberrahmen.«

»Waren auch Bilder von ihrem Vater dabei?«

Was sollte das denn werden? Ein Verhör?

Eliza nickte.

Mrs. Prescott nagte an ihrer Unterlippe. Irgendetwas behält sie für sich, dachte Eliza.

»Offenbar haben Sie etwas auf dem Herzen, Mrs. Prescott. Bitte sagen Sie mir doch, was es ist.«

»Ich habe in der Zeitung gelesen, was im Sommer passiert ist. Für ihr Alter hat Janie schon eine Menge durchmachen müssen. Ich wollte nur, dass Sie wissen – ich bin mir darüber im Klaren.«

Eliza spürte, dass alle Blicke in dem überfüllten Klassenraum auf sie gerichtet waren. Bei solchen Gelegenheiten sehnte sie sich nach Anonymität. Sie war erleichtert, als eine andere Mutter sich an die Vorschullehrerin wandte.

Die Pinnwand war nach Themen unterteilt. Das erste lautete: »Was ich in diesem Sommer erlebt habe.« Eliza sah mit Erleichterung, dass Janie ein Bild vom Strand in

Newport gemalt hatte, nicht etwa Mrs. Twomey als Strichfrauchen, das eine Knarre in der Hand hielt.

Zum Thema »Ernte« ähnelten sich die Kunstwerke in auffallender Weise. Alle Kinder hatten riesengroße orangefarbene Kürbisse gemalt.

Ein weiterer Arbeitstitel lautete: »Meine Familie«. Verzagt sah sich Eliza die minimalistischen Zeichnungen der Fünfjährigen an, auf denen durchweg Vater, Mutter und eine unterschiedliche Anzahl von Kindern dargestellt waren. Die typische amerikanische Durchschnittsfamilie. Janie hatte eine große Mama und ein kleines Mädchen gemalt, daneben einen winzigen gelben Farbklecks, der wohl Daisy darstellen sollte, wie Eliza mutmaßte. Auf dem Zeichenpapier war noch jede Menge Platz übrig geblieben. In eine Ecke hatte Janie eine Miniaturversion von KayKay und einen weißhaarigen Poppie gemalt, die sich bei der Hand hielten. Eine Schieflage. Aber das war die Familie, wie Janie sie kannte.

Zum ersten Mal war Eliza froh darüber, dass Larson den Hund mitgebracht hatte.

Jemand tippte ihr auf die Schulter. Sie drehte sich um und sah Susan Feeney, die lächelnd vor ihr stand. Eliza gab sich große Mühe, nicht mehr so besorgt dreinzuschauen.

»Hallo, Susan, wie geht's?«

»Ganz gut. Aber was ist denn? Sie wirken ganz niedergeschlagen.«

Eliza zeigte auf die Kinderbilder.

»Und?«, fragte Susan.

»Sehen Sie sich mal die Bilder der anderen Kinder an und vergleichen Sie sie mit dem von Janie.«

Susan starrte auf die Kunstwerke. »Ach, Sie meinen die Mama-Papa-Chose?« Sie tätschelte Elizas Arm. »Machen

Sie sich nichts draus – in ein paar Jahren ist die Hälfte dieser Eltern geschieden.«

Eliza verbiss sich das Lachen. »Das meinte ich eigentlich nicht.«

»Ach, denken Sie nicht weiter darüber nach. Hier draußen sieht zwar alles nach heiler Welt aus. Aber klopfen Sie mal an irgendeine beliebige Tür: Jede Familie hat ihre Probleme. Sie lieben Ihre Janie doch und das weiß sie ganz genau. Sie fühlt sich sicher und geborgen in ihrem Nest und sie ist ein sehr selbstbewusstes kleines Mädchen.«

»Hoffentlich«, sagte Eliza, der Susan immer sympathischer wurde.

Susan hielt ihr einen Notizblock hin. »Los, tragen Sie sich für irgendwas ein. Engagieren Sie sich. Dann fühlen Sie sich gleich besser.«

Eliza überflog die Seite. Koordinatorin des Festausschusses. Nein, keine Chance, das würde sie zeitlich nie schaffen. Kuchenverkauf. Na ja, Mrs. Garcia könnte etwas backen, aber eigentlich wollte sie ihre Haushälterin da nicht mit hineinziehen. Betreuerin der Pfadfinderinnen. Nein. Dazu müsste sie nach Schulschluss zur Verfügung stehen. Bücherstand. Das war ja auch unter der Woche. Halloween-Umzug.

»Was muss man denn beim Halloween-Umzug machen?«, fragte Eliza.

»Donuts und Apfelmost besorgen und am Samstag vor Halloween vormittags hier in der Schule sein, bevor die Kinder in ihren Kostümen aus der Stadt zurückkommen.«

Eliza kritzelte ihren Namen daneben. »Gut, das ist was für mich.« Sie gab ihrer Nachbarin den Block zurück. »Übrigens vielen Dank, Susan, dass Sie Janie das Kostüm nähen. Das ist sehr nett von Ihnen.«

Die Schuldgefühle hörten doch nie auf.

83

Warum hatte sie bloß in das Interview mit dem *Record* eingewilligt?

Noch mehr Publicity konnte Eliza nicht gebrauchen – »KEY aktuell« allerdings schon. Und bei dem Gehalt, das der Sender Eliza zahlte, fühlte sie sich dazu verpflichtet. Der *Record* hatte eine große Leserschaft im Norden New Jerseys. Louise Kendall würde den Artikel mit Sicherheit lesen und folglich auch Range.

Mit gezücktem Notizblock und Stift saß der Zeitungsreporter am Freitagmorgen in Elizas Redaktionsbüro.

»Warum sind Sie nach Bergen County hinausgezogen?«

»Weil ich glaube, dass es gut für meine Tochter ist, in so einer Umgebung aufzuwachsen. Wir haben gern in der Stadt gewohnt, aber für Janie habe ich mir einen Garten mit einer Schaukel und allem Drum und Dran gewünscht. Außerdem soll sie eine staatliche Schule besuchen und die Schulen in Bergen County haben einen guten Ruf.«

»Die Sache mit Ihrer Haushälterin hat viele Schlagzeilen gemacht. Hat das auch eine Rolle gespielt, als Sie sich zum Umzug entschlossen?«, hakte der Reporter nach.

»Ja. Aber ich würde es sehr begrüßen, wenn Sie das in Ihrem Artikel nicht so betonen würden. Wir würden das gern hinter uns lassen.«

Der Reporter quittierte das mit einem unverbindlichen Nicken.

»Und wie gefällt es Ihnen in HoHoKus?«

»Es ist eine schöne Stadt. Sehr reizvoll. Und mit guter Verkehrsanbindung nach New York.«

»Haben Sie schon viele neue Bekannte gewonnen?«

»Wir wohnen zwar erst seit ein paar Wochen in Ho-

HoKus, aber die Leute, die ich kennen gelernt habe, sind sehr offen und freundlich.«

»Haben Sie vor, sich irgendwie in der Gemeinde zu engagieren?«

Eliza lächelte. »Komisch, dass Sie das fragen. Ja, erst gestern beim Elternabend habe ich mich in eine Liste eingetragen. Ich werde beim Halloween-Umzug der Schule helfen. Ich werde mich auch weiter für die Martin-Bell-Syndrom-Forschung einsetzen und Spenden sammeln, gemeinsam mit meiner Freundin Louise Kendall, die übrigens auch meine Maklerin war. Letzten Juni hatte ich die Ehre, auf dem Wohltätigkeitsball zu Gunsten der Martin-Bell-Gesellschaft im Park-Ridge-Marriott-Hotel sprechen zu dürfen. Nächstes Jahr organisiert Louise die Benefizveranstaltung im Tavern on the Green. Ich werde daran teilnehmen und helfen so gut ich kann.«

»Wo genau in HoHoKus wohnen Sie denn?«, fragte der Reporter.

Eliza fühlte sich unbehaglich. »Wissen Sie, nichts liegt mir ferner, als Ihnen die Arbeit zu erschweren, und ich will auch keine Zensur ausüben, aber es wäre mir lieber, wenn Sie auch das nicht in dem Artikel erwähnen würden. Aus Sicherheitsgründen, wissen Sie.«

Zu viele Spinner liefen frei herum.

84

JANIE FREUTE SICH, dass sie am Samstag mit James Abendbrot essen und auch bei den Feeneys übernachten durfte, und Eliza war überglücklich, dass sie guten Gewissens weggehen konnte.

Legere Kleidung, hatte Louise gesagt, und Eliza entschied

sich für eine langärmelige Jackenbluse und eine schwarze Hose. Ihre Schmuckauswahl war begrenzt. Doch die großen goldenen Ohrringe und das Armband ihrer Großmutter mit ihrem Talisman, das sie in Dallas getragen hatte, waren ihr geblieben. Dem Himmel sei Dank, dass zumindest das nicht dem Einbrecher in die Hände gefallen war.

Sie schaltete sämtliche Lampen im Haus und die Alarmanlage an, setzte sich in ihren Kombi und fuhr die kurze Strecke nach Bear's Nest, einer Wohnsiedlung aus Luxusappartementhäusern. Der uniformierte Wachmann hielt sie am Torhaus an.

»Ich möchte zu Mrs. Kendall.«

»Ihr Name?«

»Eliza Blake.«

Der Wachmann verzog keine Miene, als er auf seinem Klemmbrett nachsah. Er schien sie nicht zu kennen. *Mal was anderes!*

»Fahren Sie bitte weiter, Miss.«

Vielleicht wäre es klüger gewesen, in so eine Siedlung zu ziehen, dachte Eliza, als sie durch die stillen Straßen fuhr. Wie beruhigend, dass ein Wachmann überprüfte, wer kam oder ging. Aber es gab keinen hohen Zaun um das Gelände, und selbst wenn, konnte man niemanden, der es wirklich darauf anlegte, daran hindern, einzudringen.

Range öffnete die Tür, einen Drink in der Hand.

»Da bist du ja!« Er lächelte breit und hauchte einen Kuss auf ihre Wange. »Komm rein. Louise ist auf der Terrasse. Draußen ist es noch warm genug für einen letzten Drink.«

Gerade brach die Dämmerung herein. Louise hatte Teelichter angezündet und in winzigen Lampions auf dem Terrassengeländer verteilt. Bei einem Drink unterhielten sie sich angeregt über die bevorstehenden Präsidentschaftswahlen, als Louise plötzlich einen Schrei ausstieß.

»Was hast du?«, fragte Range besorgt.

»Ach du Schreck, ich glaube, da sind eben Fledermäuse vorbeigeflogen!«

Range ließ sich in seinen Sessel zurückfallen und schmunzelte. »Keine Angst, mein Schatz. Eliza kann dir alles über Fledermäuse erzählen. Vor denen braucht man keine Angst zu haben. Stimmt's, Eliza?«

»Schön, aber das kann sie mir auch drinnen erzählen, denn hier draußen bleibe ich keine Minute länger.« Louise nahm ihren Whisky-Soda und verschwand durch die Terrassentür, die anderen beiden folgten ihr.

Eliza berichtete von ihrer Fledermaus-Recherche für den NACHGEFRAGT-Film, aber Louise zeigte sich unbeeindruckt. »Mir egal. Mir sind und bleiben Fledermäuse unheimlich. Sprechen wir über etwas Angenehmeres.«

»Gut«, stimmte Eliza zu und wechselte das Thema. »Gestern habe ich die Werbetrommel für die Martin-Bell-Gesellschaft gerührt«, meinte sie freudestrahlend.

»Wie denn?«

»Der *Record* bringt einen Artikel über meinen Umzug nach New Jersey. Ich habe dem Reporter erzählt, dass ich mit dir zusammen Spenden für die Erforschung des Martin-Bell-Syndroms sammle.«

»Danke, Eliza, prima. Jedes Bisschen hilft. Range hat mir gerade erzählt, dass das Martin-Bell-Syndrom diese Woche Thema in NACHGEFRAGT ist. Damit erreichen wir sicher ein breites Publikum. Ich bin ja so froh, dass du die Geschichte bringst.«

Als sich Louise entschuldigte, um in der Küche nach dem Braten zu sehen, wollte Range mehr über das Zeitungsinterview erfahren.

»Meinst du, es war klug, es öffentlich zu machen, dass du jetzt hier draußen wohnst?«, fragte er. »Gerade jetzt, wo du diese Drohbriefe bekommst? Warum soll denn jeder deine Adresse erfahren?« Eliza machte Stielaugen. »Range Bullock, das glaub ich einfach nicht! Du bist doch derjenige, der immer so viel Publicity wie möglich für die Sendung haben will. Ich dachte, du freust dich darüber.«

»Die beste Publicity der Welt bringt keine höheren Einschaltquoten, wenn du nicht mehr hinter dem Nachrichtenpult sitzt«, platzte es aus ihm heraus.

Eliza ließ den Kopf hängen.

»Entschuldige, Eliza. Das kam irgendwie falsch heraus.«

»Was kam falsch heraus?«, wollte Louise wissen, die gerade wieder ins Zimmer getreten war.

»Range macht sich Sorgen, weil ich bedroht worden bin.«

Louise setzte sich in einen Gobelinsessel. »Ich weiß und ich bin ebenfalls ziemlich beunruhigt. Ich kann mich gut an die Briefe erinnern, die Bill gelegentlich bekommen hat. Von den meisten hat er mir gar nichts erzählt, aber im Laufe der Jahre waren ein paar darunter, die ihn völlig aus dem Konzept gebracht haben. Die konnten einem wirklich das Blut in den Adern gefrieren lassen.«

Eliza spielte mit dem Talisman an ihrem Armband. »Das ist wirklich eine der Schattenseiten in diesem Beruf, nicht? Man macht seine Arbeit und berichtet über das, was in der Welt vorgeht, aber man weiß nie genau, wer die Zuschauer sind oder wie sie darauf reagieren werden.«

»Vielleicht sollten wir darüber mal eine Sendung machen«, schlug Range vor.

Eliza schaute ihn entgeistert an.

»Ganz im Ernst, Eliza. Ich halte das für ein interessantes Thema.«

»Kommt nicht in Frage, Range. Ich werde nicht dem ganzen Land mitteilen, was in mir vorgeht, wenn ich bedroht werde.« Ihr Ton zeigte, dass das ihr letztes Wort war.

Schweigen trat ein. Louise stand auf und nahm Elizas Glas, um ihr nachzuschenken.

»Hat man eigentlich je herausgefunden, was mit Linda Anderson geschehen ist, Range?«, fragte Louise, die an die Bar getreten war und frische Eiswürfel in das Kristallglas gleiten ließ.

»Gott, keine Ahnung. Ich habe nie mehr was davon gehört.«

»Wer ist Linda Anderson?«, erkundigte sich Eliza.

»Eine Nachrichtenmoderatorin beim Garden State Network. Sie war ziemlich gut und sehr attraktiv. Wir hatten gerade erwogen, sie unter Vertrag zu nehmen, als sie verschwand.« Range kniff die Augen zusammen. »Das muss vor ungefähr fünf Jahren gewesen sein. Wie bist du jetzt darauf gekommen, Louise?«

Louise reichte Eliza ihren frischen Drink und schaute sie prüfend an. »Also, ich finde, sie sah dir ein bisschen ähnlich, Eliza. Findest du nicht auch, Range?«

Verblüfft starrte Range seine Anchorfrau an. »Stimmt. Eliza hat eindeutig Ähnlichkeit mit Linda Anderson.«

85

JA, SO HATTE SIE es sich vorgestellt, als sie von der Stadt hierher ins Grüne gezogen war. Es war ein sonniger, klarer Sonntagnachmittag, das Laub der Ahorne und kanadischen Eichen leuchtete in ersten Gold-, Orange- und Rottönen und würde sich in den kommenden Wochen noch intensiver färben. Eliza schlenderte mit Janie, die ihren Labradorwelpen an der Leine hielt, neben Susan und James samt ihrem Hund Buddy auf gewundenen Spazierwegen um den See herum.

»Passt auf den Gänsedreck auf«, warnte Susan die Kinder, als sie mit den Hunden vorausrannten. »Ach, diese Gänse«, seufzte sie. »Da jogge ich nun jeden Tag eine Stunde lang um diesen schönen See – der im Übrigen einer der Gründe war, warum wir uns damals für diese Wohngegend entschieden haben –, aber die meiste Zeit konzentriere ich mich nur darauf, nicht in die Hinterlassenschaften der Gänse zu treten.«

»Müssten sie nicht bald nach Süden fliegen?«, erkundigte sich Eliza.

Susan zuckte mit den Achseln. »Ich weiß nicht. Mir kommt es so vor, als ob sie immer da sind. Im Wasser sehen sie so hübsch aus, aber die Schweinerei, die sie an Land hinterlassen, ist einfach furchtbar. Apropos Schweinerei – hat sich die Polizei schon wegen des Einbruchs gemeldet?«

»Nein«, erwiderte Eliza. »Und um ehrlich zu sein, ich rechne eigentlich auch nicht damit. Die Streifenpolizisten, die an dem Abend vorbeikamen, haben mir nicht gerade viel Hoffnung gemacht.«

»Wofür bezahlen wir eigentlich Steuern?«, rief Susan erbost aus. »Die Polizei sollte etwas dagegen unternehmen.«

Eliza zögerte einen Moment, bevor sie das Gespräch fortsetzte. Sie wollte keine unbewiesenen Verdächtigungen ausstreuen, aber schon die ganze letzte Woche hatte das Misstrauen, das sie gegenüber Larson Richards hegte, an ihr genagt. Wenn sie sich ihrer Nachbarin nicht auf der Stelle anvertraute, würde sie platzen.

»Mein Gott, Eliza«, entfuhr es Susan, nachdem Eliza

von ihrer Sorge berichtet hatte, Larson könne einen Haustürschlüssel behalten und sich damit Einlass verschafft haben. »Ich weiß zwar, dass er dringend Geld braucht, aber ich kann mir nicht vorstellen, dass er deshalb zum Einbrecher geworden ist.«

»Inwiefern braucht er dringend Geld?«, hakte Eliza nach.

»Ich habe dir doch von seinem Pizzeriageschäft erzählt.«

»Ja.«

Susan blickte Eliza direkt an. »Eigentlich war es ja eine vertrauliche Information, aber ich glaube, jetzt, wo das Ehepaar Richards tot ist, spielt es keine Rolle mehr.«

»Was für eine vertrauliche Information?«

Susan fing erst bedächtig an, aber dann sprudelte die ganze Geschichte immer schneller aus ihr heraus.

»Die Richards' hatten Larson größere Summen Geld geliehen, um sein Geschäft über Wasser zu halten. Mrs. Richards machte sich Sorgen deswegen und bat ihn, ihr dafür Schuldscheine auszustellen. Aber als er immer wieder bei ihnen ankam und noch mehr haben wollte, sagte sie schließlich, das sei ja ein Fass ohne Boden und sie würden ihm kein Geld mehr geben.«

»Und wie hat Larson das aufgenommen?«

»Nicht gut. Eines Tages kam Mrs. Richards weinend zu mir herüber und schüttete mir ihr Herz aus. Es ist unglaublich, was für schreckliche Sachen Larson seiner eigenen Mutter an den Kopf geworfen hat. Er wollte nie wieder mit ihr reden, wenn sie ihm nicht noch einmal half. Anderenfalls wären sie und sein Vater für ihn gestorben!«

»Ein reizender Sohn«, bemerkte Eliza.

Tränen traten Susan in die Augen und ihr dunkles Haar glänzte in der Sonne. »Mrs. Richards sagte, sie wolle ihr einziges Kind nicht verlieren und würde Larson wohl doch wieder Geld geben.«

»Und – hat sie es getan?«

»Das weiß ich nicht. Kurz darauf ging dieser verdammte Gasboiler kaputt und die Richards starben an Kohlenmonoxidvergiftung.«

86

»Ein Mr. Morton wartet hier unten. Er möchte Ms. Blake sprechen.«

»Bestellen Sie Mr. Morton, ich bin gleich da.«

Paige legte den Hörer auf. Da sich unerwartet eine Interviewmöglichkeit mit einem der Präsidentschaftskandidaten ergeben hatte, war Eliza Knall auf Fall in das nächste Flugzeug nach Washington gestiegen. Paige hatte Samuel Mortons Termin absagen wollen, hatte ihn aber nicht erreicht.

Ohne auf den Lift zu warten, lief Paige die Treppen hinunter und den langen Flur entlang, der zur Eingangshalle des Senders führte. Am Empfang wartete ein großer, attraktiver Mann mit dunklem Haar und angegrauten Schläfen, der eine mittelgroße Einkaufstüte bei sich hatte. Paige, die sich in Modedingen bestens auskannte, hätte wetten können, dass er einen Anzug von Zegna trug, der über zweitausend Dollar gekostet hatte.

»Mr. Morton«, begrüßte ihn Paige und streckte die Hand aus. »Ich bin Ms. Blakes Sekretärin, Paige Tintle.«

»Angenehm.« Der Mann hatte einen festen Händedruck.

»Es tut mir Leid, aber Ms. Blake musste heute Morgen überraschend einen auswärtigen Termin wahrnehmen.

Ich soll Ihnen ausrichten, wie sehr sie das bedauert, und dass sie hofft, dass es ein andermal zu einem Treffen kommt.«

Die Enttäuschung stand Samuel ins Gesicht geschrieben.

»Wenn Sie wollen, kann ich Sie ein bisschen im Haus herumführen«, bot Paige ihm an.

Während der halben Stunde, in der Paige ihn durch die Nachrichtenredaktion führte, war Samuel sehr liebenswürdig und an allem interessiert. Als sie schließlich oben in Elizas Büro anlangten, blickte Samuel durch das Sichtfenster nach unten in das Sendestudio.

»Schade, dass Sarah das nie gesehen hat«, murmelte er wehmütig. »Sie hätte es sicher faszinierend gefunden.«

»Es tut mir sehr Leid, Mr. Morton.« Was hätte Paige auch sonst sagen sollen?

Als sie das Büro verließen und wieder zurück zur Empfangshalle gehen wollten, erinnerte sich Samuel plötzlich an die Einkaufstüte, die er bei sich trug. Er drückte sie Elizas Sekretärin in die Hand.

»Ich bin noch die ganze Woche in New York und würde mich freuen, wenn ich Gelegenheit hätte, Ms. Blake persönlich zu sehen – sofern ihr Terminplan das erlaubt. Aber für den Fall, dass es nicht klappt, würden Sie ihr das hier von mir geben?«

87

Das Gespräch vor dem Essen am Wochenende ging Range nicht aus dem Kopf und er war nicht bereit, seinen Themen-Vorschlag fallen zu lassen. Als Redaktionsleiter war seine Stimme ausschlaggebend für die Wahl eines Beitrags. Nach der üblichen Redaktionskonferenz am Vormittag rief er Keith Chapel zu sich ins »Goldfischglas«.

»Finden Sie doch mal heraus, was es über eine Nachrichtenmoderatorin vom Garden State Network namens Linda Anderson gibt, die vor etwa fünf Jahren spurlos verschwunden ist.«

Keith notierte sich etwas auf seinen Block. »Soll das was für NACHGEFRAGT werden?«

»Weiß ich noch nicht genau«, antwortete Range. »Warten wir ab, was Sie auftreiben. Also, Sie melden sich wieder und dann sprechen wir darüber mit Eliza.«

Keith nickte und wandte sich zum Gehen.

»Einen Moment noch, Keith.« Range zog seine Schreibtischschublade auf und nahm eine schwarze Videokassette heraus. »Ich habe mich ein bisschen umgesehen und dabei dieses Bewerbungsvideo gefunden, das Ms. Anderson damals hier eingereicht hat, als sie sich um eine Stelle bei uns bewerben wollte. Sehen Sie sich's mal an und bilden Sie sich Ihre Meinung.«

Kurze Zeit später steckte der Redakteur die Kassette in seinen Recorder. Beim Anblick der Frau, die auf dem Bildschirm erschien und fünf Jahre alte Nachrichten aus New Jersey vorgelesen hatte, musste Keith sofort an die Frau denken, die auf Dutzenden von anderen Videobändern zu sehen war, die in seinem Büro herumlagen.

88

SCHON WIEDER LUNGERTE dieser Kerl auf der gegenüberliegenden Straßenseite herum.

Als Sicherheitschef wusste Joe Connelly, dass er eigentlich verpflichtet war, die Polizei zu rufen und die Beamten mit dem Mann reden zu lassen, aber er brannte darauf, nach draußen zu gehen und ihn sich selber vorzuknöpfen. Es waren noch weitere Briefe gekommen, jedoch immer noch keine Reaktion vom FBI. Connelly war angespannt und er war entschlossen, dafür zu sorgen, dass Eliza Blake nichts passierte.

In Begleitung von zwei uniformierten Wachmännern schob sich Connelly durch die Drehtür, wartete eine Lücke im Verkehr ab und ging dann schräg über die Straße. Der Mann im Sweatshirt blickte ihm herausfordernd entgegen.

»Entschuldigen Sie, Sir. Ich möchte Ihren Namen wissen und warum Sie hier ständig herumlungern.«

Der Mann musterte ihn mit verächtlicher Miene. »Ich brauche Ihnen meinen Namen nicht zu sagen. Soweit ich weiß, ist das hier immer noch ein freies Land und das hier ist ein öffentlicher Bürgersteig.«

»Hör mal gut zu, du Scherzkeks. Sieh zu, dass du verschwindest, und komm nicht wieder her. Verstanden? Wenn ich dich hier noch mal sehe, hole ich die Polizei.«

»Oh, da krieg ich aber Angst.«

Connelly hätte dem höhnischen Mistkerl am liebsten eine in die Fresse geschlagen. Doch stattdessen winkte er einen der Wachmänner heran, der rasch einen Fotoapparat aus der Tasche zog und ein paar Schnappschüsse von dem Großmaul machte.

»He! Das können Sie nicht machen!«, protestierte der Mann und wollte ihm die Kamera entreißen.

Doch der Wachmann trat einen Schritt zurück, so dass die Kamera nicht mehr in Meats Reichweite war.

»Naaa, warum rufst du nicht die Polizei?«, forderte ihn Connelly triumphierend heraus. »Und jetzt scher dich zum Teufel. Ich warne dich zum letzten Mal, lass dich hier nicht wieder blicken.«

89

Was für ein Glück der Kleine hatte!

Sicher, er litt an diesem Martin-Bell-Syndrom und war behindert – geistig zurückgeblieben, konnte nicht richtig sprechen und hatte alle möglichen Ängste. Den Führerschein würde er wohl nie machen können, genauso wenig wie er Lesen, Schreiben oder Rechnen lernen würde. Aber trotzdem, nur weil etwas mit seinem X-Gen nicht stimmte, hatte er es geschafft, ganz nah an Eliza heranzukommen.

Direkt rührend, wie Eliza behutsam auf den Jungen einredete, der dauernd mit den Händen ruderte. Kein Wunder, dass er das tat. Ihr so nahe zu sein, war verdammt aufregend. Schon der Gedanke an gemeinsame Bilder von sich und Eliza, die sich nachts wieder und wieder auf dem Fernsehschirm abspielen ließen, würde sicherlich für süße Träume sorgen. Aber andererseits waren da die Bilder zusammen mit Linda Anderson – und sich die noch einmal anzusehen, garantierte durchaus keine ungestörte Nachtruhe. Wenn Linda sich doch bloß damals nicht so gesträubt hätte! Es war wirklich ihr Fehler gewesen. Ja, Linda war selber schuld.

Es hatte ewig gedauert, näher an Linda heranzukommen. Sie ganz langsam so weit zu bringen, dass sie sich wohl fühlte und ihre Hoffnungen und Ängste preisgab.

Angst. Da lag das Problem. Als Linda gespürt hatte, dass sie verfolgt wurde, war sie zur Polizei gegangen, und danach hatte sie es einer Person erzählt, die sie für vertrauenswürdig hielt. Einem Menschen, der sich mit dem bereits bestehenden Kontakt zwischen ihnen nicht zufrieden gab. Einem Menschen, der über ihr Kommen und Gehen Bescheid wusste, sich auf die Lauer legte und auf eine Gelegenheit wartete, um sie häufiger zu sehen.

Natürlich passierte nichts, solange Linda Polizeischutz bekam. Zurückhaltung war angesagt, bis Linda erwähnte, dass die Polizisten abgezogen worden waren.

Es war ein qualvolles Warten gewesen, bis ein Beisammensein mit ihr wieder möglich war, in jenem Oktober vor fünf Jahren. Der Druck hatte immer mehr zugenommen, bis er nicht mehr auszuhalten war. An jenem letzten Abend, vor Lindas Haustür, hatten ihre Lippen gezittert und ihre Augen waren vor Entsetzen hervorgequollen, als sie endlich begriff.

Es hätte nicht so enden müssen. Wenn sie doch nur bereit gewesen wäre, die ihr angebotene Liebe anzunehmen! Dann wäre sie nicht sich windend und wehrend durch das Gehölz geschleift worden. Hätte sie doch nur zugehört und wäre dem Gedanken an ein gemeinsames Leben zugänglich gewesen. Aber stattdessen hatte sie zu schreien angefangen. Sie musste einfach zum Schweigen gebracht werden, eine andere Möglichkeit gab es nicht. Doch das knackende Geräusch, als ihr Genick brach, ließ sich nicht vergessen und bildete eine quälende Erinnerung.

Dann musste Lindas Leichnam im Kofferraum des Wagens verstaut werden, bis alles so weit vorbereitet war, dass er an einen Ort gebracht werden konnte, der an einem frühen Novemberabend menschenleer sein würde, um ihn endgültig loszuwerden.

Ja, es hatte wirklich nicht so enden sollen.

Aber mit Eliza würde es anders werden. Sie zwei zusammen – das konnte wunderschön werden.

Eliza würde sicher nicht den gleichen Fehler machen wie Linda Anderson.

Falls doch, würde sie das gleiche Schicksal erleiden.

Lieber Gott, bitte lass es nicht dazu kommen.

90

Eliza blätterte in dem in blaues Leder gebundenen Album und las die sauber auf dem Büttenpapier angeordneten Briefe. Trotz seiner tiefen Trauer hatte Samuel Morton sich die Zeit genommen, sämtliche Briefe, die Eliza seiner Tochter geschrieben hatte, einzukleben; neben jedem hatte er notiert, wie Sarah jeweils darauf reagiert hatte – alle Einzelheiten, an die er sich erinnerte.

Was dieser Mann durchmachen musste!

»Paige«, sagte Eliza in die Wechselsprechanlage, »können Sie mir bitte eine Verbindung mit Samuel Morton herstellen?«

Während sie auf den Summton wartete, strich Eliza mit den Fingern über das Lederalbum und betrachtete dabei das Bild eines lachenden Mädchens mit Zahnspange, das ein gelbes Fußballtrikot trug.

»Mr. Morton ist auf Leitung drei, Eliza.«

Sie holte tief Luft und drückte den Knopf auf ihrer Telefonkonsole.

»Mr. Morton? Hier spricht Eliza Blake. Ich wollte mich bei Ihnen dafür entschuldigen, dass ich nicht da war, als sie Anfang der Woche in den Sender kamen. Und ich wollte mich ganz herzlich für dieses wunderbare Andenken an Sarah bedanken. Das war wirklich sehr aufmerksam von Ihnen.«

»Ich freue mich, dass es Ihnen gefällt. Für mich hatte es einen therapeutischen Wert, und bitte, machen Sie sich keine Gedanken, weil Sie unsere Verabredung nicht einhalten konnten, Ms. Blake. Ich weiß, wie beschäftigt Sie sein müssen.«

Ihr gefiel der Klang seiner tiefen Stimme.

»Und wie geht es Ihnen, Mr. Morton?«

»Bitte, nennen Sie mich doch Samuel.«

»Gern, wenn Sie Eliza zu mir sagen.«

»Einverstanden.« Sie konnte ein leichtes Lächeln am anderen Ende der Leitung erahnen. »Es geht mir ein bisschen besser, seit ich hier in New York bin. Ich musste für eine Weile Abstand gewinnen.«

»Das kann ich gut verstehen. Haben Sie hier Bekannte?«

»Ja. Da ich früher mal hier gewohnt habe, mache ich Besuche bei alten Freunden.«

»Das ist schön. Manchmal hilft es ja, wenn man einfach unter Leute geht, selbst wenn man eigentlich nicht in Stimmung dafür ist. Davon, dass man allein im Haus bleibt und zu viel grübelt, wird es auch nicht besser.«

»Das stimmt«, pflichtete Samuel ihr bei. »Aber Sie wissen ja, selbst die besten Freunde haben viel um die Ohren. Und zudem halten sie es nur begrenzte Zeit mit einem Mann aus, der jeden Augenblick in Tränen ausbrechen kann.«

Eliza konnte sich noch gut an die Zeit nach Johns Tod erinnern. Bei Einladungen hatte sie sich nie des Eindrucks erwehren können, dass die Leute sich in ihrer Gegenwart etwas unbehaglich fühlten, auch wenn sie es noch so gut meinten. Sie wünschte, sie könnte etwas für diesen Mann tun.

»Würden Sie vielleicht mit mir essen gehen, Eliza? Wahrscheinlich sind Sie zu beschäftigt, aber es wäre mir ein großes Vergnügen.«

Im ersten Augenblick wollte sie nach einer Ausrede suchen, aber dann brachte sie es nicht übers Herz, sich herauszureden. Sie strich mit den Fingerspitzen über das Lederalbum. Was war schon dabei, sich ein paar Stunden freizunehmen und mit einem Mann essen zu gehen, der ein bisschen Gesellschaft dringend nötig hatte?

»Ja, das wäre schön. Ich muss Sie aber bitten, dass es kein langer Abend wird.«

»Großartig.« Seine Stimme klang begeistert. »Sagen Sie nur, wo und wann.«

»Wie wäre es mit morgen Abend, gleich nach der Sendung? Wir könnten uns gegen halb acht irgendwo treffen.«

»Gut. Und wo?«

»Das überlasse ich Ihnen, Samuel. Geben Sie einfach meiner Sekretärin morgen telefonisch Bescheid.«

Als Eliza den Hörer aufgelegt hatte, dachte sie an Mack. Seit seinem Abflug nach London war sie noch kein einziges Mal mit einem anderen Mann ausgegangen. Zwar handelte es sich bei diesem Essen mit Samuel nicht um ein Rendezvous, aber trotzdem wünschte sie, Mack würde erfahren, dass sie mit jemand anderem ausging.

91

FLORENCE ANDERSON WAR SELIG, als Keith Chapel bei ihr anrief. Längst wollte ihr niemand mehr zuhören, wenn sie über Linda sprach. Auch die Polizei nicht. Und soweit Florence das beurteilen konnte, hatte man den Fall längst zu den Akten gelegt. Wenn sie auf der Wache anrief, war den Polizisten anzumerken, dass sie sich von ihr nur noch belästigt fühlten. Florence fand es empörend, dass man keinen Versuch mehr unternahm, herauszufinden, was mit ihrer Tochter geschehen war.

Das machte sie zornig. Wenn es sich um die Tochter eines Polizisten gehandelt hätte, würden sie nicht aufgeben. Bei der Polizei hielt man doch zusammen wie Pech und Schwefel. Wenn eine ihrer Angehörigen verschwunden wäre, hätten sie längst ans Licht gebracht, was passiert war, darauf würde sie ihren Kopf verwetten. Sie ließ ihrer Verärgerung gegenüber dem KEY News-Redakteur freien Lauf, ohne zu ahnen, dass er sich bereits ausmalte, wie gut sich ihre Wut auf dem Bildschirm machen würde.

»Am Anfang hatte der Fall oberste Priorität«, räumte Florence ein. »In den Tagen direkt nach Lindas Verschwinden haben sie überall nach ihr gesucht, mit Hunden und Hubschraubern und Booten. Sie versicherten mir damals immer wieder, sie hofften, sie würden nichts finden. Weil sie hofften, dass Linda noch am Leben war.«

Die Frau hielt einen Augenblick inne. »Nun, sie haben nichts gefunden. Doch nach all den Jahren weiß ich tief in meinem Herzen, dass Linda tot ist. Ich wäre ja schon zufrieden, wenn ich nur wüsste, was mit ihr geschehen ist. Es würde mir genügen, wenn die Überreste meiner Tochter gefunden würden und ich sie in Frieden beerdigen könnte. Sie können sich nicht vorstellen, wie das ist, wenn man nicht weiß ...« Ihre Stimme brach ab.

»Sie haben Recht, ich kann es mir nicht vorstellen«, erwiderte Keith ruhig. »Mrs. Anderson, wären Sie damit einverstanden, dass wir mit einem Kamera-Team zu Ihnen kommen und ein Interview mit Ihnen machen?«

»Hören Sie, ich würde mich nackt auf den Broadway stellen, wenn ich dadurch erfahren könnte, was meiner Linda zugestoßen ist.«

92

»SIE MÜSSEN JA beste Beziehungen haben. Wie haben Sie das bloß angestellt, hier so kurzfristig einen Tisch zu reservieren?«

Samuel lächelte, ohne auf Elizas Frage einzugehen. Sie

saßen in dem in gedämpften Farben gehaltenen Speisesaal des Jean Georges, dem Vier-Sterne-Restaurant, das zum luxuriösen Trump Hotel gehörte. Der Raum war mit einem gewissen Understatement, wenn auch mit allem Komfort eingerichtet, damit nichts vom Essen ablenkte. Man musste Wochen im Voraus reservieren. Überall beugten sich Kellner über die Tische, tranchierten Fleisch, legten vor und schenkten ein, ausschließlich auf das Wohl der Gäste konzentriert.

Erst am Tisch erhielten die Gerichte die letzte Finesse. Vor Eliza, die eine Suppe von jungem Knoblauch bestellt hatte, wurde eine zarte Porzellanschale mit violetten Schnittlauchblüten gestellt. Dann goss der Ober die Suppe mit einer Kelle über die Blüten und eine berauschende Wolke von Knoblauchduft stieg auf. Samuels Spargelstangen lagen pur und undekoriert auf einem Teller, aber als der Kellner eine schaumige Morchelrahmsauce darüber verteilte, waren sie wie verwandelt.

»Sicher haben Sie hier schon oft gegessen«, sagte Samuel.

»Nein, noch kein einziges Mal. Ich hatte es zwar immer vor, aber bisher bin ich einfach nicht dazu gekommen.«

Samuel nickte. »Das kenne ich. Da kann ein traumhaftes Restaurant praktisch im eigenen Hinterhof liegen und trotzdem kommt man nie dazu, dort zu essen.«

»Ja, so ähnlich ist es. Im Übrigen bemühe ich mich, nicht allzu oft abends auszugehen; schließlich ist meine Tochter ja noch klein. Ich finde es schön, wenn ich gleich nach der Arbeit zu ihr nach Hause fahren kann.«

Kaum waren diese Sätze heraus, hätte sich Eliza auf die Zunge beißen können. Wie gedankenlos von ihr. Da plapperte sie über ihre Tochter und dabei hatte Samuel gerade sein Kind verloren.

Er reagierte jedoch sehr verständnisvoll und liebenswürdig. »Natürlich. Die Zeit mit Ihrer Tochter muss für Sie sehr kostbar sein. Ich möchte mich dafür entschuldigen, dass ich Sie heute von ihr fern halte.«

»Aber ich bitte Sie, es ist mir ein Vergnügen«, beteuerte Eliza. »Janie geht es bestens. Sie hat eine neue Disney-DVD und vertilgt wahrscheinlich gerade hoch zufrieden eine Schüssel Popcorn, weil Mrs. Garcia sie länger aufbleiben lässt.«

»Mrs. Garcia ist Ihre Kinderfrau?«

»Kinderfrau und Haushälterin. Sie ist ein Goldstück.«

»Es ist nicht einfach, gutes Personal zu finden. Ich kann ein Lied davon singen, weil ich eine Reihe von Kinderfrauen beschäftigt habe, als Sarah noch klein war. Ihre Mutter ist früh gestorben. Eine hat geklaut und eine schlief doch tatsächlich mit ihrem Freund in meinem Bett, wenn ich auf Geschäftsreise war.«

»Wie haben Sie das denn herausgefunden? Hat Sarah es Ihnen gesagt?«

Samuel wurde rot.

»Es ist mir richtig peinlich, Ihnen das zu erzählen. Ich werde sicher in Ihrer Achtung sinken.«

Eliza wartete ab und schließlich fuhr Samuel fort.

»Irgendwas an dieser jungen Frau kam mir komisch vor. Nennen Sie es Instinkt oder Intuition. Ich ließ Sarah ja den ganzen Tag bei ihr und ein paar Mal, als ich früher als erwartet nach Hause kam, fand ich den Freund vor. Und eines Tages hatte ich sogar den Eindruck, dass es nach Haschisch roch.«

Eliza stöhnte auf.

Samuel fuhr mit seiner Erklärung fort. »Daher durchsuchte ich ihr Zimmer, als sie ihr freies Wochenende hatte.« Er blickte Eliza forschend ins Gesicht, um zu sehen, wie sie darauf reagierte. Sie schien seine Handlungsweise nicht zu verurteilen.

»Und? Haben Sie Drogen gefunden?«, fragte sie.

»Nein, aber ihr Tagebuch. Ich habe es durchgelesen. Darin hatte sie das Ganze ausführlich beschrieben. Wie die beiden in meinem Bett geschlafen hatten, was das für ein eigenartiges Gefühl war, welchen Spaß sie unter meiner Dusche hatten. Und das alles, während Sarah gleich nebenan in ihrem Zimmer schlief!« Samuel lehnte sich zurück. »Sie müssen mich wirklich unmöglich finden.«

Eliza überlegte einen Moment. Normalerweise hätte sie sich von einem derartigen Eingeständnis abgestoßen gefühlt, aber sie konnte sich durchaus vorstellen, dass ein Vater oder eine Mutter dazu gebracht wurde, bis zum Äußersten zu gehen, wenn die Sicherheit des Kindes auf dem Spiel stand.

»Ich kann sehr gut verstehen, warum Sie so weit gegangen sind. Ich hätte es vielleicht genauso gemacht«, gestand sie ehrlich ein.

Während sie auf den Hauptgang warteten, unterhielten sie sich über Samuels Arbeit auf dem Gebiet des Vertragsrechts. Sie hatten beide das Gleiche bestellt: schneeweißen Heilbutt, auf der einen Seite von leuchtend rotem Tomaten-Comfit, auf der anderen von zarten grünen Zucchinistreifen flankiert. Der Ober nahm eine Sauciere und vollendete die Kreation mit einer aromatischen, sherryähnlichen Chateau-Chalonsauce.

»Mm, einfach köstlich«, meinte Eliza nach dem ersten Bissen.

Samuel nickte zustimmend. »Bei uns in Sarasota haben wir wunderbaren Fisch und auch sehr schöne Restaurants. Sind Sie schon einmal dort gewesen?«

»Noch nie. Aber ich habe schon viel Positives über die

Stadt gehört. Allerdings fürchte ich, wenn ich so nah am Meer wohnen würde, hätte ich keine Lust mehr zu arbeiten. Ich gehe furchtbar gern an den Strand.«

»Ich auch. Das Wasser hat etwas so Beruhigendes an sich. Ich habe Sarahs Asche im Golf von Mexiko verstreuen lassen.«

Plötzlich konnte Eliza den delikaten Bissen in ihrem Mund nicht mehr schmecken. Ihr Erschrecken musste sich auf ihrem Gesicht spiegeln, denn Samuel fing an, sich wortreich zu entschuldigen.

»Bitte, verzeihen Sie mir, Eliza. Das ist mir einfach so herausgerutscht. Es ist wirklich kein Thema für ein Tischgespräch.«

Armer Kerl. Es war alles noch so frisch.

*

Auf dem Gehweg vor dem Restaurant hatte sich ein Paparazzo postiert, in der Hoffnung, dass ein Prominenter auftauchte. Als Samuel Eliza nach dem Essen zu ihrem Wagen begleitete, der am Central Park West auf sie wartete, erfüllte sich der Wunsch des Pressefotografen.

Am nächsten Morgen brachte die *Daily News* ein Foto zweier überrascht blickender Gesichter mit der Bildzeile »Eliza Blake frisch verliebt«.

93

Der Samstagmorgen begann mit mehreren schönen Überraschungen, als Drake seinem Herrchen die Zeitungen apportierte, wie man es ihm beigebracht hatte. Als Erstes blätterte Jerry den *Record* durch. Als er das große Farbfoto von Eliza Blake entdeckte, das die erste Seite des Lokalteils beherrschte, stockte ihm der Atem. Schnell überflog er den Artikel und bekam Herzklopfen, als ihm klar wurde, dass Eliza jetzt nur noch wenige Kilometer von seinem eigenen Haus in Upper Saddle River entfernt wohnte. Eliza und ihre kleine Tochter waren jetzt Nachbarn von ihm!

Nachdem er den Artikel mehrmals durchgelesen hatte, nahm er eine Schere aus der Schublade und schnitt die Geschichte genau an der schwarzen Umrandung entlang aus. Dann faltete er das Stück Zeitungspapier sorgfältig zusammen und legte es in seine Nachttischschublade.

Die *New York Times*, die Zeitung, die dem Leser angeblich die Welt an die Tür bringt, langweilte Jerry nach der erregenden Neuigkeit im *Record*. Er blätterte die Seiten uninteressiert um, wobei er zur Kenntnis nahm, dass die Yankees auch in diesem Jahr wohl wieder auf dem Weg in die World Series waren. Jerry war früher ein leidenschaftlicher Baseballspieler gewesen.

Aber die *Daily News* elektrisierte ihn.

»Eliza Blake frisch verliebt.«

Er starrte das grob gerasterte Foto an. Nein, Eliza konnte sich unmöglich für den verklemmt aussehenden Typen an ihrer Seite interessieren, der aussah wie ein vom Scheinwerferlicht geblendetes Reh. Jerry kochte vor Wut und konnte den ganzen Vormittag seinen Blick nicht davon wenden. Bis zum frühen Nachmittag verspeiste er fast eine ganze Schachtel Devil Dogs. Aufgeputscht von dem Zucker in seiner Blutbahn, verbrachte er dann eine halbe Stunde mit Hanteltraining. Hoch, runter, hoch, runter. Der Druck nahm zu, während ihm der Schweiß auf der Stirn ausbrach. Schließlich, gegen zwei Uhr mittags, konnte er sich nicht länger beherrschen.

Er wählte die New Yorker Nummer und wartete, bis er in Elizas Büro durchgestellt wurde.

»Ich hab heute etwas über dich in der Zeitung gelesen, Eliza. Ich bin froh, dass du vernünftig geworden bist. Endlich bist du aus der Stadt weggezogen. Hier draußen wird es dir bestimmt viel besser gefallen.« Mit überschnappender Stimme setzte Jerry hinzu: »Aber fang lieber nichts mit diesem wandelnden Leichnam an. Der ist viel zu langweilig für dich. Bei mir kannst du den Kitzel kriegen, den du brauchst. Probier es doch mal aus!«

Er wollte schon den Hörer auflegen, als ihm noch etwas einfiel. Etwas, das ihr klarmachen würde, dass er nicht bloß so daherredete.

Jerry presste die nächsten Sätze bedrohlich zischend zwischen den Zähnen hervor, woraufhin Drake aufgeregt zu bellen begann. »Hast du gehört, Eliza? Hoffentlich merkst du es dir, denn falls du nicht tust, was ich sage, komme ich und hole mir deine kleine Tochter.«

94

Es war noch früh am Sonntagmorgen, doch Abigail hatte ihre Trainingsstunde bereits hinter sich. Sie war mit sich zufrieden und hätte liebend gern den Waschbrettbauch, den sie sich in harter Arbeit antrainiert hatte, endlich einmal vorgezeigt. Wenn ihr Eliza nur Gelegenheit dazu geben würde!

Während sie duschte und sich frische Sachen anzog, wurde es im Fitness-Club allmählich voll. Sie stopfte ihren Trainingsanzug in die Sporttasche und eilte nach draußen. Auf dem Gehweg prallte sie mit Monica Anderson zusammen. Abigail begrüßte sie und murmelte dann, sie sei zum Lunch verabredet und schon spät dran. Aber Monica wollte ihr unbedingt noch etwas erzählen.

»Abigail, das rätst du nie!« Monica wartete die Reaktion nicht ab. »In ›KEY aktuell‹ bringen sie etwas über Lindas Verschwinden. Meine Mutter ist schon ganz aus dem Häuschen. Sie rechnet fest damit, dass der Fall wieder aufgerollt wird, wenn man im Fernsehen darüber berichtet. Und die Sendung wird ja landesweit ausgestrahlt. Vielleicht sieht ja jemand zu, der einen neuen Hinweis liefern kann.«

»Das ist ja toll, Monica«, meinte Abigail lustlos.

»Meine Mutter und ich dachten, dass du möglicherweise etwas damit zu tun hast, dass KEY eine Story über Linda bringen will. Stimmt das? Hast du das Thema vorgeschlagen?«

Wenn sie jetzt schwindelte, würde Monica es wahrscheinlich nie herausfinden. Aber wozu das Ganze?

»Ich wünschte, es wäre so gewesen, Monica, aber die Idee stammt nicht von mir. Wer macht den Beitrag denn?«

Monica nagte an ihrer Oberlippe und versuchte sich an den Namen zu erinnern, den ihre Mutter erwähnt hatte. »Im Moment fällt mir nicht ein, mit welchem Redakteur meine Mutter gesprochen hat, aber auf jeden Fall hat er gesagt, dass der Beitrag in ›KEY aktuell‹ ausgestrahlt werden soll. Stell dir vor, vielleicht macht Eliza Blake bei uns zu Hause ein Interview!«

Als Abigail den Broadway hinunterging, fragte sie sich, warum die Linda-Anderson-Geschichte ausgerechnet jetzt gebracht werden sollte. Nach all den Jahren war das doch wirklich ein alter Hut.

Aber der Umstand, dass Eliza den Film über das Verschwinden von Abigails alter Freundin machen würde, kam ihr wie ein Wink des Himmels vor. Es war ein weiteres Zeichen, dass zwischen ihr und Eliza eine schicksalhafte Verbindung bestand.

OKTOBER

95

Endlich ein Hinweis. Er war viel versprechend, allerdings auch höchst beunruhigend.

Paige hatte den Anruf gleich als Erstes am Montagmorgen gehört und sogleich nach unten weitergeleitet.

»Sagen Sie ihr nichts davon, Paige«, schärfte ihr der Sicherheitschef ein. »Ich werde persönlich mit Eliza darüber sprechen.«

Der Samstagnachmittag war nicht gerade eine besonders belebte Zeit in der Telefonzentrale des Senders. Die Aufzeichnungen der Anrufe, die gegen zwei Uhr hereingekommen waren, würden dazu beitragen, dass die Liste der Verdächtigen mit Hilfe der Computer der Telefongesellschaft verkürzt werden konnte.

Connelly hörte sich den Anruf noch einmal an und machte Eingaben in seinen Computer.

Der Anrufer hatte gesagt, dass er in der Nähe von Elizas Haus in HoHoKus wohnte.

Der Anrufer las sowohl die Lokalzeitung für den nördlichen Teil von New Jersey als auch die New Yorker *Daily News*.

Der Anrufer besaß einen Hund.

Der Anrufer hatte die Gangart verschärft. Er hatte Elizas Tochter bedroht.

Schweißperlen standen auf Joe Connellys gerunzelter Stirn.

»Ich glaube, es wäre an der Zeit, Ihr Haus von einem Sicherheitsteam bewachen zu lassen.«

Eliza umklammerte die Armlehnen ihres Bürostuhls. Sie war wie vor den Kopf geschlagen von der Mitteilung, die Joe ihr gerade gemacht hatte.

Janie.

Um diese Zeit war sie noch in der Schule. Aber jeden Augenblick konnte ein Wahnsinniger mit einem Maschinengewehr hereinspazieren und sie entführen. Oder Schlimmeres.

Wie oft hatte sie selbst schon über Ähnliches in den Nachrichten berichtet? Eliza rang nach Luft und kniff die Augen fest zu, als ob sie dadurch die schreckliche Angst, die in ihr hochgestiegen war, zurückdrängen konnte.

»Geraten Sie jetzt nicht in Panik, Eliza.«

Joe hatte Recht. Sie durfte jetzt keinesfalls durchdrehen. Sie musste einen klaren Kopf bewahren. Janies Leben hing davon ab.

»Ich übernehme die Anrufe und leite alles in die Wege«, hörte sie Joe sagen. »Ab heute Nachmittag wird Ihr Haus bewacht.«

Eliza nickte wie betäubt. »Ich sollte in der Schule und bei Mrs. Garcia Bescheid sagen«, murmelte sie.

»Das kann ich übernehmen«, erbot sich Joe.

Mit aller Entschiedenheit, über die sie noch verfügte, richtete sich Eliza auf. »Nein, das mache ich.«

Sie würde sich ihr Leben nicht von einem abgedrehten Psychopathen aus der Hand nehmen lassen.

96

DIESER SICHERHEITSFRITZE *kann mir mal im Mondschein begegnen.* Meat hatte es nicht mehr nötig, umständlich nach New York zu fahren und auf dem Gehweg vor dem Sender herumzulungern. Eliza wohnte jetzt gleich um die Ecke.

Zugegeben, nicht direkt um die Ecke. HoHoKus gehörte zwar zum selben Landkreis wie Moonachie, aber was den Lebensstil der dortigen Bewohner anging, war es eine völlig andere Welt. Im *Record* wurde es als »gehobene« Wohngegend bezeichnet. Das ließ sich von Meats Heimatstädtchen wohl kaum behaupten.

Er zog sich sorgfältig an, wählte bewusst seine einzige Khakihose und den albernen rehbraunen Pullover mit dem aufgestickten Polospieler-Emblem. Den hatte ihm seine Mutter letztes Jahr zu Weihnachten geschenkt, damit er mal was Ordentliches im Schrank hatte; aber er hatte nur einen Blick darauf geworfen und beschlossen, das Ding niemals anzuziehen. Doch jetzt kam es ihm zupass, dass er es nicht gleich weggeschmissen hatte. Genau die Sorte Pulli trugen diese Lackaffen in HoHoKus wahrscheinlich.

Er fuhr mit seinem schäbigen Escort auf der Route 17 nach Norden und hielt nach der Abfahrt nach HoHoKus Ausschau. An der Rampe zur Hollywood Avenue verließ er die Autobahn, bog oben nach links ab und überquerte sie. Er merkte sich die Namen der Querstraßen: Lloyd, Elmwood, Lakewood, Fairview. Nach nicht einmal zwei Kilometern bog er nach links ins Geschäftszentrum von HoHoKus ab.

Geschäftszentrum! Das war ja wohl ein Witz. Ein so verschlafenes Dorf hatte er schon lange nicht mehr gesehen. Während er langsam die Hauptstraße herunterfuhr, verrenkte er sich den Hals auf der Suche nach der rotweiß gestreiften Stange, die auf einen Friseur hinwies. Ein Haarschnitt war schon länger fällig, aber das Wichtigste war, dass so ein Dorffriseur bestimmt den neuesten Klatsch wusste.

Als Meat fündig geworden war, fuhr er noch einen Block weiter und parkte den Wagen an einer Stelle, die vom Friseurgeschäft aus nicht einsehbar war. Doch als er sich der Tür näherte, sah er das Schild. GESCHLOSSEN.

Wie idiotisch! Es war ja Montag. Selbstverständlich hatte der Friseur heute geschlossen. Meat hielt die gewölbten Hände an die Scheibe und blickte ins Ladeninnere. Drinnen brannte zwar kein Licht, aber er konnte jemanden sehen. Er klopfte ans Fenster und zimmerte sich schnell eine Geschichte zusammen.

»Hallo auch. Entschuldigung, aber wir sind gerade hierher gezogen und nachher kommen meine Schwiegereltern, um sich unser neues Haus anzusehen. Meine Frau hat mich losgeschickt, damit ich mir vorher die Haare schneiden lasse, und wenn ich so zurückkomme, kriegt sie die Krise. Besteht eine Chance, dass Sie mich drannehmen?«

Der Friseur sah auf seine Armbanduhr. »Na ja, eigentlich wollte ich gleich zum Golfspielen fahren, aber mein Abschlag ist erst nach dem Mittagessen fällig. Okay, kommen Sie rein.«

»Sie sind mein Lebensretter, Kamerad«, sagte Meat und steuerte den Frisierstuhl an.

»Zum Glück für Sie hatte ich meine Brieftasche hier vergessen, sonst wäre heute niemand da gewesen.« Der Friseur schaltete die Deckenbeleuchtung ein. »Wo sind Sie denn hingezogen?«

»Wir haben ein Haus an der Lakewood Road gekauft.«

»Lakewood? Ich wusste gar nicht, dass dort ein Haus zu verkaufen war.«

Meat reagierte schnell. »Es war ein privater Verkauf.«

»Da haben Sie aber Glück gehabt. Alles, was hier in letzter Zeit auf den Markt gekommen ist, war schon wieder weg, bevor die Makler es von den Interessenten besichtigen lassen konnten.« Der Friseur legte Meat schwungvoll einen riesigen Umhang um.

»Ja. Meine Frau hatte sich den Ort in den Kopf gesetzt. Sie war völlig aus dem Häuschen, als sie am Wochenende in der Zeitung las, dass Eliza Blake auch hergezogen ist. Wo wohnt sie denn?«

Der Friseur setzte die Schere in Bewegung. »Sie hat das Richards-Haus in der Saddle Ridge Road gekauft. Ein großes rotes Backsteinhaus im Kolonialstil.«

»Ich werd mit meiner Frau mal vorbeifahren müssen. Ist es das einzige rote Haus im Kolonialstil?«

Der Friseur ließ Schere und Kamm sinken und dachte nach. »Kann ich nicht genau sagen. Soweit ich weiß, wurde da kürzlich neu gebaut. Aber Eliza Blakes Haus liegt rechter Hand, wenn Sie von der East Saddle River Road einbiegen. Genau an der Kurve.«

97

Am Montagnachmittag wurde eine hohe Vase mit zwei Dutzend vollendet schöner rosa Rosen beim Pförtner abgegeben. Paige holte das in durchsichtige Folie gehüllte Arrangement ab und stellte es vor Eliza auf den Schreibtisch, aber ihre Chefin blickte kaum auf.

»Soll ich Ihnen die Karte vorlesen?«, fragte Paige.

»Nur zu«, sagte Eliza gleichgültig.

Paige öffnete den kleinen weißen Umschlag. »Ich danke Ihnen für die Erkenntnis, dass es im Leben doch noch Grund zur Freude gibt. Samuel.«

Die Sekretärin sah Eliza erwartungsvoll an und hoffte, dass die romantische Geste deren Lebensgeister wecken würde.

»Sehr nett.« Das war alles, was Eliza aufbieten konnte. Sie stand auf und ging zum Fenster, wobei sie die Arme fest vor der Brust verschränkte. »Ach, Paige, wenn der Tag doch schon zu Ende wäre, damit ich endlich nach Hause kann.«

»Sind die Personenschützer schon da?«

»Ja. Ich habe gerade mit Mrs. Garcia telefoniert. Zwei Mann sitzen draußen in einem Auto und passen auf.«

»Und Janie?«

»Geht es bestens. Sie hat nichts mitbekommen.«

»Das ist gut«, sagte Paige.

Eliza trommelte verzweifelt mit den Fäusten gegen das Glas. *Warum nur hatten die Telefongesellschaft und Joe Connelly diese Spinner noch nicht erwischt?*

98

DER KURIERSACK FÜR DAS Londoner Büro wurde jeden Wochentag um fünf Uhr nachmittags in der KEY-Zentrale abgeholt und ging dann mit dem Nachtflug nach Großbritannien. Um halb fünf eilte Abigail mit einem an Mack McBride adressierten grauen Umschlag für innerbetriebliche Nachrichten zur Postabteilung und warf ihn in das leuchtend gelbe Versandnetz zu den anderen Umschlägen und Päckchen.

Eigentlich musste jede Sendung auf dem Klemmbrett,

das neben dem Sack hing, verzeichnet werden, doch Abigail kümmerte sich nicht darum.

Warum sollte sie die Einzige sein, die litt?

Drüben, auf der anderen Seite des Atlantiks, würde Mack den Umschlag öffnen und nichts außer einer Kopie des Fotos aus der *Daily News* finden. Er würde nie herausfinden, wer es ihm geschickt hatte.

Schaden konnte es jedenfalls nicht. Wenn Mack erfuhr, dass Eliza schon jetzt mit einem anderen Mann ausging, würde ihn das vielleicht davon abhalten, ihr Verhältnis wieder in Ordnung zu bringen.

Abigail hatte keineswegs aufgegeben. Trotz Elizas gegenteiligen Beteuerungen hoffte sie, dass sie es sich noch einmal überlegen würde. Mack jedenfalls sollte nicht wieder bei ihr landen.

99

NACH MITTERNACHT WAR wieder ein Anruf gekommen. Obwohl Joe davon abriet, bestand Eliza darauf, dass er ihr die Aufzeichnung vorspielte.

Alle Farbe wich aus ihrem Gesicht, als sie die geflüsterten Sätze hörte.

»Eliza, du bist so schön, selbst ungeschminkt. Ich träume davon, jeden Morgen neben deinem frischen Gesicht aufzuwachen. Deine Tochter kann zu uns ins Bett kriechen und dann kuscheln wir miteinander.«

Ungeschminkt? Wer hatte sie ohne ihr Make-up gesehen? Spähte er heimlich bei ihr in die Fenster? Beobachtete er sie, wenn sie mit Janie draußen spielte? Oder hatte er sie an einem Morgen, als sie keine Zeit gehabt hatte, sich zurechtzumachen, in den Sender kommen sehen?

Eliza wurde übel. Sie rannte den Flur hinunter und übergab sich.

*

Sie musste ihre Arbeit tun. Es ging nicht anders.

Keith wollte mit ihr den Drehplan für NACHGEFRAGT durchgehen. Passte es ihr, am nächsten Wochenende zum Zoo in der Bronx zu fahren und ein Interview mit deren Fledermaus-Experten zu machen? Außerdem könnte man Meinungsäußerungen von Passanten aufnehmen – was der Mann auf der Straße von Fledermäusen hielt. Das Wetter sollte gut werden und sicher würden viele Leute in den Zoo gehen, weil sie wegen des Columbus Day frei hatten.

Eliza versuchte nachzudenken. Eins stand fest: Sie würde Janie an diesem Wochenende um nichts auf der Welt allein lassen.

»Ich bin einverstanden, Keith, aber ich werde Janie mitbringen«, sagte sie mit fester Stimme.

Falls der Redakteur sich wunderte, ließ er es sich nicht anmerken. Tatsächlich hegte Keith die Hoffnung, dass er ebenso hingebungsvoll an seinem eigenen Kind hängen würde – wenn es denn endlich da wäre.

»Klar, Eliza. Warum nicht. Soweit ich weiß, wird dort an diesem Wochenende irgendeine Halloween-Sache veranstaltet. Das macht Janie bestimmt Spaß.« Keith blickte auf sein Klemmbrett. »Und jetzt noch die Linda-Anderson-Geschichte. Wir könnten nächste Woche Dienstag rausfahren und Mrs. Anderson interviewen. Sind Sie einverstanden?«

Eliza fiel es schwer, über den heutigen Nachmittag hinauszudenken. »Klären Sie das mit Paige ab. Wenn ich keine anderen Termine habe, ist es okay.«

Keiths Recherchen hatten Range davon überzeugt, dass sich die Linda-Anderson-Story gut für einen NACHGEFRAGT-Beitrag eignete. Eliza war dabei anfänglich unbehaglich zumute gewesen, aber jetzt fühlte sie fast so etwas wie einen Zwang, der Geschichte nachzugehen. Linda Anderson hatte ihr ähnlich gesehen, sie war ebenfalls Nachrichtenmoderatorin gewesen; und auf Grund ihres Bekanntheitsgrades und der hohen Zuschauerquote glaubte die Polizei, dass fast jeder ein zwanghaftes Interesse an ihr hätte entwickeln können.

Nach Lindas Verschwinden hatte die Polizei viele Leute, die die junge Moderatorin länger kannten, einbestellt und befragt: Kollegen, Freunde und Bekannte. Die Kriminalpolizei vernahm über vierhundert Personen und ging eintausendzweihundert Hinweisen nach. Aber am Schluss kamen die Beamten zu dem Ergebnis, dass ein fanatischer Bewunderer Linda zum Objekt seiner Begierde gemacht haben müsse. Eben das Phänomen, das Linda bei ihrer Karriere sehr nützlich gewesen war – nämlich dass sie ein Mensch war, der allen Zuschauern das Gefühl von Nähe gab, auch wenn sie niemals mit ihr zusammengetroffen waren –, hatte zu ihrem Tod geführt. Und trotz der vielen Ermittlungen, Großfahndungen und Suchhund-Einsätze war nie etwas dabei herausgekommen.

100

JAMES WAR IN DER SCHULE und die Putzfrau würde die Mädchen im Auge behalten. Susan zog ihre Laufschuhe an, fest entschlossen, die Gelegenheit zu nutzen. Als Erstes machte sie ein paar Dehnübungen an der Hauswand und lief dann mit schnellen Schritten die Auffahrt hinunter. Vor Elizas Haus stand wieder die dunkelgraue Limousine. Ein Mann saß im Wagen, der andere patrouillierte am Grundstück entlang.

Susan dachte voller Mitgefühl an ihre neue Freundin. Bis jetzt hatte sie geglaubt, es müsse großartig sein, wenn man berühmt war. Jetzt erkannte sie, dass Prominenz auch eine hässliche Kehrseite hatte. Sie wusste ihre eigene geborgene kleine Welt mehr denn je zu schätzen.

Susan nickte dem Mann im Wagen zu und joggte langsam die leichte Kurve entlang, die zu der ruhigen Straße rund um den See führte. Dann legte sie Tempo zu. Sie umkreiste den See gerade zum fünften Mal, als ihr ein schäbiger blauer Wagen auffiel, der vor dem baumbestandenen Abschnitt auf der anderen Seite des Sees langsam zum Stillstand kam. Als sie bei der nächsten Runde wieder vorbeikam, war das Auto noch da, aber niemand saß mehr darin.

*

Meat war an dem Haus im Kolonialstil vorbeigefahren und hatte die graue Limousine gesehen. Er wagte nicht, sie noch einmal zu passieren, um sie näher in Augenschein zu nehmen. Aber es war ein Polizeiwagen, das konnte er von weitem riechen. Er ließ den Wagen an der Stelle stehen, die er am Montagmorgen entdeckt hatte, als er nach seinem Gespräch mit dem Friseur die Gegend ausgekundschaftet hatte – am Waldrand, aber nicht direkt vor einem Haus, so dass kein Anwohner wegen eines vor seinem Grundstück geparkten Autos bei der Polizei anrufen würde. Gut, dass er das erledigt hatte, bevor die Bullen vor Elizas Haus Posten bezogen hatten.

Die Erkundungstour hatte sich gelohnt. In diesem wohlhabenden Viertel herrschten Ruhe und Frieden, überall standen Bäume und dichte Hecken. Es war kein großes Problem gewesen, sich zwischen den Büschen zu verbergen und hinter Elizas Haus zu schlüpfen, um alles auszuforschen.

Das Badehäuschen war nicht schlecht. Dort ließ es sich leben – viel besser als in seiner Wohnung. Aber dann hatte er das Baumhaus zum Ausguck erkoren. Wenn er es schaffte, nachts dort hinauf zu gelangen, konnte er durch den Spalt in der Bretterwand direkt in die hell erleuchteten Fenster spähen.

Das war nach wie vor sein Plan. Wegen der Sicherheitsbeamten würde die Ausführung ein bisschen schwieriger werden. Schwieriger, aber keineswegs unmöglich. Er freute sich direkt darauf. Das Baumhaus erinnerte ihn an seinen Fledermauskasten. Genau wie seine pelzigen Freunde würde Meat zu gegebener Zeit herauskommen – zum Fressen.

*

Larson Richards brannte darauf, sich mit dem potentiellen Kapitalgeber zum Essen in Marcellos Restaurant im HoHoKus Inn zu treffen. *Heute muss es einfach klappen*, dachte er auf der Fahrt zu dem Restaurant in der Sheridan Avenue. Diese Woche hatte er die Gehälter gerade noch zusammenkratzen können, aber wenn er nicht bald eine große Finanzspritze bekam, würde er seine Mitarbeiter am fünfzehnten des Monats nicht mehr bezahlen können. Und das wäre der Anfang vom Ende. Wenn seine Anwälte, Buchhalter und Sekretärinnen kein Gehalt mehr bekamen, würden sie merken, dass das Schiff am Sinken war, und aussteigen. Sie würden es ihren Ehepartnern erzählen und die würden es ihren Bekannten weitersagen, und schon wäre es eine allgemein bekannte Tatsache, dass Richards Enterprises bankrott war.

Ein Blick auf die Digitaluhr am Armaturenbrett des

Mercedes sagte ihm, dass er noch Zeit hatte. Es war erst Viertel vor zwölf. Spontan bog er links in die Lloyd Avenue ein. Um diese Zeit müsste Elizas Tochter aus der Vorschule kommen.

Er hatte die Hoffnung noch nicht aufgegeben, sich bei Eliza beliebt zu machen. Hätte er erst einmal ihr Vertrauen gewonnen, konnte er sie vielleicht dazu überreden, Geld in sein Geschäft zu investieren. Ihm fiel ein, dass sie ihm verboten hatte, noch einmal zu ihr nach Hause zu kommen. Aber von der Schule hatte sie nichts gesagt. Wenn er es erreichen konnte, dass das Kind ihn mochte, würde Eliza sich das Ganze vielleicht noch mal überlegen. Jedenfalls, in der verzweifelten Lage, in der er sich befand, durfte er nichts unversucht lassen. Jetzt meckerte sogar schon der Typ von der Tankstelle, dieser Augie.

Larson parkte am Ende der langen Schlange von Geländewagen und Kombis, die auf ihre kostbaren kleinen Passagiere warteten. Die graue Limousine, die hinter dem weißen Volvo stand, fiel ihm nicht auf.

Kurze Zeit später liefen die ersten Kinder aus dem Schulgebäude auf ihre Mütter und Kinderfrauen zu. Janie ging an der Hand einer sehr kleinen Frau, die direkt auf die milchkaffeebraune Haushälterin zusteuerte.

Larson wollte schon aussteigen, aber dann überlegte er es sich doch anders. Vielleicht war jetzt doch nicht der richtige Augenblick. Bei seinem Besuch in Elizas Haus hatte er sehr wohl gespürt, dass die Frau aus Guatemala ihn nicht mochte. Wenn er eins nicht gebrauchen konnte, dann, dass die ausländische Haushälterin sich bei Eliza über ihn beschwerte.

Er würde lieber eine andere Gelegenheit abwarten.

*

Aha, so lief das also ab.

Die Sicherheitsleute fuhren hinter der Hausangestellten her, wenn sie mit dem Wagen wegfuhr, um das Kind von der Schule abzuholen.

Das könnte seine Chance sein. Wenn keiner im Haus war, konnte er mit seiner Ausrüstung zum Baumhaus schleichen und sich darin auf die Lauer legen.

Allerdings war die Zeitspanne zwischen zwölf Uhr mittags und dem Abend ziemlich lang. Und was war, wenn die Wachmänner das Baumhaus jedes Mal überprüften, wenn sie wieder zurückkamen? Meat versteckte sich in den Büschen und wartete auf die Rückkehr der beiden Autos. Das Hausmädchen brachte das Kind ins Haus, während die Personenschützer draußen im Auto sitzen blieben und etwas aßen. Etwa alle zwanzig Minuten stieg einer von ihnen aus und ging auf dem Grundstück herum. Dabei näherte er sich Meat bis auf wenige Schritte, entdeckte ihn jedoch nicht. Um vier Uhr nachmittags kam das nächste Duo, ihre Ablösung.

Meat wartete noch eine Stunde, obwohl er genau wusste, dass es seinen Chef auf die Palme bringen würde, wenn er zu spät zur Arbeit kam. Wenn er hörte, dass Meat den Freitagabend freihaben wollte, würde er sich bestimmt noch mehr aufregen. Aber das war Meat jetzt ziemlich egal. Denn während der gesamten fünf Stunden, die er sich zwischen den Büschen hinter Elizas Haus versteckt hatte, war nicht ein Einziger auf die Idee gekommen, den Baum hochzuklettern und das Baumhaus zu kontrollieren.

101

»Jetzt frag mich nicht, warum ich das getan habe, Doris. Einfach so.«

»Wenn ein Mann dir Leid tut, ist das doch noch lange kein Grund, ihn zu dir zum Essen einzuladen. Schon gar nicht, wenn man bedenkt, was sich zur Zeit alles bei dir abspielt.«

Doris hatte vollkommen Recht; aber als Samuel angerufen und gefragt hatte, ob sie sich nicht noch einmal treffen könnten, war Eliza mit allem herausgeplatzt, was sich letzthin ereignet hatte. Seine Besorgnis darüber war so groß gewesen, dass sie ganz gerührt gewesen war. Und selbst wenn sie es sich nicht gern eingestand, war es doch irgendwie eine Erleichterung. Eliza war sich durchaus bewusst, dass es sich dabei um das Klischee vom »männlichen Beschützer« handelte, das allen Frauen beim Heranwachsen eingetrichtert wird. Aber das war ihr egal. So wie die Dinge lagen, gefiel ihr die Vorstellung, dass am Freitagabend ein Mann im Haus sein würde.

Sie hatte KayKay und Poppie nicht erzählt, dass Janie bedroht worden war, denn sie wusste, sie würden sich furchtbare Sorgen machen und darauf bestehen, nach New Jersey zu kommen und bei ihnen zu bleiben. Womöglich würde Paul bei dem ganzen Stress noch einen Herzanfall bekommen. Es war einfach nicht fair, sich immer wieder auf die beiden zu stützen.

»Was sagt denn Janie dazu, dass ein neuer Mann ins Haus kommt?«, fragte Doris, während sie Elizas Lippen mit einem Konturenstift nachzog.

»Na, ich will doch hoffen, dass sie es gut findet. Ich habe sie bestochen: Wenn sie sich an dem Abend gut benimmt, darf sie am Samstag mit in den Zoo kommen.«

Doris verdrehte die Augen und Eliza musste zum ersten Mal seit Tagen lachen.

»In der Liebe und im Krieg ist alles erlaubt, Süße.«

*

Während seines ganzen Aufenthalts in Israel hatte Mack vorgehabt, Eliza anzurufen. Er war nur nie dazu gekommen. Er konnte es darauf schieben, dass er ständig im Einsatz war oder dass sich seine Gedanken nur noch um die Vorgänge und Entwicklungen drehten, über die er zu berichten hatte. Aber im tiefsten Innern wusste er, dass er einfach nur feige war. Warum war er imstande, sich Tag für Tag eine kugelsichere Weste anzuziehen und in Krisengebieten herumzufahren, während er zugleich nicht dazu in der Lage war, den Hörer in die Hand zu nehmen und zu versuchen, mit Eliza wieder ins Reine zu kommen?

Sie hatte nicht auf den langen Brief reagiert, in dem er sie um Verzeihung gebeten hatte.

Mit jedem Tag, der vorüberging, verschlechterte sich die Situation noch und ihre Entfremdung nahm immer mehr zu. Jetzt war er heil nach London zurückgekehrt und hatte sich in seinem Hotel hingelegt. Er hatte erkennen müssen, dass es inzwischen vielleicht zu spät war. Der Zeitungsausschnitt lag neben ihm auf dem Bett.

Sie traf sich mit einem anderen Mann.

Warum auch nicht? Schließlich hatte er sie betrogen. Ausgerechnet jetzt, wo sie ihn brauchte, war er nicht für sie da. Eliza wusste nicht, dass er regelmäßig bei Joe Connelly anrief, um auf dem neuesten Stand zu bleiben. Er hatte Joe gebeten, ihr nichts davon zu erzählen.

Wenn er Schneid hätte, würde er morgen in Marcys Büro marschieren und ihr sagen, dass er unbedingt zurück in die Staaten fliegen müsse. Er brauchte sich nur in ein

Flugzeug zu setzen und wäre schon morgen Abend wieder in New York.

Mack nahm den Zeitungsausschnitt noch einmal in die Hand und musterte ihn eindringlich. Der Typ sah ganz anständig aus. Vielleicht würde er Eliza besser behandeln, als er selbst es getan hatte. Sie hätte es verdient.

102

DIE NACHT WAR KÜHL und Meat war froh, dass er so clever gewesen war, Daunenjacke und Skihandschuhe mitzubringen. In seinem Rucksack hatte er zwei mit Wurst und Käse belegte Brote, eine Thermoskanne mit Kaffee und mehrere Dosen Bier. Notfalls würde er die leeren Bierdosen zum Pinkeln benutzen können.

Das Haus war strahlend hell erleuchtet. Von seinem Hochsitz aus genoss Meat eine erstklassige Aussicht auf alles, was sich abspielte. Es war, als hätte er ein riesiges Puppenhaus vor sich und könnte mit einem Blick sehen, was sich in den einzelnen Zimmern zutrug.

Erst wurde in der Küche geplaudert, wobei sich Eliza in der Rolle der glücklichen Hausfrau präsentierte, Wein einschenkte und den Salat mischte. Der Kerl an ihrer Seite sah wie ein Mode-Geck aus, so einer, der den ganzen Schrank voll von diesen blöden Snob-Pullovern hatte.

Soweit Meat sehen konnte, war das nicht der Mann, mit dem Eliza irgendwann im Sommer im »*People*«-Magazin abgelichtet gewesen war. Seitdem hatte er immer darauf gewartet, dass Mack McBride in den Nachrichten einen Bericht machte. Er wollte rauskriegen, was Eliza an dem Typ fand.

Letzthin hatte McBride aus dem Nahen Osten berichtet, wie ihm aufgefallen war. Nein, der Kerl, der heute bei ihr war, war nicht McBride.

Was für eine Rabenmutter. Tauscht nahtlos einen gegen den anderen ein und nimmt den Neuen gleich mit nach Haus zu ihrem Kind! *Schlampe.*

Als die drei dann vereint am Esstisch saßen, wurde Meat von dem zuckersüßen Anblick übel. Wie sich der Kerl bei dem kleinen Mädchen einschmeichelte, das war einfach unerträglich! Er drehte sich extra zu ihr um, wenn er mit ihr sprach, und er hörte ihr gespannt zu und lachte über alles, was sie sagte. Aber das Schlimmste sollte erst noch kommen.

Eliza und das Kind gingen aus dem Zimmer und der Mann saß eine Zeit lang allein am Tisch und trank seinen Wein. Hinter einem kleinen Fenster im ersten Stock ging ein Licht an und Meat konnte gelbe Fliesen an den Wänden erkennen. Er sah, wie sich Elizas Mund bewegte, während sie sich vorbeugte. Wahrscheinlich war die Kleine dabei, sich die Zähne zu putzen oder so was.

Inzwischen stand der Kerl unten vom Tisch auf, ging in die Küche und goss sich noch ein Glas Wein ein. Er blickte aus dem Fenster und öffnete dann die Hintertür und spazierte zum Pool hinüber. Da der Garten im Dunkeln lag, konnte Meat nicht viel erkennen, aber er glaubte zu sehen, dass der Mann sich hinkniete und mit der Hand im Wasser hin und her wedelte. *Komischer Knilch.*

Das Licht im Badezimmer ging aus und ein paar Minuten später wurde oben noch ein anderes Licht gelöscht. Das Kind war jetzt bestimmt im Bett. Kurz darauf tauchte Eliza wieder in der Küche auf, blickte durch die Tür ins Esszimmer, drehte sich dann um und ging wieder in die Küche zurück, wo sie dann bemerkte, dass die Hintertür offen stand.

Meat hörte sie rufen: »Samuel?«

»Ich bin hier draußen, Eliza, und bewundere deinen Pool.«

»Moment, ich mach mal das Licht an.«

Der hintere Teil des Gartens war plötzlich taghell und Meat im Baumhaus duckte sich noch tiefer. Das war allerdings nicht nötig, denn man schenkte ihm keinerlei Beachtung.

»Ich muss dringend dafür sorgen, dass der Pool abgedeckt wird«, sagte Eliza. Sie hatte die Arme vor der Brust verschränkt, weil es draußen recht kühl war. Als sie zum Pool kam, legte der Kerl den Arm um sie. Sie sprachen so leise miteinander, dass Meat sie nicht verstehen konnte.

Aber seinem Blick entging nichts. Meat sah zu, wie der Mann sich hinabbeugte und Eliza küsste, und er wurde noch zorniger, als Eliza dem Mann die Arme um den Hals legte und seinen Kuss erwiderte.

Luder. Es spielte keine Rolle, dass der Mann nicht über Nacht blieb.

Der Gast verabschiedete sich kurz nach elf. Eine halbe Stunde später ging das Licht oben aus. Kurz nach Mitternacht, als gerade die Ablösung kam, kletterte Meat leise vom Baum herunter.

Er schlich am Rand des von Büschen begrenzten Grundstücks entlang und durch die Hintergärten von drei benachbarten Häusern in Richtung der Straße, die um den See herumführte. Seine Gummisohlen stapften lautlos über den Asphalt zu seinem Wagen.

Er hatte einen Strafzettel an der Windschutzscheibe.

Verdammt!

Jetzt kannten die Bullen seine Autonummer.

103

»OKAY, OKAY, DANN KOMM MIT. Du kannst dich ja mit den anderen Elefantenkühen amüsieren.«

Im selben Augenblick, als Keith diesen Satz herausließ, war ihm klar, dass er unwiderruflich zu weit gegangen war. Selbst wenn ihre Ehe das überstehen sollte, würde Cindy ihn nie vergessen lassen, was er gerade in seiner Wut zu ihr gesagt hatte.

Die Verblüffung auf dem aufgeschwemmten Gesicht seiner Frau wich schnell einem verletzten Ausdruck.

Und als Nächstes werden die Tränen fließen.

»Ach, verdammt, Cindy. Es tut mir Leid. Aber du bist die ganze Zeit am Drängeln.«

»Aber ich wollte doch nichts weiter, als den Tag mit meinem Mann verbringen. Was soll ich denn sonst tun – den ganzen Tag allein in der Wohnung herumhängen?«, schluchzte sie.

Keith blickte auf die geschwollenen Fesseln unter dem Bademantel, der sich über ihrem hervorstehenden Bauch spannte.

Ihr früher leuchtend blondes Haar hing stumpf und matt herunter. Ihr Teint war fleckig und der Schlafmangel hatte dunkle Ringe unter ihren Augen hinterlassen. Keith hatte Mitleid mit Cindy, doch zugleich fühlte er sich von ihr abgestoßen. Es würde ihm peinlich sein, sie mitzunehmen.

Er dachte auch, wie unangenehm das sowohl für ihn wie für Eliza sein würde. Da würde seine hochschwangere Frau stehen und er und Eliza wussten beide, dass er neulich zudringlich geworden war. Nein, er wollte ganz und gar nicht, dass Cindy mit zum Drehort kam.

»Sieh mal, Cindy. Es dauert doch nicht den ganzen Tag.

Ich bin nachmittags wieder zurück. Und dann unternehmen wir etwas zusammen. Das verspreche ich dir.«

Aber Cindys anfängliche Verletztheit war bereits ins nächste Stadium getreten.

»Gib dir keine Mühe«, zischte sie wütend. Sie watschelte schwerfällig ins Schlafzimmer und ließ die Tür mit einem heftigen Knall hinter sich zufallen.

104

Meat hatte glasige Augen, da er die Nacht in seinem Wagen verbracht und schlecht geschlafen hatte. Er war von seinem Parkplatz am Wald in das Geschäftsviertel von HoHoKus gefahren und hatte auf dem Gelände einer Tankstelle neben einigen anderen dort abgestellten Fahrzeugen geparkt. Sein Escort war somit nur ein Wagen unter anderen, der auf eine Reparatur wartete. Er war dort geblieben, bis es hell wurde.

Zum Frühstück kaufte er in einem Imbiss ein Brötchen mit Schinken und Spiegelei und einen Becher Kaffee zum Mitnehmen und verspeiste alles in seinem Auto. Kauend fragte er sich, was Eliza heute wohl vorhatte.

Er schlürfte seinen heißen Kaffee und dachte nach. Wenn er wieder zur gewohnten Stelle zurückfuhr und den Wagen dort stehen ließ, musste er damit rechnen, dass die Polizei eventuell in der Gegend herumschnüffelte. In dem Wohnviertel auf und ab zu fahren, war auch riskant. Wenn er an dem Haus vorbeifuhr, würden die beiden Wachleute das sicher registrieren. Er musste eine Stelle finden, von wo aus er das Haus beobachten konnte, ohne dass die Sicherheitsleute ihn sahen.

Dann fiel ihm etwas ein. Die neue Villa, die weiter vorn

in der Straße gebaut wurde! An einem Samstag würde dort nicht gearbeitet werden. Er könnte direkt in die Garage fahren. Selbst wenn sein staubiges, altes Auto gesehen wurde, würde man sicher davon ausgehen, dass es sich nur um einen Handwerker handelte.

Als er in die Saddle Ridge Road einbog, fiel ihm sofort die graue Limousine weiter oben in der Straße ins Auge. Meat fuhr auf die unbefestigte Einfahrt des noch nicht fertig gestellten Hauses und weiter in die Garage. Er stieg aus dem Auto und ging die behelfsmäßige Holzrampe nach oben. Sie führte in einen Raum, der aussah, als wäre er die neue Küche. Er ging weiter, bis er das Treppenhaus gefunden hatte, und stieg die Treppe hoch. In einem Eckschlafzimmer fand er schließlich eine Stelle, von der aus er eine unerwartet gute Sicht auf Elizas Haus hatte.

Er musste ziemlich lange warten, doch schließlich wurde seine Mühe belohnt. Eliza kam heraus und bugsierte ihre kleine Tochter in den Kombi. Aus dem Haus gegenüber kam ein kleiner Junge gelaufen, der auch einstieg. Der Volvo fuhr aus der Auffahrt und die graue Limousine folgte ihm.

Meat klopfte sich Sägemehl von der Hose und trabte nach unten, um in sein Auto zu steigen.

105

SAMUEL GING VOR DEM EINGANG zu den »Dunklen Welten« in der hellen Morgensonne auf und ab. Er war entzückt, dass Eliza ihn gefragt hatte, ob er Lust habe, sich mit ihr im Tierpark der Bronx zu treffen und den Rest des Tages dort zu verbringen, wenn sie mit dem Dreh fertig war. Es war wirklich nett von ihr, ihn mit einzubeziehen.

Samuel hoffte, dass Eliza es nicht tat, weil sie Mitleid mit ihm hatte. Es war nicht ihr Mitleid, was er wollte.

Als sie gestern Abend am Swimmingpool seinen Kuss erwidert hatte, war das nicht aus bloßer Sympathie geschehen, da war er sich ganz sicher. Er hatte die Wärme ihrer Lippen gefühlt, ihr Begehren. Bestimmt wäre sie noch weitergegangen, wenn Samuel sie gedrängt hätte. Aber obwohl er sich sehnlichst wünschte, dass Eliza und er zusammenkämen, hielt er das nicht für klug. Es war noch zu früh.

Er erblickte Eliza, die sich mit zwei fröhlich hüpfenden Kindern an ihrer Seite auf dem Weg näherte, gefolgt von drei mit einer Kameraausrüstung beladenen Männern. Einige Meter dahinter gingen noch zwei Männer. Vermutlich die Bewacher. Eliza begrüßte Samuel mit einem leichten Kuss auf die Wange.

»Guten Morgen.« Sie lächelte ihn an. »Leider ist mir erst, als du schon fort warst, eingefallen, dass wir uns auch später hätten treffen können. Ich hoffe, du langweilst dich nicht zu Tode, während wir drehen.«

»Keineswegs«, versicherte Samuel. »Es interessiert mich sehr, mal zu sehen, wie die Fernsehnachrichten zustande kommen.«

Eliza wendete sich zu ihren Begleitern um und machte alle miteinander bekannt.

»Janie kennst du ja schon und das ist James.«

Samuel beugte sich hinunter und schüttelte dem Jungen die Hand.

»Und das sind der Redakteur Keith Chapel, der Kameramann B.J. D'Elia und John Dolan, der Tontechniker.«

»Meine Herren«, sagte Samuel mit einer leichten Verbeugung. Man schüttelte sich die Hand. Samuel registrierte, dass Eliza die Sicherheitsbeamten ignorierte.

»Was hattest du als Erstes geplant, Keith?«, fragte Eliza.

»Ich habe mir gedacht, es wäre das Beste, wenn wir zunächst einmal reingehen und uns kurz die Ausstellung ansehen, während das Team hier draußen alles drehfertig macht. Wenn die Leute wieder herauskommen, können wir sie dann fragen, wie ihnen die Fledermäuse gefallen haben.«

»Gut. Also, los.« Eliza ging zurück zu den Sicherheitsleuten und schlug ihnen vor, draußen zu warten. Sie brauchten ihr nicht auch noch drinnen auf Schritt und Tritt zu folgen. Es würde den Kindern den ganzen Spaß verderben.

✳

Das war einfach zu schön, um wahr zu sein.

Meat hatte sich unter die anderen Besucher gemischt und sah zu, wie sich Eliza und ihre Begleiter vor den »Dunklen Welten« versammelten. Er kannte das Nachttierhaus gut, denn er war schon Dutzende von Malen hier gewesen, weil er alles über Fledermäuse wissen wollte. Im Tierpark gab es ein reiches Angebot an erlebnispädagogischen Veranstaltungen. Hier in der Bronx hatte er zum ersten Mal eine kleine braune Fledermaus in der Hand gehalten. Dass seine beiden Leidenschaften jetzt direkt vor seinen Augen zusammentrafen, steigerte seine Erregung ins Unerträgliche.

Wie Eliza wieder gekleidet war! Noch enger konnten ihre Jeans ja wohl kaum sein.

✳

Als die drei Erwachsenen und zwei Kinder ins Nachttierhaus eintraten, bemühten sie sich blinzelnd, sich vom hellen Tageslicht draußen auf die Dunkelheit, die hier drinnen herrschte, umzustellen. Man hatte den lang gestreckten Raum so weit der Umwelt nachtaktiver Tiere angeglichen, dass die verschiedensten Geschöpfe, die man sonst nie zu Gesicht bekam, aus ihren Schlupfwinkeln gelockt wurden. Janie und James, die sich in den ersten Minuten ängstlich an Elizas Hände geklammert hatten, fassten bald Mut und rannten los zu den Schaukästen an den Seitenwänden.

»Was sind das denn für Tiere, Mama?«

Eliza las laut vor, was auf den am unteren Rand der Schaufenster angebrachten, spärlich beleuchteten Schildern stand, und zog eine Grimasse, als sie die unterirdische Welt hinter der Scheibe betrachtete. »Nackte Maulwurfsmäuse.« Unzählige blasse, haarlose, röhrenförmige Kreaturen drängten sich in ihren engen Gängen aneinander. Die Kinder pressten die Gesichter fasziniert gegen das Glas.

*

Geh einfach ganz normal mit den anderen Leuten rein.

Meat schlenderte direkt an den Sicherheitsleuten und dem Kamerateam vorbei, die Rampe hoch und ins Nachttierhaus.

Es dauerte nicht lange, bis sich seine Augen an die Finsternis gewöhnt hatten.

*

»Janie, James! Lauft nicht weg!«, sagte Eliza im Befehlston. »Bleibt in meiner Nähe.«

Doch die Kinder hatten sich bereits auf das nächste Schaufenster gestürzt.

»Iiiih! Fledermäuse!« hörte Eliza Janie schreien.

»Cool!« Das war James.

Es dauerte ein paar Sekunden, bis man etwas erkennen

konnte, aber dann starrten Eliza, Keith und Samuel gemeinsam mit den anderen Besuchern die dunklen Fledermäuse an, die in dicken Klumpen von den Ästen eines Baumes hingen. Von Zeit zu Zeit breitete eine der Fledermäuse die Flügel aus, so dass ihre charakteristischen, unheimlichen Umrisse zu sehen waren.

*

Meat konnte es nicht mehr aushalten.

Eliza stand direkt vor den Fledermäusen. Die beiden Männer und die Kinder waren zwar bei ihr und überall in dem großen, düsteren Raum hielten sich Zoobesucher auf, aber er konnte sich einfach nicht mehr beherrschen.

*

Während die anderen weitergingen, blieb Eliza einen Augenblick lang zurück, um noch einmal nachzulesen, was auf den Informationstafeln stand. Plötzlich spürte sie eine warme Hand an ihrem Hals, was sie zwar überraschend, aber nicht unangenehm fand, da sie glaubte, es sei Samuel, der im Dunkeln die Hand nach ihr ausstreckte wie ein Schüler, der mit seiner Angebeteten im Kino sitzt. Aber als ihr eine Stimme heiß ins Ohr flüsterte, fuhr sie panisch zusammen.

»Warum ziehst du dich immer wie eine Schlampe an? Nimm dir ein Beispiel an den Fledermäusen und sei ein gutes Vorbild für deine Tochter!«

»Mama, Mama! Komm mal und guck dir das hier an!«, hörte Eliza Janie in dem Sekundenbruchteil rufen, den es dauerte, bis ein gellender Schrei aus ihr herausbrach.

Trotz der Finsternis waren Samuel und Keith schnell an ihrer Seite und rangen Meat zu Boden.

106

Joe war gerade dabei, die Gartenmöbel für den Winter in den Schuppen zu räumen, als seine Frau ihn ins Haus rief. Ein Anruf aus dem Büro.

Zehn Minuten später war Connelly bereits zum Polizeirevier in der Bronx unterwegs. Als er eine halbe Stunde später dort eintraf, erkannte er den schmuddeligen Mann in der Zelle auf den ersten Blick. Es war derselbe Kerl, der vor dem Sender herumgelungert hatte. Nur dass jetzt sein Name und sein Adressse bekannt waren. Cornelius Bacon aus Moonachie, New Jersey.

Die Polizisten der Wache hatten bereits bei der Polizei von Moonachie angerufen. Dort war der Mann kein Unbekannter. Er arbeitete in einer der Kneipen am Ort hinter der Theke. Ein komischer Kauz. Hielt sich Fledermäuse im Garten.

Fledermäuse. Connelly ließ die Briefe an Eliza schnell vor seinem inneren Auge passieren. »Vampirfledermäuse saugen Blut ... Lern von den Fledermäusen ...«

Connelly ließ den Polizisten, der die Festnahme vorgenommen hatte, noch einmal bei der Polizei von Moonachie anrufen. Er sollte sich erkundigen, ob der Verdächtige irgendeinen Spitznamen hatte. Als er die Antwort hörte, stieß Joe einen tiefen Seufzer der Erleichterung aus. Wie gut, dass sie den Kerl erwischt hatten.

Joe wollte sich nicht ausmalen, was hätte geschehen können. Aber es ließ sich nicht leugnen: Die Personenschützer waren direkt vor Ort gewesen und doch hatte dieser Unhold sich auf Eliza gestürzt.

Und der irre Anrufer wartete auch noch irgendwo da draußen.

107

Als Eliza am Montagmorgen ins Büro kam, begrüßte Paige sie mit der Neuigkeit, dass ein Redakteur von »Exklusiv« telefonisch angefragt hatte, ob sie bereit sei, ihnen ein Interview über den Vorfall im Tierpark zu geben.

»Auf gar keinen Fall«, versetzte Eliza. »Noch mehr Publicity kann ich im Augenblick wirklich nicht gebrauchen. Ich will nicht, dass noch jemand auf verrückte Gedanken kommt.«

»Sie bringen die Story in jedem Fall, ob Sie nun mit den Leuten sprechen oder nicht, hat er gesagt. Sie wissen, dass unser Kamerateam vor Ort gefilmt hat. Und jetzt wollen sie wissen, ob sie eine Kopie haben können. Natürlich würde KEY News als Quelle genannt«, sagte Paige zaghaft.

Eliza stieß einen tiefen Seufzer aus. Die Sache nahm sie doch ziemlich mit. Sie merkte, dass sie heute Morgen ihr dezentestes, hochgeschlossenes Kostüm angezogen hatte. Sie fühlte sich verletzlich und schutzlos.

»Nicht, solange ich dabei ein Wörtchen mitzureden habe«, sagte sie entschieden. »Ich denke gar nicht daran, denen auch noch Material zu liefern.« Notfalls würde sie zu Yelena Gregory gehen, um zu verhindern, dass das chaotische Video, das ihr Kamerateam draußen vor den »Dunklen Welten« gedreht hatte, über den Sender ging. Janie, die sich weinend an ihre Mutter klammerte, James Feeneys erschrecktes kleines Gesicht. Eher würde die Hölle zufrieren, als dass Eliza dieses Band der Öffentlichkeit preisgab. In diesem Fall konnten ihr die journalistische Wahrheit oder das Recht der Öffentlichkeit auf Information gestohlen bleiben. Maß sie jetzt mit zweierlei Maß? Vielleicht, aber das war ihr vollkommen gleichgültig.

Paige kritzelte etwas auf ihren Notizblock und warf einen Blick auf die Liste der Telefonnachrichten. »Mr. Connelly hat heute Morgen schon zweimal angerufen.«

»Okay. Verbinde mich bitte mit ihm, Paige.« Auf dem Weg in ihr Arbeitszimmer drehte sich Eliza noch einmal um. »Ich wünsche Ihnen noch einen schönen Columbustag! Es tut mir Leid, dass ich Sie an einem Feiertag ins Büro beordern musste.«

*

»Die Fingerabdrücke von diesem Meat sind schon unterwegs. Der Strafrichter hat leider nur eine lächerlich geringe Kaution von tausend Dollar festgesetzt und seine Mutter ist gekommen und hat ihn rausgeholt. Aber wenigstens hat der Zivilrichter eine einstweilige Verfügung erlassen. Wenn er vor dem Prozess noch einmal in Ihre Nähe kommt, können wir ihn festnehmen lassen.«

»Und das alles ist an einem einzigen Wochenende geschehen, noch dazu am Columbus-Day-Wochenende?«, fragte Eliza ungläubig und nestelte nervös an ihrer Telefonschnur.

»Ja. Lässt sich alles regeln, wenn man genügend Druck macht.«

»Wie lange dauert es, bis der Fall vor Gericht kommt?«

»Schwer zu sagen. Könnte ein paar Monate dauern.«

Eliza verdaute die Information, aber ihre Besorgnis war nicht geringer geworden. »Und wer sagt uns, dass er sich an die einstweilige Verfügung hält?«

Connelly zögerte. »Darauf können wir uns natürlich nicht verlassen. Aber ich habe die Personenschützer nicht abgezogen.«

Beide sprachen nicht aus, was sie jetzt dachten.

Im Zoo waren die Personenschützer auch dabei gewesen.

108

Die bekannte Eingangsfanfare von »Exklusiv« ertönte, dann stellte der Studio-Redakteur die vorgesehenen Beiträge des Abends vor.

»KEY News-Moderatorin Eliza Blake von einem hartnäckigen Verfolger im Zoo überfallen.«

Ein Autogrammfoto von Eliza füllte den gesamten Bildschirm.

Im folgenden Bericht hieß es, der zweiunddreißigjährige Cornelius Bacon sei kurzfristig festgenommen worden, weil er die Fernsehmoderatorin am Wochenende bei einem Zoobesuch belästigt hatte. Sie sei mit ihrer Tochter und einem Aufnahmeteam von KEY News dort gewesen. Bacon arbeite im »Like-It-Rare«-Steakhaus in Moonachie, New Jersey. Der Kameramann von »Exklusiv« hatte ihn gefilmt, als er am Sonntagabend zur Arbeit ging. Der Verdächtige lief rasch an der Kamera vorbei, dabei hielt er sich seine Jacke vors Gesicht.

Wie konnte dieser Bacon es wagen? Eliza gehörte ihm nicht. Sie gehörte jemand anderem.

Auf die Justiz konnte man sich nicht immer verlassen. Aber es gab andere Methoden, um zu verhindern, dass dieser Kerl Eliza noch einmal zu nahe kam.

109

Die grauhaarige Florence Anderson war eine starke Frau, die in ihrem Leben schon viel durchgemacht hatte; und einiges davon ließ sich in ihrem hageren Gesicht ablesen. In ihre Stirn hatten sich tiefe Furchen eingegraben und von der Nase zogen sich scharfe Falten zum

Mundwinkel hinunter. Lachfältchen waren das nicht, denn in den letzten fünf Jahren hatte sie wenig Anlass zur Heiterkeit gehabt. Dennoch funkelten die klaren blauen Augen, die in tiefen Höhlen lagen, in eiserner Entschlossenheit. Sie bat das Nachrichtenteam von KEY News herein.

Als Eliza und Florence sich die Hand gaben, wechselten sie einen Blick gegenseitigen Verständnisses.

»Ich hab's gestern in ›Exklusiv‹ gesehen«, sagte Florence. »Tut mir wirklich Leid für Sie.«

»Danke.«

»Was bin ich froh, dass dieser Spinner gefasst wurde. Aber ich begreife nicht, dass man ihn gleich darauf wieder aus der Haft entlassen hat.«

Eliza zuckte die Achseln. »So ist das nun mal. Er hat eine Kaution hinterlegt und bleibt bis zum Prozess auf freiem Fuß.«

»Ich find's zum Kotzen«, stieß Florence hervor.

Fast hätte Eliza über die unerwartete Ausdrucksweise der älteren Frau gelächelt, doch Recht hatte sie. Es war wirklich zum Kotzen.

Das Kamerateam richtete sich im Wohnzimmer ein, das wie eine Gedenkstätte für Florences Tochter aussah. Wände und Tische waren übersät mit gerahmten Fotos von Linda Anderson: Linda als Baby, Linda als Kleinkind, Linda als Schulkind in Pfadfinderuniform, Linda im Badeanzug, einen Siegerpokal hoch haltend, Linda mit Barett und Talar bei der College-Abschlussfeier, Linda mit Mikrofon bei einem Interview vor einem Gerichtsgebäude, Linda hinter dem Nachrichtenpult. Eliza lief es kalt über den Rücken – das Leben, das diese Bilder widerspiegelten, ähnelte ihrem eigenen nur allzu sehr. Sie fragte sich, wie Florence Anderson es aushielt, Tag für Tag die vielen Andenken an ihre verschwundene Tochter um sich zu haben. Sie selbst konnte sich nicht vorstellen, dass sie es ertragen würde, Bilder von Janie zu sehen, falls ihrer Tochter etwas zustoßen sollte. Nein, wenn Janie etwas passierte, würde sie sich einen Schlauch besorgen und am Auspuff ihres Volvos befestigen, sich in den Wagen setzen und solange darin sitzen bleiben, bis sie hinüber wäre.

Jetzt aber Schluss damit!

Keith schlug vor, Mrs. Anderson solle sich für das Interview aufs Sofa setzen. Eliza wusste natürlich, warum er diesen Platz ausgesucht hatte. Bei dieser Einstellung waren die Bilderrahmen an der Wand hinter ihr besonders gut zu sehen. Ein kleines schwarzes Mikrofon wurde am Revers von Florences Jacke befestigt.

»Erzählen Sie mir etwas über Ihre Tochter, Mrs. Anderson.«

»Linda war ein Kind, wie es sich alle Eltern erträumen«, begann Florence. »Sie war ein so sonniges Geschöpf, eine richtige kleine Persönlichkeit, und dazu eine gute Schülerin. Sie hat ihrem Vater – Gott gebe seiner Seele Frieden – und mir eigentlich nie wirklich Kummer bereitet. Das soll aber nicht heißen, dass sie ein kleiner Tugendbold war. Sie hat sich gern amüsiert und Streiche ausgeheckt wie alle anderen Schulkinder.« Florence lächelte versonnen, als sie sich daran erinnerte. »Einmal mussten wir sie von der Polizeiwache abholen. Sie und ein paar andere Jugendliche waren im Auto angehalten worden und alle hatten etwas getrunken.«

Eliza nickte und Florence fuhr fort.

»Aber im Grunde war sie ein gutes, anständiges Mädchen. Und schon als Schülerin hatte sie den Wunsch, eines Tages beim Fernsehen zu arbeiten. Aber der eigene Ruhm war ihr weniger wichtig als das Publikum.«

Auch damit konnte sich Eliza identifizieren. »Ich habe gehört, dass Linda vor einer steilen Karriere stand. Soweit ich weiß, hieß es, dass sie zu KEY News gehen würde.«

»Ja, ein Agent war auf sie zugekommen und hatte dort ein Bewerbungsvideo von ihr eingereicht. Es war auch schon ein Gesprächstermin vereinbart worden. Linda war ganz aufgeregt bei dem Gedanken, dass sie vielleicht für einen der großen Fernsehsender arbeiten würde.« Florence sank leicht in sich zusammen und betrachtete ihre im Schoß verschränkten Hände. »Aber bevor es zu dem Vorstellungsgespräch kam, ist es passiert.«

»Linda muss sehr gut gewesen sein. Es ist selten, dass ein Agent von sich aus auf einen zukommt. Meistens muss man sich selbst an einen Agenten wenden und ihn überzeugen, damit er sich für einen einsetzt.«

»Ja, sie war gut«, antwortete Florence leise. »Als Mutter bin ich natürlich voreingenommen, aber alle sagten dasselbe: Linda war ein Mensch, der einem das Gefühl von unaufdringlicher Nähe gab, auch wenn die Bekanntschaft erst wenige Minuten alt war. Und das kam auch auf dem Bildschirm rüber.«

»Können Sie mir etwas über die Zeit unmittelbar vor Lindas Verschwinden sagen?«, fragte Eliza behutsam.

Florence dachte einen Augenblick nach, dann richtete sie sich energisch auf. »Irgendetwas stimmte nicht. Ja, irgendetwas stimmte ganz und gar nicht. Linda glaubte, sie würde verfolgt. Sie hat mich deshalb mehrmals angerufen und hat geweint. Ich schlug ihr vor, sie solle wieder bei uns einziehen, bis sich alles geklärt hatte. Ach, wenn sie das doch nur getan hätte!« Die blauen Augen sahen Eliza eindringlich an.

»Linda ist doch zur Polizei gegangen?«

»Selbstverständlich. Gerechterweise muss man sagen, dass sie Polizeischutz bekam. Und solange die Beamten in ihrer Nähe waren, passierte auch nichts. Schließlich hieß es, man könne sie nicht ewig bewachen lassen. Und Linda sagte, sie wolle nicht dauernd in Angst leben. Also hat sie einen Selbstverteidigungskursus in ihrem Fitness-Club belegt. Aber wahrscheinlich war sie nicht stark genug oder hatte noch nicht genug trainiert, um ihr Leben zu retten.«

»Und was geschah nach Lindas Verschwinden? Wie ging es weiter?«

»Am Anfang hat die Polizei getan, was sie konnte. Überall wurde nach ihr gesucht, sämtliche Bekannten und alle Männer, mit denen sie jemals ausgegangen war, wurden befragt, auch ihre Kollegen natürlich. Der Sender hat jeden Abend etwas darüber gebracht. Die Leute haben gelbe Schleifen um die Bäume gebunden. Es wurde auch eine Belohnung ausgesetzt, aber es kamen keine Hinweise, die wirklich etwas gebracht hätten. Wenn Sie mich fragen, hat die Polizei im Laufe der Zeit aufgegeben. Irgendwann wurde ich zu einem Gespräch ins Kommissariat bestellt und man teilte mir mit, die Chance, den Fall aufzuklären, würde mit jedem Tag geringer. Wie mir gesagt wurde, geht die Polizei davon aus, dass ein psychisch gestörter Fernsehzuschauer ein zwanghaftes Interesse an Linda entwickelt hat, und da es so viele Leute gab, die Linda im Fernsehen gesehen hatten, war der Kreis der Verdächtigen unendlich groß.«

»Vielen Dank, Mrs. Anderson«, sagte Eliza und tätschelte ihr die Hand. »Es war sehr nett von Ihnen, so offen mit uns zu sprechen. Ich kann mir gut vorstellen, wie schwer das für Sie gewesen sein muss.«

»Ach, solange es nur irgendwie dazu beiträgt, dass man herausfindet, was mit meiner Tochter passiert ist. Hauptsache, der Mann, der meiner Linda etwas angetan hat, wird gefasst.«

Der Kameramann filmte Eliza, wie sie noch ein wenig mit Mrs. Anderson plauderte. Die Einstellungen würden später im Schnittraum eingefügt werden. Dann machte er Nahaufnahmen von einigen gerahmten Fotos an der Wand.

Als die Gruppe sich eben anschickte, das Haus wieder zu verlassen, fiel Florence noch etwas ein.

»Kennen Sie zufällig Abigail Snow? Sie arbeitet bei KEY News.«

Eliza sah sie forschend an. »Ja, ich kenne Abigail. Sie ist in der Werbeabteilung.«

»Würden Sie ihr bitte ausrichten, dass ich nach ihr gefragt habe? Sie und Linda haben sich in ihrer gemeinsamen Zeit beim Garden State Network gut gekannt. Sie sind auch zusammen zu dem Selbstverteidigungskursus gegangen. Aber nach Lindas Verschwinden hat Abigail den Job in New York angenommen und wir haben den Kontakt zu ihr verloren. Monica, meine andere Tochter, sieht sie noch manchmal im Fitness-Club.« Mrs. Anderson seufzte. »Ja, Abigail und Linda waren enge Freundinnen.«

*

Auf der Rückfahrt saßen Eliza und Keith hinten im Wagen des Aufnahmeteams und sprachen das Interview noch einmal durch.

»Können Sie sich vorstellen, wie der armen Frau zumute gewesen sein muss?«, fragte Eliza und blickte aus dem Fenster.

Keith schüttelte den Kopf.

»Das ist der schlimmste Alptraum für Eltern. Wenn Ihr Kind erst auf der Welt ist, werden Sie wissen, wovon ich spreche. Die Angst, es zu verlieren, ist unvorstellbar.«

»Na, das hebt meine Vorfreude ja ungemein«, erwiderte er düster.

Eliza drehte sich zu Keith um, der nervös an einem Daumennagel herumknabberte. Aus ihrer Verachtung für sein Verhalten in Dallas war Mitleid geworden. Der Arme musste Tag für Tag seinen Lebensunterhalt in einer äußerst stressigen Umgebung verdienen und sein Privatleben war offenbar alles andere als glücklich. Durch die Tatsache, dass ein Kind unterwegs war, wurde er endgültig dazu gezwungen, erwachsen zu werden. Es würden erhebliche Verpflichtungen auf ihn zukommen und einen Weg zurück gab es nicht. Vermutlich kam es ihm so vor, als säße er in der Falle.

Eliza hätte ihm gern zu verstehen gegeben, dass sie wusste, was in ihm vorging, doch sie ließ es lieber bleiben. Möglicherweise würde er das falsch verstehen und denken, dass sie etwas von ihm wollte. Es war besser, alles Private aus ihrer Beziehung herauszuhalten.

»Wissen Sie, Keith, ich habe da eine Idee. Vielleicht könnten wir etwas zum Thema ›Verwaiste Eltern‹ machen.«

»Natürlich, Eliza, ganz wie Sie wollen.« Seiner Stimme war keinerlei Begeisterung anzumerken.

110

SAMUEL WARTETE AN DER Ampel und überquerte dann die Fifth Avenue an der 75th Street. Er machte sich große Sorgen um Eliza. Dieser Irre im Zoo, die vielen telefonischen Drohungen, die geschenkten Dessous, der Einbruch in ihr Haus. Samuel fühlte das dringende Bedürfnis, ihr etwas Gutes zu tun, und hatte zugleich den heftigen Wunsch in ihrem Leben an Präsenz zu gewinnen.

Er betrat das höhlenartige Erdgeschoss von Tiffany's und musterte die Glasvitrinen, in denen es funkelte und blitzte, wobei er den Ringen die größte Aufmerksamkeit widmete. Da gab es erlesene Diamanten in allen Größen und Formen: vom runden Brillant- über den länglichen Marquise- und den rechteckigen Smaragdschliff bis zum tropfenförmigen Pendeloqueschliff; sogar herzförmige Solitäre gab es.

Samuel entdeckte einen großen weißen Diamanten im Smaragdschliff mit einer bezaubernden Platinfassung. Wenn sich alles so entwickelte, wie er es sich erhoffte, dann wäre dies der ideale Ring für Eliza.

Samuel blieb noch weitere fünfundvierzig Minuten in dem Juweliergeschäft und suchte unter all den Kostbarkeiten nach einem passenden Geschenk. Schließlich wurde er fündig. Brillant-Ohrringe aus achtzehnkarätigem Gold in Form eines Seesterns, ein Design von Elsa Peretti.

Perfekt. Die Ohrringe würden Eliza ihre gemeinsame Liebe zum Meer in Erinnerung rufen.

*

»Samuel! Ich wollte dich gerade anrufen.«

»Das freut mich.«

»Vielleicht nicht, wenn ich dir sage, warum.«

»So?«

»Ich werde demnächst einen Film über …« Eliza suchte nach den passenden Worten und beschloss dann, es sei am besten, wenn sie ganz offen war. »Also, es geht dabei um Eltern, die ein Kind verloren haben. Ich habe überlegt, ob du mir dabei helfen könntest.«

Samuel wusste nicht, was er sagen sollte.

»Ich weiß, es kommt etwas plötzlich, Samuel«, entschuldigte sich Eliza.

»Ach, Eliza, ich möchte dir selbstverständlich auf jede erdenkliche Weise behilflich sein. Was hast du dir denn im Einzelnen vorgestellt?«, fragte er vorsichtig.

»Also, wir wollen im Sloan-Kettering anfragen, ob wir in der Kinderabteilung drehen dürfen, und wir suchen nach Eltern, die diese schmerzliche Erfahrung machen mussten. Aber ich habe überlegt, ob du vielleicht zu einem Interview bereit wärest.«

»Die Wunde ist noch frisch, Eliza.«

»Das weiß ich ja, Samuel. Aber genau deshalb wäre das, was du zu sagen hättest, so eindringlich.«

Eliza hörte ein langes Schweigen am anderen Ende der Leitung.

»Samuel?«

»Ich bin noch dran, Eliza«, antwortete er mit matter Stimme. »Darf ich darüber nachdenken und dir meine Antwort etwas später mitteilen?«

»Natürlich.«

»Gilt unsere Verabredung für Samstagabend noch?«

»Ja, wenn es dir nichts ausmacht, noch mal nach New Jersey rauszufahren. Ich werde Mrs. Garcia bitten, auf Janie aufzupassen, und dann bestelle ich einen Tisch in dem Restaurant, von dem hier alle so schwärmen. Es heißt Esty Street.«

111

Augie hatte, seit er in Eliza Blakes Haus eingedrungen war, keinen Einbruch mehr verübt und war allmählich knapp bei Kasse. Er hatte noch ein paar Sachen von Eliza übrig, die er nach New York bringen wollte. Der Hehler in New Jersey hatte nicht annähernd so viel für die

Schmuckstücke geboten, wie sie seiner eigenen Meinung nach wert waren. Das waren echte Qualitätsstücke.

Doch selbst wenn Augie zwanzigtausend Dollar dafür kassieren sollte, würde das nicht reichen. Er wollte das Geld wiederhaben, das er in Larsons Schwindelunternehmen gesteckt hatte. Aber bei den seltenen Gelegenheiten, bei denen Larson Augies Anruf durchstellen ließ, kam ihm dieser Kerl immer wieder nur mit Ausreden.

»Ja, demnächst. Ganz bestimmt.«

Augie konnte das »Demnächst« nicht mehr hören. Er wollte sein Geld zurück, und zwar sofort. Aber er konnte nichts machen. Die Papiere, die er unterzeichnet hatte, besagten, dass das Geld solange »Richards Enterprises« gehörte, bis das Geschäft zum Abschluss gebracht war. Erst dann, und keine Sekunde früher, war die Auszahlung des Gewinns fällig.

Aber was zum Teufel sollte er bis dahin machen? Und wenn das Geschäft niemals abgeschlossen würde?

Augie wählte eine Nummer.

»Augie Sinisi. Geben Sie mir bitte Larson Richards.«

»Mr. Richards ist in einer Besprechung, Mr. Sinisi.«

»Sehen Sie zu, dass Sie ihn aus seiner blöden Besprechung rausholen oder ich komme vorbei und hole ihn eigenhändig raus!«

»Einen Augenblick, bitte.«

Augie grinste vor sich hin, als er keine Minute später hörte, wie Larson den Hörer hochnahm. Larson wollte also auf jeden Fall vermeiden, dass ein ölverschmierter Automechaniker in seinem schnieken Büro auftauchte.

»Hallo, Kumpel. Wie geht' denn so?«

»Nennen Sie mich nicht Kumpel, Larson. Ich will mein Geld, und zwar sofort.«

»Augie, Augie. Sie wissen doch, so funktioniert das

nicht«, erwiderte Larson genervt. »Das Geschäft ist noch nicht perfekt.«

»Und wann verdammt noch mal wird es so weit sein?«

»Solche Dinge brauchen ihre Zeit, Augie. Manchmal kommt etwas Unvorhergesehenes dazwischen. Komplikationen.«

»Komplikationen? Die können Sie von mir haben!«

»Drohen Sie mir etwa, Augie?« Larsons Stimme klang aalglatt.

Augie ging ihm nicht auf den Leim. Er versuchte sich zu beherrschen.

»Nein, Larson. Ich drohe Ihnen nicht, aber ich brauche mein Geld.«

»Die Geschäfte gehen wohl nicht so gut, Augie?« Larsons Ton war so herablassend, dass Augie ihn hätte erwürgen können.

»So was in der Art.«

»Na, dann haben wir wenigstens etwas, wobei ich Ihnen helfen kann. Mein Wagen könnte eine kleine Inspektion gebrauchen.« Augies erster Impuls war, den selbstgefälligen Mistkerl anzubrüllen, aber er nahm sich zusammen, weil ihm etwas Besseres einfiel.

»Also gut, Larson«, lenkte er ein. »Ich hole den Wagen morgen früh bei Ihnen im Büro ab und zum Feierabend steht er dann wieder auf dem Parkplatz. Sie brauchen nur die Schlüssel unten beim Empfang abzugeben.«

112

Bevor er Feierabend machte, rief Joe seinen Kontakt bei der Telefongesellschaft an.

»Schon irgendwas über diese Anrufe herausgefunden?«

»Joe, ich habe dir doch gesagt, ich rufe an, sobald wir etwas haben. Ich verspreche es. Aber selbst dann werde ich dir nicht verraten können, wer der Mann ist und woher die Anrufe kommen.«

»Ja, ich weiß, ich weiß. Aber wenn du mich anrufst, sobald ihr ihn habt, bringe ich die Polizei dazu, sich sofort bei euch zu melden, damit sie den Typen schnappen können.«

»Okay.«

»Warum dauert das so lange, Fred?«

»Komm schon, Joe. Du weißt doch, wie das ist. Es dauert eben seine Zeit.«

Connelly nahm seine Brille mit der schwarzen Fassung ab und rieb sich die überanstrengten Augen. Er wurde langsam zu alt für so was.

*

Erst der Bericht in »Exklusiv« am Montag und dann hatte er Eliza jeden Abend in »KEY aktuell« gesehen. Es war eine lange Woche voller Erregung gewesen und selbst Loris therapeutische Massagen verringerten den Druck nicht, unter dem Jerry stand. Die Massagen sollten Schmerzen, Beschwerden, Muskelkrämpfe und Stress lindern. Jerry litt unter all dem.

Er konnte nicht abschalten. Er wünschte, er könnte es, aber es ging nicht. Das Wissen, dass Eliza ganz in seiner Nähe lebte, trieb ihn in den Wahnsinn. Er musste einfach Dampf ablassen.

Als Lori ihre Massageöle zusammenpackte, wusste Jerry, dass er heute wieder anrufen würde.

113

WINZIGE WEISSE LICHTER glitzerten auf den Bäumen vor dem Eingang und ein riesiger Strauß frischer Löwenmäulchen, Lilien und weißer Rosen in einer Kristallvase begrüßte sie, als sie das Restaurant betraten.

»Willkommen im Esty Street.« Restaurantchef Scott Tremble lächelte warm und geleitete Eliza und Samuel zu ihrem Tisch vor einem der Spiegelwände in dem geschmackvoll eingerichteten Speisesaal. Eliza spürte die Blicke mehrerer Gäste auf sich, als sie Platz nahm. Sie entdeckte Larson Richards, der an einem der Tische saß, aber glücklicherweise schaute er nicht in ihre Richtung.

»Was ist das für ein Gefühl, wenn alle Leute einen anstarren, wo immer man auch hingeht?«, fragte Samuel.

»Nicht so angenehm, wie manche vielleicht denken«, erwiderte Eliza, schlug die schwere weiße Stoffserviette auf und legte sie sich über den Schoß. »Es gehört dazu und man gewöhnt sich daran, aber man ist sich immer bewusst, dass alles, was man tut oder sagt, später kommentiert werden kann, sogar das Aussehen. Manchmal sehne ich mich nach Anonymität.«

»Es ist wahrscheinlich ein bisschen so, als würde man unter einem Mikroskop leben.«

Eliza zuckte die Achseln. »Ich sollte mich nicht beklagen. Ich habe es mir schließlich ausgesucht. Die meisten Nachrichtenleute würden alles darum geben, an meiner Stelle zu sein.«

Ein Kellner kam, um ihre Getränkewünsche aufzunehmen, und ein anderer brachte heiße, knusprige Brötchen. Eliza brach ein Stück ab, tauchte es in den schmackhaften Pesto und verspeiste es genussvoll.

»So weit, so gut. Das Brot ist wunderbar.«

Sie brüteten über der Herbst-Speisekarte und beide waren sich einig, dass sie sich nur schwer entscheiden konnten, was sie nehmen sollten, so gut klang alles. Entenravioli mit Butternut Squash und gerösteten Pecannüssen, sautierte Krabbenküchlein mit Spaghetti Squash, krosse Schalotten und Cranberryglasur bildeten die Vorspeisen. Als Hauptgericht wählte Eliza geschmorte Lammhachse mit Süßkartoffel-*Pierogi* und Babykarotten, Samuel nahm gegrilltes Filet Mignon vom Rind und dazu Kartoffelpüree mit angebratenem Knoblauch und Rosmarin-Jus. Alles schmeckte sogar noch besser, als es klang. Obwohl stark versucht, verzichteten sie auf das fantastische Dessert, bestellten aber noch einen Kaffee.

Eliza hatte das Thema den ganzen Abend vermieden und darauf gewartet, es nach dem Essen anschneiden zu können.

»Hast du schon mal über meinen Vorschlag nachgedacht, Samuel?«

Er machte ein gequältes Gesicht. »Das habe ich, glaub mir. Aber ich bin noch nicht bereit, darüber zu reden, wie es ist, ein Kind zu verlieren. Und ganz bestimmt nicht vor den Augen der Öffentlichkeit. Ich hoffe, du verstehst das.«

Er legte seine Hand auf ihre und schaute ihr ernst in die Augen.

»Aber natürlich, Samuel. Ich hätte dich nicht fragen sollen. Es war furchtbar unsensibel von mir. Tut mir wirklich Leid.«

»Es braucht dir nicht Leid zu tun. Ich weiß, du hast es gut gemeint. Und es hat mich schon immer interessiert, wie solche Beiträge zustande kommen. Warum willst du gerade jetzt einen Film über dieses Thema machen? War unsere Beziehung der Auslöser, und Sarah?«

»Nein, ich mache gerade einen Film über eine Mutter,

die ihre Tochter verloren hat. Das Thema ist Stalking und es geht um eine Moderatorin, die vor fünf Jahren verschwand. Aber als ich ihre Mutter interviewt habe, kam mir zu Bewusstsein, wie schrecklich es sein muss, ein Kind zu verlieren – egal, wie alt es ist. Und dabei fiel mir Sarah ein, und du.«

Eliza streckte die Hand aus und strich Samuel behutsam eine Haarsträhne aus der Stirn. Das Gesicht des armen Mannes wirkte noch immer schmerzerfüllt.

»Es tut mir so Leid, Samuel. Alles«, flüsterte sie.

Sie sah, dass er versuchte, sich aus seiner gedrückten Stimmung zu befreien. Plötzlich zog er eine kleine blassblaue Schachtel, umwickelt mit weißem Satin-Geschenkband, aus der Jackentasche und stellte sie auf den Tisch zwischen ihnen.

»Für dich, Eliza. Ich hoffe, es gefällt dir.«

Sie löste das Geschenkband und öffnete die Schachtel, die eindeutig von Tiffany's war.

»Oh, Samuel! Die sind ja wunderschön!«

»Ich hatte gehofft, dass sie dir gefallen würden. Wir müssen unbedingt deine Schmucksammlung wieder aufstocken.«

»Sie sind entzückend«, sagte Eliza und nahm die Brillant-Ohrringe, die die Form eines Seesterns hatten, in die Hand. »Einfach entzückend ..., aber viel zu teuer.« Die Sache geriet langsam etwas außer Kontrolle.

»Nein, überhaupt nicht. Du weißt ja gar nicht, wie viel mir unsere gemeinsamen Stunden bedeutet haben, Eliza. Als ich nach New York kam, dachte ich, mein Leben sei vorbei. Das Zusammensein mit dir erweckt in mir den Wunsch, wieder an die Zukunft zu glauben.«

*

Selbst wenn Eliza Lust gehabt hätte, Samuel noch hereinzubitten – die graue Limousine mit den Sicherheitsleuten stand vor dem Haus und drinnen schlief Janie. Samuel drängte sie nicht.

»Ich ruf dich an«, sagte er, nachdem er ihr einen Gutenachtkuss gegeben hatte.

Eliza schloss die Tür auf und rief leise nach Mrs. Garcia. Die Haushälterin sah im Arbeitszimmer fern.

»Na, wie hat Janie sich benommen?«

»*La muñequita* heute war müde, ist sofort ins Bett gegangen, als ich es ihr habe gesagt.«

»Gut. Das freut mich. Hat jemand angerufen?«

»*Si.* Señora Blake rief an, als Janie schon schläft. Janies Großmutter sagt, sie morgen ruft wieder an. Und Señor McBride ruft an.«

Elizas Herz begann zu hämmern, als sie das hörte, und da wusste sie, dass sie noch nicht über Mack hinweg war.

114

ALS LARSON NACH DEM Restaurantbesuch nach Hause fuhr, hatte er ein flaues Gefühl im Magen. Die potentiellen Kapitalanleger, die sich so gerne von ihm hatten einladen lassen, würden nicht anbeißen. Sie würden kein Geld in sein Geschäft investieren, das spürte er.

Er betätigte den elektronischen Toröffner, fuhr den Mercedes in die Garage und ging niedergeschlagen ins Haus. Das Licht auf dem Anrufbeantworter in der Küche blinkte. Larson nahm den Hörer ab und gab den Code ein. Es gab keine neuen Nachrichten.

Aber das blinkende rote Licht zeigte an, dass jemand angerufen hatte.

Larson drückte auf die Wiederhol-Taste. Carmine Carelli hatte angerufen. Zweimal.

Natürlich hatte Carmine keine Nachricht hinterlassen. Dafür war er viel zu clever.

Herrgott, warum hatte er sich nur mit diesen Leuten eingelassen? Mit denen war nicht zu spaßen. Irgendwann würde irgendein Gangster auf ihn warten und ihm die Beine brechen, wenn er nach Hause kam. Und das war noch keineswegs das Schlimmste, was passieren konnte.

Er holte sich ein Bier aus dem Kühlschrank. Gerade wollte er die Kühlschranktür schließen, als er spürte, dass irgendetwas nicht stimmte.

Alle Lebensmittel, die in den Fächern standen, waren beiseite geschoben worden.

Panik ergriff ihn, als er das Gefrierfach öffnete. Die Packungen gefrorener Erbsen und Spargel, die er so ordentlich aufgestapelt hatte, lagen wüst durcheinander. Hektisch durchwühlte er das Fach.

Die metallene Geldkassette war verschwunden.

Warum nur hatte er diesen letzten Brief seiner Mutter aufbewahrt? Ihren Schmuck hatte er verkauft und die Schuldscheine vernichtet.

Aber den verdammten Brief hatte er behalten.

Sentimentalität war nur etwas für Dummköpfe.

115

FÜR DAS, WAS ER ELIZA im Zoo angetan hatte, würde dieser Kerl aus Moonachie kaum mehr kriegen als einen Klaps auf die Hand. Bestenfalls würde er für kurze Zeit hinter Gitter kommen.

Das war nicht richtig.

Er könnte Eliza wieder etwas antun. Das durfte man nicht zulassen.

Eliza war zu kostbar. Sie musste beschützt werden.

Jemand musste Cornelius Bacon aufhalten.

116

Er machte sich das ganze Wochenende Sorgen. Es dauerte einfach zu lange mit der Fangschaltung.

Am Montag ging Joe früher als sonst zur Arbeit, machte den Computer an und ging in seine *Abnormes-Verhalten*-Datenbank.

Connelly überflog die Einträge, obwohl er nicht genau wusste, wonach er eigentlich suchte. Der Anrufer musste doch irgendetwas gesagt haben, mit dem Joe etwas anfangen konnte, irgendwas, was einen Hinweis auf seine Identität gab.

»Eliza, du bist so schön, sogar ungeschminkt.«

Das war doch was.

✳

Der Sicherheitschef wartete in Elizas Büro, als sie eintraf.

»Ich will, dass Sie überlegen, wer Sie ungeschminkt gesehen haben könnte.«

»Himmel, Joe. Wo soll ich da anfangen? Manchmal komme ich ungeschminkt ins Büro. Jeder hier könnte mich ohne Make-up gesehen haben.«

»Gut, dann außerhalb des Senders«, drängte Connelly.

Eliza versuchte, sich an das fast Unmögliche zu erinnern. Wo war sie ohne Make-up gewesen?

»So auf Anhieb fällt mir der Morgen ein, an dem der Vorbesitzer meines Hauses ganz unerwartet kam, um meiner Tochter einen kleinen Hund zu schenken. Der hat mich ohne Make-up gesehen.«

Joe notierte sich Larson Richards' Namen. »Haben Sie seine Telefonnummer?«

»Paige hat sie wahrscheinlich auf dem Rolodex.«

»Gut. Ich werde es überprüfen. Noch jemand?«

Die Erinnerung an den Fitnessraum des Hotels in Dallas fuhr ihr blitzartig durch den Kopf, aber sie brachte es nicht über sich, Keith Chapel anzuschwärzen. Außerdem arbeitete er ja im Sender. Sie wollte nicht, dass er mehr in Betracht gezogen wurde als alle anderen auch.

Sie schüttelte den Kopf. »Nein, sonst fällt mir im Moment niemand ein.«

»Denken Sie darüber nach, Eliza. Rufen Sie mich an, wenn Ihnen noch irgendetwas einfällt.«

117

DER BRIEF WAR MIT zierlicher Schrift auf blassrosa Briefpapier geschrieben.

Lieber Larson,
ich kann dir gar nicht sagen, wie bestürzt dein Vater und ich über diese Wendung der Ereignisse sind. Als deine Mutter bricht es mir das Herz, dass du die Dinge über die Lippen bringen konntest, die du uns neulich an den Kopf geworfen hast.
Wir haben dich seit dem Tag deiner Geburt geliebt und wir haben hart gearbeitet, um dir jede nur mögliche Chance im Leben zu geben. Dass du dich so gegen uns wenden kannst, verletzt uns mehr, als Worte ausdrücken können.

Du hast gesagt, für dich wären wir tot, wenn wir dir nicht noch mehr Geld für deine Firma geben würden. Ich kann gar nicht glauben, dass es dazu kommen konnte, insbesondere, da wir dir doch finanziell bereits so sehr unter die Arme gegriffen haben. Ganz offensichtlich liegt dir mehr an deiner Firma als an unserem Wohlergehen. Das ist eine schmerzliche Erkenntnis für uns.
Wir lassen uns nicht drohen, Larson. Wenn du das Gefühl hast, den Kontakt zu uns abbrechen zu müssen, tu es. Aber ich bete darum, dass du noch mal darüber nachdenken und dich eines Besseren besinnen wirst. Dein Vater und ich lieben dich sehr und wir sind bereit, dir deine im Zorn gesprochenen Worte zu verzeihen.
Alles, was wir besitzen, wird ohnehin eines Tages dir gehören, Larson, das möchte ich dir noch sagen. Egal, ob du den Kontakt zu uns abbrichst oder nicht.

In Liebe
Mutter

Augie blickte auf das Datum oben auf dem Blatt, faltete den Brief zusammen und steckte ihn in die Tasche. Höchste Zeit für einen Besuch in der Bücherei. Er würde in einer alten Nummer des *Record* nachsehen. Wenn sich sein Verdacht bestätigte, hatte Mrs. Richards diesen Brief an ihren Sohn kurz vor dem Tod des Ehepaars geschrieben.

118

»Ich weiss nicht mehr, was ich empfinde, Mack. Und ich glaube kaum, dass sich die Sache am Telefon klären lässt. Vielleicht können wir darüber reden, wenn du zu Thanksgiving nach Hause kommst.« Eliza warf einen Blick auf die Uhr. Sie musste in die Maske. »Ich muss los.«

*

Eliza starrte stirnrunzelnd auf ihr Spiegelbild.

»Mein Gott, ich sehe ja furchtbar aus.«

»Nein, tust du nicht, Süße«, versicherte ihr Doris tröstend. »Und wenn ich mit dir fertig bin, wirst du eine Wucht sein.«

»Na, du nimmst besser tonnenweise Abdeckgrundierung. Schau dir nur die dunklen Ränder unter den Augen an!«

Sanft tupfte Doris die weiße Creme auf die grauen Ringe unter Elizas Augen.

»Hast du gestern wieder nicht gut geschlafen?«

»Nein. Ich bin zwar um Mitternacht eingeschlafen, aber gegen zwei war ich wieder hellwach. Ich liege und grüble und mache mir Sorgen, starre auf den Wecker und werde immer nervöser, weil ich weiß, dass ich am nächsten Tag erschöpft sein werde, wenn ich nicht sofort wieder einschlafe. Es ist ein Teufelskreis.«

»Es gibt im Moment ziemlich viel, was dich beschäftigt, Engelchen. Kein Wunder, dass du nicht schlafen kannst. Vielleicht solltest du es mal mit Schlaftabletten probieren.«

Eliza zuckte die Achseln. »Vielleicht. Aber das kommt für mich nur als allerletzte Notlösung in Frage. Ich habe Angst, ich könnte dann so tief schlafen, dass ich nicht aufwache, wenn irgendwas passiert, und Janie braucht mich doch. Außerdem habe ich im Moment so viel zu tun. Ich habe gar keine Zeit, zum Arzt zu gehen.«

»Ich hab noch ein paar Schlaftabletten zu Hause. Ich könnte sie dir morgen mitbringen«, bot Doris an. »Du kannst es ja mal ausprobieren und sehen, ob es was für dich ist.«

Auch die Kunst der Maskenbilderin hatte ihre Grenzen. Eliza sah immer noch müde aus.

»Versuch, dich am Wochenende auszuruhen, Eliza. Denk einfach nicht an all den Kram.«

»Und wie soll ich das machen, Doris? Selbst wenn wir mal den Personenschutz vor meiner Tür und die kranken Typen da draußen vergessen. Mack hat angerufen.«

»Was wollte *der* denn?«, fragte Doris streng.

»Jemand hat ihm dieses Foto von mir und Samuel geschickt, das aus der Zeitung.«

»Gut. Ich wünschte, ich wäre selbst auf die Idee gekommen.«

Ein halbes Lächeln umspielte Elizas bemalte Lippen. »Er will, dass wir es noch mal miteinander versuchen.«

»Und was denkst du?«

»Ich bin hin- und hergerissen.«

*

Nachrichtenchefin Yelena Gregory verfolgte »KEY aktuell« mit Sorge. Eliza war nicht so strahlend schön wie sonst. In einer vollkommenen Welt würde es vielleicht keine Rolle spielen, wie die Person aussah, die die Nachrichten präsentierte. Aber dies war die wirkliche Welt. Wenn man gute Einschaltquoten wollte, war die Präsentation ebenso wichtig wie der Inhalt.

Es war nur zu verständlich, dass Eliza das Ganze sehr

mitnahm. Yelena hatte sich über die getroffenen Sicherheitsvorkehrungen auf dem Laufenden halten lassen. Gerade heute Nachmittag hatte Joe Connelly ihr versichert, dass die Telefongesellschaft den anonymen Anrufer bald ermittelt haben sollte.

Na hoffentlich.

119

SUSAN FEENEY HATTE SICH selbst übertroffen. Das Olivia-Kostüm, das sie genäht hatte, war einfach sensationell. Janie, die ein Hemdblusenkleid mit Peter-Pan-Kragen, gestreifte Strumpfhosen und schwarze Schuhe trug, zappelte vor Aufregung. Susan hatte eine Himmelfahrtsnase aus Wachs geformt und eine schwarze Perücke aufgetrieben, die sie zurückgekämmt und zu einem Dutt festgesteckt hatte. Die Kreation war hinreißend.

James trug einen weißen Matrosenanzug mit Matrosenmütze, kaute auf einer aus einem Maiskolben geschnitzten Pfeife herum und hatte eine Dose Spinat in der Hand. Susan hatte den Ärmel seines Hemdes aufgekrempelt und ihrem Sohn eine Anker-Tätowierung auf den Arm gemalt.

Sie wollten alle zusammen zum Treffpunkt des Halloween-Umzugs von HoHoKus fahren. Eliza würde früher gehen und in der Schule Apfelmost und Donuts für die Kinder und ihre Eltern vorbereiten, während Susan bei Janie, James, Hummel Kelly und Marienkäfer Kimberley blieb. Die Mütter vergaßen nie, dass die Personenschützer ihnen in geringem Abstand folgten, obwohl die Kinder nichts mitbekamen.

Die Szene im Stadtzentrum von HoHoKus schien einem Gemälde von Norman Rockwell entsprungen zu sein. Unzählige Kinder versammelten sich in ihrem Halloween-Staat, verkleidet als Hexen, Monster, Zauberer und Teufel, Kürbisse und Prinzessinnen. Die kreativsten Kostüme waren selbst geschneidert, aber Eliza bemerkte erleichtert, dass auch viele eindeutig im Laden gekauft waren. Offenbar eiferten doch nicht alle Mütter hier draußen Martha Stewart nach.

Die Kinder marschierten fröhlich im Sonnenschein des Oktobertags dahin. Eliza richtete ihre Videokamera auf den Umzug und versprach Susan, die alle Hände voll mit den beiden Kleinen zu tun hatte, eine Kopie davon. Als sie die Hälfte der Strecke erreicht hatten, ging Eliza.

✳

Die Tapeziertische in der Schule waren alle gedeckt und bogen sich unter Tellern mit Zimt- und Puderzucker-Donuts sowie Krügen mit Apfelmost aus der nahen Demarest Farm. Eliza stapelte gerade Pappbecher auf, als Larson Richards sich näherte.

»Hab ich mir doch gedacht, dass ich Sie und Janie heute hier finden würde. Ich wusste gar nicht, dass Sie für die Erfrischungen zuständig sind.«

»Ich möchte nur meinen kleinen Beitrag leisten, Larson«, erwiderte sie abweisend. Sie ordnete weiter die Pappbecher an und hoffte, dass er den Wink verstehen und gehen würde.

Stattdessen drückte er ihr ein gefaltetes Stück Papier in die Hand.

»Was soll das?«

»Das ist die Kombination des Safes.«

»Bisschen spät, Larson. Wie Sie wahrscheinlich schon gehört haben, ist bei mir eingebrochen worden.«

»Ich habe es gehört, und es tut mir Leid, dass ich Ihnen die Kombination nicht früher gegeben habe.« Er konnte ihr schließlich schlecht sagen, dass er es nicht getan hatte, um einen Vorwand zu haben, sie erneut aufzusuchen.

Sie ignorierte seine Entschuldigung.

»Dürfte ich vielleicht kurz mit Ihnen sprechen, Eliza?«

»Worüber?«

»Vielleicht könnte ich Sie an einer erstklassigen Kapitalanlage interessieren?«

»Das ist wohl kaum der richtige Ort für so was, Larson«, antwortete sie kurz.

»Oh, ich weiß, ich weiß«, erwiderte er nervös. »Aber ich hatte gehofft, dass wir uns am Wochenende irgendwann mal zusammensetzen könnten.«

»Ich glaube kaum, Larson. Ich möchte im Moment kein Geld investieren.«

»Es ist wirklich eine sehr attraktive Kapitalanlage«, beharrte er.

Eliza sah ihn direkt an. Zwar war sie mit ihrem Verdacht nicht zur Polizei gegangen, aber sie hielt es immer noch für möglich, dass Larson bei ihr eingebrochen hatte. Und wenn Joe Connelly herausfand, dass er der Schleimbeutel war, der diese irrsinnigen Anrufe getätigt hatte, würde sie ihm persönlich die Augen auskratzen – weil er ihre kleine Tochter bedroht hatte.

»Larson, ich bin nicht interessiert. Punkt. Aus. Bitte lassen Sie mich jetzt in Ruhe.«

Wütend verdrückte er sich. Undankbare Kuh.

120

Wieder mal Samstagabend.

Es war schon nach zwei, als Meat endlich mit dem Aufräumen fertig war. Er zog den großen Müllsack aus der Mülltonne und knotete ihn oben zu. Dann zog er seine Jacke an und knipste das Licht in der Kneipe aus.

Die Fledermäuse sind fort und kommen erst nächstes Jahr wieder, dachte er, als ihm die kalte Luft draußen ins Gesicht schlug. Er stellte den Müllsack auf dem Zement ab und wühlte in seinen Taschen nach dem Schlüssel, um abzuschließen.

Der dunkelgrüne Dumpster parkte auf der Rückseite des Gebäudes, neben Meats Auto. Meat stellte es immer dort ab, damit er sofort ins Auto steigen konnte, wenn seine letzten Pflichten getan waren. Er schlenderte über den verlassenen Parkplatz. Verlassen bis auf einen anderen Wagen, der dort stand, mit ausgeschalteten Scheinwerfern.

Zuerst hörte Meat das Auto nicht auf sich zurollen. Aber er merkte auf, als es beschleunigte. Er wandte den Kopf in Richtung des Geräuschs. Die Scheinwerfer flammten auf und blendeten ihn. Er ließ den Müllsack fallen und hob die Arme, um seine Augen vor dem gleißenden Licht zu schützen.

Das Auto raste in ihn hinein und über ihn hinweg. Nachdem es ihn umgenietet hatte, bremste es scharf. Dann legte der Fahrer den Rückwärtsgang ein und überfuhr Meats zerquetschten Körper zur Sicherheit noch einmal.

121

»Gott vergebe mir, Joe, aber ich bin erleichtert.« Eliza, die nicht wollte, dass Janie etwas mitbekam, führte das Gespräch in ihrem Schlafzimmer, im Flüsterton.

»Geht mir auch so, Eliza. Zumindest eine Bedrohung weniger. Ich wusste, es würde Ihnen nichts ausmachen, wenn ich Sie zu Hause anrufe, um es Ihnen mitzuteilen.«

»Mir etwas ausmachen? Machen Sie Witze? Jetzt werde ich mir morgen keine Gedanken darüber machen müssen, ob mein Rock vielleicht zu kurz sein könnte«, scherzte sie lahm.

»Noch ist es nicht überstanden, Eliza«, warnte Joe. »Aber ich werde heute Nacht jedenfalls etwas besser schlafen.«

»Hat die Polizei schon einen Verdacht?«

»Bislang gibt es keine Hinweise, aber ich finde, derjenige hat uns einen Gefallen getan.«

*

Als Samuel an diesem Abend anrief, versuchte Eliza, ihre Stimme unbewegt zu halten, als sie ihm von Meats Tod erzählte.

»Gut. Ich bin froh«, sagte er stahlhart. »Ich weiß nicht, was ich tun würde, wenn dir etwas zustoßen sollte.«

Eliza war beunruhigt. Es war nicht zu verkennen, dass Samuel dabei war, sich in sie zu verlieben. Und sie hatte ihn auch noch ermutigt, wie sie sich schuldbewusst eingestand. Bei all den Belastungen, denen sie ausgesetzt war, hatte sie einen Mann an ihrer Seite haben wollen. Und weil sie ihn brauchte, hatte sie ihn benutzt. Nicht mit böser Absicht, aber genau das hatte sie getan. Sie hatte sich eingeredet, sie helfe ihm nur durch eine schwere Zeit hindurch, aber in Wahrheit hatte er *ihr* durch eine schwere Zeit hindurchgeholfen.

Samuel war ein reizender Mensch, aber es war einfach nicht der richtige Zeitpunkt. Er hatte gerade den schwersten Schlag seines Lebens erlitten und es war ganz natürlich, dass er sich an etwas oder jemandem festklammerte. Und sie war sich noch nicht über ihre Gefühle für Mack klar geworden. Nicht gerade der beste Ausgangspunkt für eine stabile Beziehung. Außerdem musste sie zugeben, dass es nicht gerade wild zwischen ihnen knisterte. Sie war gern mit Samuel zusammen, aber seine Berührungen erregten sie nicht. Und Eliza wusste, dass sie darauf nicht verzichten konnte.

Sie musste es ihm sagen. Aber wie sollte sie das anfangen? Samuel konnte im Augenblick keinen weiteren Schmerz verkraften. Aber je länger sie wartete, desto schwerer würde es für ihn sein.

122

EINMAL IN SEINEM LEBEN hatte Augie Sinisi die Oberhand. Selbstsicher marschierte er über den Marmorfußboden der Empfangshalle von »Richards Enterprises«.

»Ich würde gern mit Mr. Richards sprechen.«

Die wie aus dem Ei gepellte Empfangsdame musterte Augies Overall. »Haben Sie einen Termin, Sir?«

»Nein, habe ich nicht. Sagen Sie Mr. Richards nur, dass Augie Sinisi ihn sprechen will. Ich habe eine sehr wichtige Information für ihn.«

Minuten später saß Augie in Larsons Büro.

»Was wollen Sie, Augie? Ich bin sehr beschäftigt.«

»Ich weiß, Larson. Sie sind ein viel beschäftigter

Mann.« Augies selbstzufriedenes Grinsen signalisierte, dass es Ärger geben würde.

»Was ist los, Augie? Was für Informationen haben Sie für mich?«

»Ich dachte nur, es würde Sie interessieren, dass die Polizei bald einen anonymen Anruf kriegen könnte. Wegen des verfrühten Todes Ihrer Eltern.«

»Was zum Teufel wollen Sie damit sagen?«, fragte Larson scharf.

»Das wissen Sie verdammt gut.«

Larsons Gedanken rasten. *Die Kassette. Augie hat den Brief. Vorsicht. Vorsicht.*

»Wissen Sie, Augie, am Wochenende ist bei mir eingebrochen worden.«

»Menschenskind, was für ein Pech.«

»Wenn jemand im Besitz von etwas ist, das aus meinem Haus entwendet wurde, könnte das bedeuten, dass dieser Jemand ein Dieb ist. Diese Person könnte eine Menge Ärger bekommen, besonders, wenn sich herausstellt, dass sie auch in andere Häuser eingebrochen hat.«

»Ja, stimmt wohl. Aber nicht so viel Ärger wie jemand, der seine Eltern abgemurkst hat.«

Larson fingerte geistesabwesend an einem Briefbeschwerer herum, der auf dem letzten Geschäftsbericht der Firma »Richards Enterprises« lag, während er Augies Worte erwog. »Ja, das ist richtig. Aber sicher wollen beide nicht ins Gefängnis, oder?«

»Nee. Müssten sie auch nicht. Wenn ich mein Geld wiederkriege und vielleicht noch ein kleines Extra, eine kleine Dividende sozusagen, muss niemand in den Knast. Die Polizei braucht nichts zu erfahren.«

123

»Wir haben ihn, Joe.«

»Ja!« Connelly hätte seinen Kontakt bei der Telefongesellschaft am liebsten geküsst.

»Ist es der Typ, dessen Nummer ich dir letzte Woche gegeben habe?«

»Nein, aber es ist eine Nummer in New Jersey. Mehr kann ich dir nicht sagen, das weißt du doch. Sag dem zuständigen Detective, er soll mich anrufen.«

*

Der nördliche Teil von New Jersey lag so nahe bei New York City, dass NYPD-Detectives schon mal zu den zuständigen Dienststellen der Polizei von Bergen County hinausfuhren, wenn ein Fall es erforderte. Die Detectives Ed Kane und Kenneth Sheehan betraten die Polizeiwache von Upper Saddle River und zeigten dem diensthabenden Sergeant ihre Polizeimarken.

»Was können wir für Sie tun?«

»Wir brauchen Unterstützung. Ein Mann hier draußen tätigt anonyme Drohanrufe. Wir wollen mit ihm reden«, erklärte Kane.

»Wie heißt der Mann?«, fragte der Sergeant.

Sheehan warf einen Blick auf seinen Spiralblock. »Walinski. Jerry Walinski. Kennen Sie ihn?«

»Klar. Jeder hier kennt das arme Schwein.«

*

Die nicht als Polizeifahrzeug gekennzeichnete Limousine mit dem New Yorker Nummernschild fuhr hinter dem Streifenwagen der Upper Saddle River Police in die Auffahrt.

Die Detectives und zwei Streifenpolizisten gingen zur Haustür und klingelten. Ein Hund schlug an.

Jerry Walinski kam in seinem Rollstuhl zur Tür.

*

Joe wollte die Neuigkeit persönlich überbringen.

Jerry Walinski würde weder Eliza noch ihrer kleinen Tochter etwas tun.

»Der Mann ist zu bedauern, ehrlich. Er ist querschnittsgelähmt, nach einem Autounfall, den er vor ein paar Jahren hatte. Er wird nie wieder laufen können. Aber er hat ein Riesenschmerzensgeld von der Versicherung kassiert und bekommt eine Erwerbsunfähigkeitsrente.«

»Wieso hat er mich ungeschminkt gesehen?«, fragte Eliza.

»Das hat er sich ausgedacht. Die Polizei sagt, dass überall Bilder von Ihnen waren. Und Videos. Er hat viel Zeit, herumzusitzen und nachzudenken.«

Eliza verdaute diese Information. »Und was machen wir jetzt?«

»Nun, wir könnten Anzeige erstatten.«

Eliza verzog das Gesicht. »Ich weiß nicht, Joe. Die Vorstellung, einen Rollstuhlfahrer vor Gericht zu zerren, behagt mir nicht gerade.«

»Ich schlage eine inoffizielle Absprache vor. Wir bestehen auf der Auflage, dass er sich in psychiatrische Behandlung begibt, aber er müsste nicht ins Gefängnis.«

»Schön. Das klingt gut.« Eliza nickte befriedigt. »Jetzt ist also alles klar? Ich meine, wo Bacon tot ist und Walinski keine Bedrohung?«

»Sieht ganz so aus.« Joe lächelte. »Ich glaube, wir können die Personenschützer abziehen.«

124

Eliza starrte in den Teleprompter und las die Überleitung zum Schlussbeitrag der Nachrichtensendung ab.

»Seit Hunderten von Jahren spuken Fledermäuse, diese lautlos flatternden Nachttiere, als Symbole des Bösen und Dunklen durch unser Unterbewusstsein. Aber neuere Forschungen werfen ein positiveres Licht auf diese hoch spezialisierte Säugetierart. Halloween rückt näher, daher wollten wir Ihnen diese missverstandenen Tiere einmal hautnah präsentieren.«

Sie verfolgte den Beitrag auf dem Monitor und musste zugeben, dass Keith erstklassige Arbeit geleistet hatte. Der Film begann mit einem Video, das er von der Fernsehstation San Antonio übernommen hatte. Es war in der Abenddämmerung aufgenommen worden und man sah buchstäblich Millionen von Guanofledermäusen – eine derartige Konzentration von Warmblütlern war nur von diesen Fledermäusen bekannt – aus dem breiten, dunklen Eingang der Bracken Cave fliegen. Die lange, schwarze säulenartige Formation wirkte wie ein Tornado, der sich über den Himmel von Texas zog. Sie verließen ihre Höhle, um wie jede Nacht dic zweihundert Tonnen Insekten zu verzehren, die ihre Hauptnahrung darstellten.

Der erste O-Ton stammte von einem führenden Fledermausexperten.

»Fledermäuse sind in Wirklichkeit ganz sanfte Tiere. Sie haben in der Öffentlichkeit einfach nur einen schlechten Ruf. Fledermäuse sind schwierig zu beobachten, im Allgemeinen bekommt man nur kranke oder sterbende Tiere zu sehen. Wenn man sich einem auf dem Boden liegenden Tier nähert, fletscht es natürlich die Zähne. Selbstverständlich sollte man ein solches verletztes Tier niemals anfassen, man sollte auch nie versuchen, Fledermäuse einzufangen oder in Gefangenschaft zu halten. Aber wenn die Leute Fledermäuse so erleben könnten, wie sie wirklich sind, würden sie sie genauso komisch und niedlich finden wie andere Tiere.«

Für einen O-Ton war das lang, aber es funktionierte.

Keith war noch einmal zum Bronx-Zoo zurückgefahren, um die Reaktionen des Publikums aufzunehmen, da sie nach der Meat-Episode auf ihr Material hatten verzichten müssen. Eliza fuhr zusammen, als sie die Kurzinterviews mit Zoobesuchern, die das Nachttierhaus verließen, verfolgte.

»Die sind unheimlich«, sagte eine Frau.

»Echt cool«, sagte ein Jugendlicher.

»Ich finde sie faszinierend«, erklärte ein Mann.

Faszinierend, nützlich, schön oder sonderbar – Eliza wusste, solange sie lebte, würde sie bei Fledermäusen an Cornelius »Meat« Bacon denken müssen.

*

Als der Fahrer sie am Abend absetzte, spürte Eliza, wie ihr eine gewaltige Last von den Schultern fiel. Die Limousine, die so lange vor ihrem Haus geparkt und sie immer an den Wagen eines Bestattungsunternehmers erinnert hatte, war fort.

Der Duft von Mrs. Garcias *arroz con frijoles* wehte ihr entgegen, als sie die Haustür aufschloss. Sie konnte Janies piepsende Stimme aus der Küche hören:

»*Pollito*, Hähnchen.

Gallina, Henne.

Lapiz, Bleistift.

Y pluma, Füller.

Ventana, Fenster.
Puerta, Tür.
Maestra, Lehrerin.
Y piso, Fußboden.«

Danach hatte Eliza sich gesehnt: in ein sicheres, wohl gepflegtes Nest zurückzukehren. Ihr Kind sang fröhlich vor sich hin. Was für ein Glück sie doch hatte! Eliza ging über den frisch gesaugten Teppichboden in der Eingangshalle auf die Küche zu. Janie rannte zu ihrer Mutter und Eliza drückte ihre geliebte Tochter an sich.

Sie küsste Janie auf den Scheitel und versuchte, einen beunruhigenden Gedanken zu verdrängen: den NACHGEFRAGT-Beitrag, der für nächste Woche vorbereitet wurde. Für Halloween. Den fünften Jahrestag von Linda Andersons Verschwinden.

Florence Anderson würde ihre Tochter heute Abend nicht an sich drücken können.

125

Abigail war eigentlich nicht danach zumute, sich dieses Jahr zu Halloween zu verkleiden, aber sie musste sich irgendetwas ausdenken. Es war Tradition. Ihre Freundinnen würden nie zulassen, dass sie sich vor der jährlichen Greenwich-Village-Parade drückte. Wenn es denn sein musste, würden sie sie hinschleifen.

Es würde spektakulär werden. Das war es immer. Hunderte von Schwulen und Lesben zeigten ihre bemerkenswerte Kreativität und zogen in den fantasievollsten Kostümen durch Greenwich Village. Abigail war jedes Jahr hingegangen, seit sie in die Stadt gezogen war, und sie hatte es immer genossen – bis zu einem gewissen Grade. Es war ein Riesenspaß, zu der verkleideten Gruppe zu gehören, die sich in der Houston Street versammelte und dann über die Sixth Avenue zog. Aber trotzdem blieb Halloween für sie immer der Jahrestag eines tragischen Ereignisses.

Fünf Jahre. Wie hatte die Zeit nur so schnell vergehen können?

Und immer noch war Lindas Verschwinden nicht aufgeklärt.

Aber vielleicht würde sich das bald ändern, nachdem im Fernsehen über den Fall berichtet werden würde. Keith hatte ihr kurz erklärt, worum es in der nächsten NACHGEFRAGT-Folge gehen sollte, als er ihr die Bänder für den Trailer und die Werbefotos vorbeibrachte.

»Ich habe Linda Anderson gekannt«, hatte sie ihm erzählt.

»Ach, ja. Ihre Mutter hat so was erwähnt. Sie waren Kolleginnen?«

»Ja. Und sind gute Freundinnen geworden.«

Sie wusste genau, was Keith dachte. *Nein, Linda war nicht lesbisch – obwohl ich es mir gewünscht hätte,* hätte Abigail ihm am liebsten ins Gesicht gesagt, aber sie schwieg.

126

IN DER MITTAGSPAUSE fuhr Eliza mit dem Taxi zu Bergdorf Goodman. Sie wollte das Geburtstagsgeschenk persönlich aussuchen. Paige erwies sich als die fähigste, gewissenhafteste Sekretärin, die Eliza je gehabt hatte. Sie war beeindruckt von der Kompetenz, mit der die junge Frau diese angstgeladene Zeit bewältigt hatte. Und zudem hatte sie eine so gewinnende Persönlichkeit. Eliza war sehr zufrieden mit ihr und das wollte sie ihr zeigen.

Ihr war aufgefallen, dass Paige einen Kleiderfimmel hatte und sich trotz ihres nicht gerade fürstlichen Gehalts immer sehr modisch kleidete. Eliza betrat das Kaufhaus für die Reichen und die Superreichen durch den Eingang an der Fifth Avenue und ging zur Pullover-Abteilung.

Die Auswahl an Kaschmir-Pullovern war immens, es gab eine unglaubliche Fülle an Farben und Schnitten. Eliza konnte sich nicht zwischen einem schwarzen Pullover mit Viereck-Ausschnitt und einem kornblumenblauen Rollkragenpullover entscheiden. Der Blaue gefiel ihr sehr und er würde Paige sicher wunderbar stehen, aber schwarz war vielleicht praktischer. Sie kaufte beide. Paige war ihr die Ausgabe wert.

Danach schaute sie in der Kinderabteilung vorbei und fand eine Winterjacke für Janie mit passender Mütze und Handschuhen und in der Strumpfwarenabteilung kaufte sie noch rasch ein Dutzend Strumpfhosen für sich. Zufrieden mit dem Ergebnis ihres fünfundvierzigminütigen Power-Shoppings trat sie wieder ins Sonnenlicht der Fifth Avenue hinaus.

Als sie an der Ecke der 57th Street stand und darauf wartete, dass im dichten Verkehr der Mittagszeit ein freies Taxi vorbeikam, warf sie einen Blick über die Straße in Richtung Tiffany's.

Er hatte sie nicht gesehen, aber Eliza kam die hoch gewachsene, schlaksige Gestalt bekannt vor, die gerade aus dem Juweliergeschäft trat. *Ja, das ist Samuel*, dachte sie, als er an der Straßenecke an einer Ampel stehen blieb. Er trug eine kleine blaue Einkaufstüte in der Hand.

Eliza war erleichtert, als ein gelbes Taxi anhielt; rasch kletterte sie auf den Rücksitz. Sie wollte Samuel jetzt nicht sehen. Samstag war früh genug. Dann würde sie ihm sagen müssen, was er ganz bestimmt nicht hören wollte.

Sie hoffte inständig, dass sich in der Einkaufstüte nicht noch ein Geschenk für sie befand.

127

CINDYS FRAUENÄRZTIN MEINTE, es wären noch ein paar Wochen bis zur Geburt und das erste Kind käme sowieso zuweilen ein wenig später. Aber Cindy hatte ständig diese Wehen und Keith war nervös.

Er war immer nervös. So sah im Augenblick sein Leben aus.

Range sagte zwar, er verstehe das, aber Keith hatte den Eindruck, dass der Redaktionsleiter es ihm verübelte. Keith wollte sich nach der Geburt des Babys ein paar Tage freinehmen und bemühte sich deswegen, vorzuarbeiten. Er wollte, dass so viele NACHGEFRAGT-Beiträge wie möglich abgedreht waren, bevor das Baby kam.

Müde rief Keith im Sloan-Kettering an, um den Interviewtermin mit Dr. Lieber, dem Chefarzt der Kinder-Krebsabteilung, am Montagmorgen zu bestätigen.

Wenn Cindy nur warten könnte, bis der Film im Kasten war.

128

AM SAMSTAGNACHMITTAG VERFRACHTETE Eliza ihre Tochter und James in den Kombi und fuhr zur Demarest Farm, um ihre Halloween-Kürbisse zu holen. Auf der Farm standen sie in einer langen Schlange und warteten auf den Heuwagen, der sie zu dem Feld hinter dem Obstgarten brachte. Die Kinder suchten eifrig nach genau dem richtigen Kürbis und wählten riesige, leuchtend orangefarbene Kugeln, die sie kaum tragen konnten. Danach kaufte Eliza in der großen roten Scheune einen Apfelkuchen und Vanilleeiscreme als Nachtisch für den Abend.

Sie hatte lange darüber nachgedacht, wie sie es Samuel am besten beibringen sollte.

Sie würde selbst kochen und nach dem Essen, wenn Janie ins Bett gegangen war, in aller Ruhe mit ihm reden. Sie hoffte, dass sie trotzdem Freunde bleiben könnten. Sie hoffte, dass er es verstehen und nicht allzu verletzt sein würde.

Mrs. Garcia hatte eingekauft, so dass Eliza gleich mit dem Kochen anfangen konnte. Saftige Schweinekoteletts, süßsaurer Rotkohl und im Ofen gebackene Kartoffeln. Ein gutes, herzhaftes Herbstessen.

Beim Verlassen des überfüllten Parkplatzes fiel ihr auf, dass sie fast kein Benzin mehr hatte. Mrs. Garcia hatte vergessen aufzutanken. Eliza fuhr zur Tankstelle.

*

»Was zum Teufel hast du da?« fragte Augie scharf, als die herausgeputzte Helene mit lässigen Schritten ins Büro der Tankstelle stolziert kam.

»Du hast mir was verheimlicht, Mausbär.« Helene schlang ihre Arme um die breite Taille ihres Mannes. »Das hab ich ganz unten in einer Schublade gefunden, in deiner Kommode. Das und noch mehr. Hübsche Sachen, Augie. Wolltest du mich überraschen?«

Sex hin oder her, Augie drosch verbal auf sie ein.

*

Während der Volvo aufgetankt wurde, hörte Eliza mit halbem Ohr dem Gespräch der Kinder zu, die darüber diskutierten, wie sie ihre Kürbisse aushöhlen wollten, aber hauptsächlich dachte sie über Samuel nach. Sie schaute gerade auf die Tür des Büros der Tankstelle, als eine hoch gewachsene, schlanke Blondine in einem dicken Rollkragenpullover und engen schwarzen Lederhosen herauskam.

Ein Luder, aber kein glückliches, dachte Eliza, als sie den missmutigen Gesichtsausdruck der Frau bemerkte.

Die Blondine rauschte direkt an ihrem Auto vorbei, und die Herbstsonne ließ eine längliche Brosche aufblitzen, die sie am Pullover trug.

Eliza klappte der Kiefer herunter, als sie die mit Diamanten und Saphiren besetzte Schmucknadel erkannte, die John ihr kurz vor seinem Tod geschenkt hatte. Sein Geschenk zu Janies Geburt!

Hastig kramte sie einen Kugelschreiber und eine alte Tankquittung aus dem Handschuhfach und notierte sich das Nummernschild des Wagens, mit dem die Frau gerade aus der Tankstelle raste.

*

Sie reichte Janie die *New York Times*.

»Hier. Breitet die Zeitung auf dem Küchentisch aus. Dann holt euch Stifte und zeichnet ein Gesicht auf euren Kürbis. Ich gehe mal kurz nach oben. Wir höhlen die Kürbisse gleich zusammen aus, aber geht ja nicht an den Schrank und holt die Messer raus, bevor ich wieder da bin, klar?«

Die Kinder nickten ernst.

Eliza rannte nach oben in ihr Schlafzimmer und rief die Polizei von HoHoKus an.

129

Als Eliza wieder herunterkam, nachdem sie Janie ins Bett gebracht hatte, entdeckte sie das Schmuckkästchen auf ihrem Platz am Esstisch.

»Was ist denn das?«

»Mach's auf, dann wirst du es sehen. Selbst wenn die Polizei deinen Schmuck nicht wiederfindet – ich hoffe, dieses Stück wird dir ebenso lieb und teuer sein, wie du mir lieb und teuer bist.«

Samuel lächelte zufrieden.

Eliza fühlte sich unbehaglich. »Samuel, ich kann das nicht annehmen. Ich muss mit dir reden.«

»Mach es erst auf«, drängte er.

Voller Beklommenheit hob Eliza den Deckel von dem blauen Schmuckkästchen. Drinnen lag die passende Halskette zu den Seestern-Ohrringen.

»Sie ist bildschön, Samuel. Einfach bildschön. Aber ich kann das nicht ...«

»Hier, ich binde sie dir um«, unterbrach er sie. Er stellte sich hinter sie und befestigte den Goldverschluss, dann umfasste er Elizas Schultern und drehte sie zu sich herum.

»Du siehst wundervoll aus.«

»Ich kann das nicht annehmen, Samuel.«

»Aber natürlich kannst du«, beharrte er. »Ich möchte, dass du sie trägst. Sie ist wie für dich gemacht.«

»Oh, Samuel. Du lieber, süßer Mann. Du hast so viel durchmachen müssen. Ich würde dich nicht um alles in der Welt verletzen wollen.«

Der glückliche Ausdruck auf Samuels Gesicht veränderte sich, als Eliza ihm erklärte, wie es stand.

*

Die dämliche Helene!

Er hatte vor Wut gekocht, als sie heute mit dieser Brosche in der Tankstelle aufgekreuzt war. Und jetzt standen die Bullen mit einem Durchsuchungsbefehl vor der Tür.

Augie überlegte schnell. Fast all sein Diebesgut war weg. Verkauft. Nur die paar Sachen von Eliza Blake waren noch da, die war er noch nicht losgeworden. Jetzt war er froh, dass sich in Larsons Geldkassette nur ein paar Papiere befunden hatten.

Alles, was sie ihm nachweisen konnten, war der Einbruch bei Eliza Blake.

Augie verlangte seinen Anwalt zu sprechen. Ein guter Anwalt würde vielleicht erreichen, dass die Anklage fallen gelassen wurde, wenn er im Gegenzug der Staatsanwaltschaft von einem Doppelmord berichtete.

*

»Es tut mir so Leid, Samuel. Aber ich hoffe, du wirst erkennen, dass ich Recht habe, wenn du noch mal darüber nachdenkst. Es ist einfach nicht der richtige Zeitpunkt. Aber ich hoffe, wir können trotzdem Freunde bleiben.«

Freunde. Selbst in Elizas eigenen Ohren klang das ziemlich lahm.

Samuel unternahm einen tapferen Versuch, seine Verletztheit zu verbergen, aber es gelang ihm nicht. Tief getroffen ging er langsam zur Tür.

»Hier. Du musst die Kette mitnehmen.« Eliza reichte ihm das Schmuckkästchen.

»Nein.« Er schüttelte den Kopf. »Bitte, behalt sie. Für alles, was du für Sarah und mich getan hast.«

130

Die Flure des Krankenhauses brachten alles wieder zurück. Wie viele Male war sie über die Linoleumböden dieses Mammut-Komplexes gegangen, ohne zu wissen, ob ihre Übelkeit auf die Schwangerschaft zurückzuführen war oder darauf, dass ihr junger Ehemann sterbend in seinem Krankenzimmer lag, fiebernd und voller Schmerzen?

Aber Eliza war nie in der Kinderabteilung gewesen.

Man hatte versucht, die Umgebung so fröhlich wie möglich zu gestalten. Aber es blieb ein Krankenhaus. Die krebskranken Kinder, viele in Rollstühlen, ertrugen tapfer die Behandlungen. Ihre kahlen Schädel ließen sie älter wirken. Alte, kahle kleine Jungen und Mädchen, die um ihr junges Leben kämpften.

Die Kamera nahm Dr. Lieber auf, der Eliza durch die Krankenhausflure begleitete.

»Das Problem, wie Sie ja wissen, ist, dass Kinder so schnell wachsen. Und ebenso schnell wachsen die Krebszellen.«

»Wenn schließlich klar ist, dass Sie nichts mehr für ein Kind tun können – wie helfen Sie dann den Eltern?«, fragte Eliza.

»Wir haben Psychologen im Team. Aber manchmal weiß ich wirklich nicht, ob psychologische Beratung in diesem Fall viel hilft. Wie kann man so etwas erträglicher machen? Manchmal hat das Kind jedoch schon so viel durchmachen müssen, dass die Eltern nur noch wollen, dass es vorüber ist. Für das Kind, meine ich. Die Eltern wollen fast nie aufgeben.«

Eliza dachte an Samuel. »Ein Freund von mir hat vor kurzem seine Tochter verloren. Sie hatte Krebs. Sie war übrigens auch hier.«

»Wie hieß sie denn?«

»Sarah Morton.«

Dr. Lieber schüttelte den Kopf. »Der Name sagt mir nichts. Aber das ist nicht überraschend, wir haben so viele Kinder hier. Wie hat Ihr Freund es verkraftet?«

»Nicht sehr gut«, antwortete Eliza und dachte daran, wie Samuel ausgesehen hatte, als er am Samstagabend ihr Haus verließ.

»Nein, das dauert seine Zeit.«

*

Das Team machte Aufnahmen im Aufenthaltsraum, sorgsam bemüht, die kahlen Köpfe von hinten zu filmen oder von der Seite, damit die Kinder nicht zu erkennen sein würden.

Die Gesichter konnten nur gezeigt werden, wenn die Eltern schriftlich ihr Einverständnis erklärten.

Ein kleines Mädchen gab es, dessen Gesicht gefilmt werden konnte. Ihre Eltern hatten sich zu einem Interview bereit erklärt. Stoisch berichtete die Mutter, was sie in den letzten beiden Jahren durchgemacht hatten. Der Vater bat darum, die Kamera abzuschalten, als er zusammenzubrechen begann.

*

Nach dem Ende der Aufnahmen trafen sie noch einmal mit Dr. Lieber zusammen. Er reichte Eliza seine Karte.

»Rufen Sie mich an, wenn ich Ihnen irgendwie helfen kann. Ich dachte dabei an Ihren Freund, Ms. Blake. Er kann mich gern anrufen und ich sorge dafür, dass er psychologische Betreuung bekommt, wenn er das möchte.«

*

Abends nach der Sendung rief Eliza Samuel an. Als sie die Hoffnung in seiner Stimme hörte, fragte sie sich, ob sie das Richtige getan hatte.

»Ich wollte nur wissen, wie es dir geht.«

»Oh«, sagte er dumpf. »Mir geht's gut. Bitte, mach dir keine Gedanken meinetwegen, Eliza. Das würde alles nur noch schlimmer machen.«

»Ich mache mir aber Sorgen, Samuel. Du hast so viel durchgemacht. Ich wollte dir nur erzählen, ich habe heute einen Arzt im Sloan-Kettering interviewt und er hat angeboten, du könntest zu einem ihrer Therapeuten gehen, wenn du das möchtest. Hilfe bei der Trauerarbeit.«

»Nein, danke. Da muss ich alleine durch.«

»Ein bisschen Hilfe von einem Psychologen kann doch nicht schaden.«

»Was sollte ein Therapeut mir schon sagen können? Sarah ist tot.« Seine Stimme klang düster. »Aber vielen Dank, dass du an mich gedacht hast.«

Im Telefon klickte es. Er hatte aufgelegt.

*

Sie dachte an Samuel, als das Auto den West Side Highway hochkroch. Auf der George Washington Bridge zog Eliza Dr. Liebers Karte aus ihrer Brieftasche und tippte die Nummer in ihr Handy ein. Sie erwischte seinen Anrufbeantworter und hinterließ eine Nachricht.

»Dr. Lieber, hier ist Eliza Blake. Ich mache mir große Sorgen um diesen Freund, von dem ich Ihnen vorhin erzählt habe. Würden Sie mich bitte zurückrufen, wenn Sie Zeit haben?«

Sie hinterließ ihre Büro- und ihre Privatnummer.

131

Es war erstaunlich. Da dachte man, man hätte die schlimmsten Probleme am Hals, und eine Minute später erschienen sie einem bedeutungslos. Larson dachte nicht mehr an seine finanziellen Sorgen, als er den Anruf erhielt.

Die Polizei wollte mit ihm sprechen.

132

»Es tut mir Leid, Ms. Blake. Ich habe Ihre Nachricht erst heute Morgen erhalten.« Eliza war sich durchaus darüber im Klaren, dass die meisten Leute keine Entschuldigung von einem Arzt zu hören bekamen, den sie erst am Abend zuvor angerufen hatten – nach der Sprechstunde und nicht wegen eines Notfalls. Das war die Macht des Fernsehens. Man rief zurück. Sofort.

Sie schilderte Dr. Lieber ihr Telefonat mit Samuel.

»Ich bin kein Psychiater, Ms. Blake, aber es klingt eindeutig so, als brauche Ihr Freund Hilfe. Möchten Sie, dass einer meiner Psychologen sich bei ihm meldet?«

Eliza erwog das Angebot. Machte sie das alles, weil sie sich schuldig fühlte? Würde Samuel wütend auf sie sein? Das sollte keine Rolle spielen, wenn es um sein Wohlergehen ging. Aber vielleicht würde er vollkommen dichtmachen, sich ganz von ihr abwenden, weil sie sein Vertrauen verraten hatte. Sie wusste nicht, was sie tun sollte. Aber sie wollte ihm helfen.

»Ja, Dr. Lieber«, entschied Eliza. »Ich glaube, das wäre gut. Ich kann nicht zu ihm durchdringen.«

*

Samuels Anruf kam am Nachmittag.

»Ich weiß, was du vorhast, Eliza. Ich weiß, du meinst es gut. Aber bitte vergiss mich. Wir können keine Freunde sein – jetzt nicht mehr. Ich muss allein damit fertig werden.«

133

NACHT DER STREICHE oder Cabbage Night. Wie immer es auch genannt wurde, am Abend vor Halloween zogen Halbwüchsige durch die Straßen, erpicht auf etwas, was sie für harmlose Streiche hielten: Sie verzierten die Häuser in ihrer Nachbarschaft mit Seife, rohen Eiern und Toilettenpapier.

Eine Gruppe von Jugendlichen strich durch Larson Richards' Straße und seifte die Fensterscheiben von Autos ein, die törichterweise in der Auffahrt stehen gelassen worden waren. Wenn die Besitzer nicht genug Verstand besaßen, ihre Autos am Abend vor Halloween in die Garage zu stellen, hatten sie es verdient, ihre Windschutzscheiben am nächsten Morgen völlig verschmiert vorzufinden.

In Larson Richards' Auffahrt parkte kein Auto und das Haus lag im Dunkeln. Kichernd rannten die Jugendlichen auf den rechteckigen Bungalow zu. Sie würden leicht jedes Fenster beschmieren können, sie waren ja alle ebenerdig.

Sie schlichen sich zum nächsten Haus, ohne zu merken, dass ein Mercedes-Benz in Larsons geschlossener Garage vor sich hin lief und Kohlenmonoxid den Fahrerraum erfüllte.

Wer durch das Schwert lebt, wird durch das Schwert umkommen.

134

An Halloween sprang Janie, die darauf brannte, in ihrem Olivia-Kostüm in die Schule zu gehen, eifrig aus dem Bett. Susan und Mrs. Garcia würden die Kinder heute Nachmittag bei ihrem Zug durch die Nachbarschaft begleiten. Eliza versprach ihrer Tochter, nach der Arbeit so schnell wie möglich nach Hause zu kommen, damit sie zusammen den Kindern, die an ihre Tür klingelten, ihre Süßigkeiten geben konnten.

*

Doris hatte sich dieses Jahr selbst übertroffen. Sie hatte Stunden damit zugebracht, mit peinlicher Genauigkeit lange, dünne Klebebandstreifen auf einen schwarzen Kasack und einen schwarzen Rock zu kleben. Dann hatte sie auf dem Band sorgfältig Kästchen ausgemessen und mit schwarzem Stift nachgezogen. In die Ecken einiger Kästchen hatte sie schwarze Zahlen geschrieben. Sie hatte sich eine billige Sonnenbrille gekauft und weiße Kästchen darauf gemalt. Dann hatte sie ihr Können als Maskenbildnerin eingesetzt, ihr Gesicht mit weißer Schminke grundiert und mithilfe eines Lineals horizontale und vertikale Linien gezogen. Sie schlüpfte in eine schwarze, undurchsichtige Strumpfhose, band ihre wallende Mähne zu einem Pferdeschwanz zusammen und knotete eine Männerkrawatte herum, die mit einem Kreuzworträtselmuster bedruckt war – der Inspiration für ihr Kostüm.

Sie verließ früh am Morgen ihre Wohnung und fuhr ins ABC-Studio. Die Leute von »Regis« fanden ihr Kostüm wunderbar und wollten, dass sie in der Sendung auftrat. Aber sie wiesen Doris darauf hin, dass sie keinen Preis bekommen könne, da sie letztes Jahr schon gewonnen hatte.

Die Härte.

Doris fuhr zum Sender. Sie war gespannt, was ihre Kollegen sagen würden.

*

Florence Anderson, die allein im Bett lag, erwachte noch vor der Morgendämmerung. Vor diesem Tag graute ihr das ganze Jahr über.

Im ersten Jahr nach Lindas Tod war sie nicht einmal in der Lage gewesen, den Kindern aufzumachen, die an ihrer Tür klingelten und Süßigkeiten haben wollten. Im Jahr darauf hatte sie es geschafft, M&Ms zu verteilen. Die ohne Nüsse. Die hatte Linda am liebsten gemocht.

Seitdem, auch dieses Jahr, stand zu Halloween immer eine große Schüssel voller Schokoladenbonbons im Flur bereit. Das Leben musste weitergehen.

Und vielleicht, vielleicht, diese Hoffnung erlaubte sich Florence, würde ja nach dem Filmbeitrag, der heute in »KEY aktuell« ausgestrahlt werden sollte, jemandem etwas einfallen, damit sie nach fünf schmerzlichen Jahren endlich erfuhr, was mit ihrer Tochter geschehen war.

135

Keith rief aus dem Schneideraum an.

»Fertig. Wollen Sie runterkommen und es sich ansehen?«

»Klar. Ich komme sofort«, antwortete Eliza.

Sie nahm die Treppe, ging zwei Stockwerke tiefer zum zentralen Videostudio der »harten News« und passierte ein Dutzend kleiner Räume mit gläsernen Schiebetüren, bis sie Joe Leidings elektronischen Schnittplatz erreicht hatte. Keith stand auf und bot ihr seinen Stuhl an.

»Sind Sie zufrieden mit dem Stück?«, fragte Eliza und setzte sich.

»Ja. Ich glaube, es ist ziemlich gut geworden. Schauen Sie mal, was Sie davon halten«, sagte Keith. Er trat zurück und begann an einem Daumennagel zu kauen, während Leiding auf die PLAY-Taste drückte. Der Film begann mit einem Clip von Linda Anderson, ihren Schlussworten für die letzten Nachrichten, die sie je präsentiert hatte. Dann setzte Elizas Bericht ein.

»Als Linda Anderson sich vor fünf Jahren am Abend vor Halloween im Garden State Network verabschiedete, wusste sie nicht, dass sie zum letzten Mal die Nachrichten moderiert hatte. Sie dachte, sie hätte alles noch vor sich.«

Mrs. Andersons von Gram gezeichnetes Gesicht erschien auf dem Monitor. »Linda war ein Mensch, der einem das Gefühl von unaufdringlicher Nähe gab, auch wenn die Bekanntschaft erst wenige Minuten alt war. Und das kam auch auf dem Bildschirm rüber.«

»In der Tat war Linda Anderson beim Publikum sehr beliebt«, fuhr Eliza mit ihrem Bericht fort. »Sie hatte in New Jersey viele treue Anhänger und auch auf der anderen Seite des Hudson, bei KEY News, bestand Interesse.«

O-Ton Florence Anderson: »Ein Agent war auf sie zugekommen und hatte dort ein Bewerbungsvideo von ihr eingereicht. Es war auch schon ein Gesprächstermin vereinbart worden. Linda war ganz aufgeregt bei dem Gedanken, dass sie vielleicht für einen der großen Fernsehsender arbeiten würde.«

Elizas Stimme erzählte die Geschichte weiter. »Aber es kam nie zu diesem Vorstellungsgespräch. Nachdem Linda Anderson die Spätnachrichten moderiert hatte, verließ sie das Studio und wurde nie wieder gesehen.«

Wieder Florence Anderson: »Am Anfang hat die Polizei

getan, was sie konnte. Überall wurde nach ihr gesucht, sämtliche Bekannten und alle Männer, mit denen sie jemals ausgegangen war, wurden befragt, auch ihre Kollegen natürlich.« Mrs. Andersons Stimme kam jetzt aus dem Off, gezeigt wurden Archivbilder, die ihre nächsten Worte illustrierten. »Der Sender hat jeden Tag etwas darüber gebracht. Die Leute haben gelbe Schleifen um die Bäume gebunden. Es wurde auch eine Belohnung ausgesetzt, aber es kamen keine Hinweise, die wirklich etwas gebracht hätten. Wenn Sie mich fragen, hat die Polizei im Laufe der Zeit aufgegeben.«

»Die Polizei bestreitet das«, berichtete Eliza.

»Die Akte Linda Anderson ist noch nicht geschlossen und sie wird auch erst geschlossen, wenn der Fall gelöst ist«, erklärte ein Kriminalbeamter, den Keith interviewt hatte. »Wir leben in einer Zeit des Starkults, und obwohl wir allen nur möglichen Hinweisen nachgegangen sind, bleibt die Tatsache, dass jeder, der einen Fernseher besitzt, sie zum Objekt seiner obsessiven Liebe gemacht haben könnte. Das sind ziemlich viele Verdächtige.«

Damit war der vorbereitete Beitrag zu Ende. Keith reichte Eliza das Manuskript, das sie vor laufender Kamera verlesen sollte.

»Vor ihrem Verschwinden erklärte Linda Anderson ihrer Familie und ihren Freunden gegenüber, dass sie sich verfolgt fühlte. In allen fünfzig Staaten der USA ist die Polizei in solchen Fällen zum Einschreiten verpflichtet. Obwohl in den Medien meist nur darüber berichtet wird, wenn es Prominente trifft, sind die Opfer in den meisten Fällen nicht Nachrichtenmoderatorinnen oder Filmstars. Die meisten Stalking-Opfer sind ganz gewöhnliche Menschen, auf die irgendjemand in zwanghafter Liebe fixiert ist. Was rät dic Polizei? Wenn Sie jemanden treffen, bei dem Ihnen unbehaglich zumute ist, hören Sie auf Ihr Gefühl. Brechen Sie jeden Kontakt zu der betreffenden Person ab.«

»Und, was meinen Sie?«, fragte Keith.

»Es ist gut, Keith. Ich wünschte nur, wir hätten noch ein bisschen mehr in die Tiefe gehen können.«

»Ob Sie es glauben oder nicht, Range wollte, dass wir noch zehn oder fünfzehn Sekunden rausschneiden. Ich hab ihm gesagt, da kann man nichts mehr rausnehmen.«

Eliza nickte. Sie verstand sehr gut, dass es dem Redaktionsleiter auf jede Sekunde ankam. »Gute Arbeit, Joe«, sagte sie anerkennend zu dem Video-Editor. Als sie aufstand, um zu gehen, fiel ihr Linda Andersons Bewerbungsvideo ins Auge. Sie griff danach.

»Kann ich das mitnehmen?«, fragte sie. »Ich würde es mir gern mal anschauen.«

Es war direkt unheimlich, wie sehr Linda Anderson ihr glich.

136

DIE TÜR ZUR MASKE stand offen, aber es war niemand da.

Doris stolziert wahrscheinlich in diesem Kreuzworträtsel-Kostüm durch die Gänge, dachte Abigail, trat ein und inspizierte das riesige, aufgeklappte Schminkköfferchen auf dem Arbeitsplatz vor dem Spiegel. Grundierung, Cremes, Lidschatten, Lippenstifte. Abigail warf einen Blick auf die Wanduhr. Eliza musste jede Minute herunterkommen, um sich schminken zu lassen, und Abigail wollte eine potentiell unangenehme Begegnung vermeiden.

Sie griff nach einem Döschen mit dunkler Schminke. Das war genau das, was sie brauchte. Doris hätte sicher nichts dagegen, wenn sie sich's mal auslieh. Sie würde es morgen zurückbringen.

Abigail stopfte das Plastikdöschen in ihre Tasche.

*

Eliza saß im »Goldfischglas« und las Manuskripte durch, als Keith atemlos hereinstürmte.

»Cindys Fruchtblase ist geplatzt. Ich muss los.«

»Viel Glück, Kumpel«, rief Range ihm nach, ohne von seinem Computermonitor aufzublicken.

»Ja, Keith. Viel Glück«, wünschte Eliza ihm. »Rufen Sie an, sobald das Baby geboren ist. Sie haben ja meine Privatnummer«, erinnerte sie ihn.

»Mach ich«, versprach Keith. Er drehte sich um und rannte aus dem Studio.

Range wandte sich Eliza zu und grinste leicht hämisch. »Kannst du dir vorstellen, diese nervöse Tucke bei der Geburt dabeizuhaben?«

»Besser als überhaupt niemanden, Range.« Der Redaktionsleiter, dem die Umstände von Janies Geburt wieder einfielen, wusste ausnahmsweise nichts zu sagen.

137

Warum musste Eliza diesen Bericht machen?

Warum all dieses Elend wieder ans Licht zerren?

Lindas Gesicht lächelte vom Bildschirm. Sie war so schön gewesen, so voller Leben. Wenn sie sich doch nur nicht gesträubt hätte.

Warum sollte jemand, dem wahre Liebe begegnete, sie zurückweisen?

Aber Linda hatte es getan. Und Eliza ebenfalls.

138

Eliza stopfte Linda Andersons Bewerbungsvideo in ihre Handtasche, für den unwahrscheinlichen Fall, dass sie zu Hause dazu kommen würde, es sich anzusehen. Im Büro kam immer irgendwas dazwischen und sie wollte sich eine Viertelstunde Zeit nehmen und sich das Band ohne Unterbrechungen anschauen.

Sie verabschiedete sich von Paige, erfreut darüber, dass der blaue Kaschmirpullover ihrer Sekretärin so gut stand, und eilte zu dem wartenden Wagen herunter. Der Verkehr war nicht allzu schlimm und nach fünfundvierzig Minuten war sie daheim. Es war gerade acht geworden.

Die Polizei von HoHoKus hatte ab neun Uhr ein lockeres Ausgehverbot verhängt. Danach würde sie Streife fahren und alle Jugendlichen, die noch auf Beutezug waren, nach Hause schicken. Eliza hatte Janie versprochen, sie bis neun aufbleiben zu lassen, damit sie die Karamelriegel zusammen verteilen konnten.

Es klingelte nur selten. Zwei Piraten und eine kleine Tinkerbell standen vor der Tür, begleitet von ihren Eltern, die draußen auf der Straße warteten. Einige lachende Mädchen im Teenageralter in ihren Cheerleader-Uniformen. Eine Gruppe männlicher Jugendlicher, vollkommen unkostümiert, soweit Eliza das beurteilen konnte. Die sackartigen Jeans, übergroßen Flanellhemden und Timberlands ohne Schnürsenkel trugen sie wahrscheinlich auch sonst.

Zwischendurch sortierte Janie die Süßigkeiten, die sie heute Nachmittag mit James auf ihrem Beutezug ergattert hatte. Das Kaugummi würde sich eindeutig halten, auch die M&Ms und Schokoriegel. Alles, wo Kokusnuss drin war, bot sie ihrer Mutter an.

Punkt neun verkündete Eliza, dass es jetzt Zeit sei, ins Bett zu gehen. Heute würde niemand mehr kommen, der »Gib mir was, sonst kriegste was« schrie.

*

Eine Vogelscheuche mit dunklem Gesicht stand in Greenwich Village auf der Sixth Avenue, umringt von Gespenstern mit Kapuzen, Kobolden, Männern in Frauenkleidung und Frauen in Männerkleidung. Es war ein buntes, lebendiges Getümmel, aber Abigail fühlte sich vollkommen allein. Der Bericht über Linda, der heute in »KEY aktuell« ausgestrahlt worden war, verfolgte sie immer noch. Sie war eine so viel versprechende junge Frau gewesen. Fünf Jahre waren seitdem vergangen und es machte sie immer noch traurig.

Abigail hatte keine Lust, so zu tun, als würde sie sich blendend amüsieren. Nicht heute.

Sie blieb zurück, als der Rest der Gruppe weiterdrängte. Bei dem Gewühl auf dem Bürgersteig war es leicht, sich fortzustehlen.

*

Nachdem Eliza Janie ins Bett gebracht hatte, zog sie sich einen weiten Pullover und Jeans an. Dann ging sie in die Küche. Im Kühlschrank stand das Essen, das Mrs. Garcia für sie vorbereitet hatte, aber ihr war nicht danach, so spätabends eine reichhaltige Mahlzeit zu sich zu nehmen. Stattdessen nahm sie ein Stück Cheddar heraus und schnitt sich ein paar Scheiben ab. Sie legte noch einige Kräcker auf den Teller und schenkte sich ein Glas Weißwein ein.

Gerade war sie ins Arbeitszimmer gegangen und hatte Lindas Bewerbungsvideo aus ihrer Handtasche gezogen, als es klingelte. Sicher ein verspäteter Jugendlicher auf Beutezug, dachte sie und ging zur Tür. Die schwarze Plastikkassette ließ sie auf dem Schreibtisch liegen.

»Samuel!«, sagte sie erstaunt. »Komm doch rein.«

*

Jimmy Willis kauerte sich hinter einen Baum und wartete, bis der Streifenwagen vorbeigefahren war.

Geil. Dieses Ausgehverbot war einfach dämlich. Er war entschlossen, trotzdem noch an ein paar Türen zu klingeln, bevor er nach Hause ging. Seine Mutter war sowieso wütend auf ihn, weil er gestern auf die Wache gezerrt worden war, nachdem er das Haus ihrer Nachbarn mit Eiern beworfen hatte. Sie hatte ihm verboten, an Halloween das Haus zu verlassen, aber es war ein Klacks gewesen, sich rauszuschleichen. Und jetzt konnte er ebensogut dafür sorgen, dass auch was dabei raussprang. Hausarrest würde er in jedem Fall bekommen.

Der Vierzehnjährige wartete, bis die roten Hecklichter außer Sicht waren. Dann kam er aus seinem Versteck und arbeitete sich weiter die Saddle Ridge Road vor.

*

Wie er so auf dem Sofa in ihrem Arbeitszimmer saß, sah Samuel aus, als hätte er seinen besten Freund verloren. Eliza empfand tiefes Mitleid mit ihm.

»Ich kann nicht essen. Ich kann nicht schlafen. Ohne dich kann ich nicht leben.«

Das Telefon klingelte, was ihr ein bisschen Zeit verschaffte. *Saved by the bell.* Was sollte sie nur sagen, wie sollte sie ihn trösten?

»Entschuldige mich, Samuel.« Eliza ging zum Schreibtisch und nahm den Hörer ab. Ein stolzer Vater war dran.

»Meinen Glückwunsch, Keith! Das ist ja großartig. Und wie geht es Cindy?« Eliza spürte, dass Samuel sie beobachtete. Sie griff nach dem Video und begann damit herumzuspielen.

»Ein Kaiserschnitt? Oh, wie furchtbar. Aber zumindest ist das Baby gesund.«

Geistesabwesend klappte sie die Kassette auf und schloss sie wieder.

»Neun Pfund? Donnerwetter! Was für ein Prachtkerl. Hat er schon einen Namen?«

Keith sagte ihr, wie sein Sohn hieß, aber sie hörte es nicht. Eliza hatte die Kassette geöffnet und schaute auf das beschriftete Etikett auf dem Videoband.

Unter dem Namen von Linda Anderson stand der Name ihres Agenten. Er hieß Samuel Morton.

*

Abigail wischte sich die braune Schminke vom Gesicht und zog sich ein Sweatshirt an. Zwar hatte sie keine Lust, beim Halloween-Zirkus auf den Straßen mitzumachen, aber allein zu Hause herumsitzen wollte sie auch nicht. Sie machte sich auf die Suche nach einer ruhigen Bar.

*

Die winzigen Augen waren fest zugekniffen, der Rosenknospenmund zu einem Gähnen geöffnet. Vollkommene Ohren, eine vollkommene Nase und, warm eingepackt unter einer Baumwolldecke, perfekte Finger und Zehen.

Robert Keith Chapel, sein Sohn.

Keith schaute das Wunder an, das in den Armen seiner Frau lag.

Cindy sah zu ihrem Mann auf und ihre Blicke trafen sich in gegenseitigem Einverständnis.

Es hatte sich alles gelohnt. Jetzt konnten sie weitermachen, zusammen, als Familie.

Cindy hatte so viel durchgemacht und Keith hoffte, dass sie ihm vergeben würde. Er hatte sich wirklich unmöglich aufgeführt. Und irgendwann, hoffte er, würde er auch sich selbst vergeben können.

*

Eliza versuchte, sich zu erinnern. Hatte sie Samuel nicht von dem NACHGEFRAGT-Film erzählt, an dem sie arbeitete? Doch, hatte sie. An dem Abend, als sie im Esty Street gegessen hatten. Er hatte sich nicht dazu geäußert.

Verzweifelt bemühte sie sich, eine harmlose Erklärung dafür zu finden. Vielleicht hatte sie den Namen Linda Anderson nicht erwähnt. Vielleicht hatte er die Verbindung nicht hergestellt. Aber der Fall, den sie beschrieben hatte, hätte in jedem Fall eine Reaktion bei ihm auslösen müssen. Er hätte von der Moderatorin erzählen müssen, die er vertreten hatte.

Elizas Rückgrat versteifte sich. Sie brauchte Zeit zum Nachdenken. Vielleicht handelte es sich um einen ganz anderen Samuel Morton. Sie setzte sich ihm gegenüber hin.

»Wo waren wir stehen geblieben?«, fragte sie.

»Ich hatte dir gerade erzählt, wie jämmerlich ich mich ohne dich fühle. Bitte, Eliza, könntest du nicht noch mal darüber nachdenken? Wir können ja alles ganz langsam angehen. Ich verspreche, ich werde dich nicht drängen. Aber ich brauche die Gewissheit, dass wir uns weiter sehen können.«

»Natürlich, Samuel, solange klar ist, dass wir nur Freunde sind.«

Das war nicht die Antwort, die er hatte hören wollen. Er zuckte zusammen, als hätte Eliza ihn geschlagen.

»Komm«, drängte sie und erhob sich. »Gehen wir in die Küche, du brauchst etwas zu trinken.«

Sie hatte ihm gerade ein Glas Wein eingeschenkt, als schon wieder das Telefon schrillte. »Ich kann es nicht klingeln lassen«, entschuldigte sie sich. »Sonst könnte Janie aufwachen.«

Samuel nickte düster.

»Ms. Blake? Hier ist Bob Lieber vom Sloan-Kettering. Ich hoffe, ich störe Sie nicht gerade.«

»Aber nein, überhaupt nicht. Wie geht es Ihnen?«

»Ich bin etwas beunruhigt. Ich hatte Spätdienst und unsere Psychologen haben den Namen der Tochter Ihres Freundes in den Computer eingegeben.«

»Und?«

»In den letzten sechs Monaten ist hier keine Patientin namens Sarah Morton aufgenommen worden.«

*

Noch ein Haus, dann war Schluss. Er würde das Schicksal nicht herausfordern. *Diese Fernsehfrau hat bestimmt ein paar anständige Süßigkeiten.*

Jimmy warf die verbotene Zigarette weg, schlenderte zur Tür des hell erleuchteten Hauses, drückte auf die Klingel und wartete. Niemand kam zur Tür.

Aber es war jemand zu Hause, das wusste er genau.

Jimmy hob den Türklopfer und ließ ihn energisch niedersausen.

*

»Geh nicht zur Tür.«

»Es dauert nur eine Minute, Samuel.«

»Ich sage dir, Eliza, geh nicht zur Tür.«

Sie wollte zur Haustür rennen, sie weit aufreißen und

in die dunkle Nacht entfliehen. Aber Janie ... Janie war oben. Sie konnte ihre kleine Tochter nicht zurücklassen.

Das Ausmaß von Samuels Täuschung machte sie fassungslos. Es musste irgendein Irrtum vorliegen. Keine Sarah Morton war in dem Krankenhaus gewesen. Warum hatte Samuel gelogen, warum hatte er behauptet, sie sei im Sloan-Kettering gestorben? Ihr fiel kein einleuchtender Grund ein.

Und dann keimte ein schrecklicher Verdacht in ihr auf. Was, wenn es nie ein Kind gegeben hatte?

Aber sie hatte das Foto des Mädchens in dem Album gesehen, das Samuel ihr gegeben hatte. Die Ähnlichkeit war unverkennbar gewesen.

Eine instinktive Angst überkam sie.

War Samuel Morton der Mörder von Linda Anderson?

*

Für wen hielt diese Frau sich? Würde es sie umbringen, die Tür aufzumachen und irgendeine Süßigkeit in seinen Kissenbezug zu werfen? Seine Mutter fand es ja so was von toll, dass ein Promi in die Stadt gezogen war. Jimmy war weniger beeindruckt.

Er klingelte noch einmal und wartete. Da hörte er ein Auto. *Die Bullen.* Er duckte sich hinter die Büsche vor dem Fenster.

Als der Streifenwagen weg war, hatte Jimmy einen Entschluss gefasst. Wenn die Hauseigentümerin ihm keine Süßigkeiten gab, würde sie eben was kriegen. Er zog seine Waffe aus dem Kissenbezug.

Dann spähte er durch das Fenster und schaute in ein Wohnzimmer. Niemand da. Gründlich schmierte er die Sprossenfenster mit Seife ein.

Aber er war immer noch stinksauer. Er ging auf die andere Seite und blickte hinein. Eine Bibliothek. Auch hier niemand. Wütend schmierte er die Scheiben ein.

Warum nicht ganze Arbeit leisten? Mutiger geworden, ging Jimmy schnell ums Haus herum. In der Küche brannte Licht und durch das Seitenfenster konnte er einen Mann und eine Frau sehen.

Er sollte besser machen, dass er von hier wegkam.

Aber was Jimmy jetzt sah, ließ ihn wie hypnotisiert starren. Die Frau kannte er aus dem Fernsehen. Sie stand mit dem Rücken zur Arbeitsplatte. Der Mann ging in der Küche auf und ab. Als der Mann gerade nicht hinsah, griff die Moderatorin nach einem Küchenmesser und schob es sich unter den Pullover, in den Bund ihrer Jeans.

*

Sie musste Samuel aus dem Haus locken. Sie durfte ihn nichts von ihrem Verdacht ahnen lassen und sie musste ihn von Janie weglotsen.

Eliza tat so, als würde sie einen Schluck Wein nehmen. »Samuel, vielleicht habe ich mich geirrt. Vielleicht könnte es ja doch was mit uns werden. Ich bin im Moment so durcheinander. Ich brauche Zeit zum Nachdenken.« Eliza fuhr sich mit den Fingern durch das Haar.

Samuel schaute sie hoffnungsvoll an.

»Lass uns einen Spaziergang um den See herum machen, dann bekommen wir wieder einen klaren Kopf«, schlug sie vor.

»Und Janie?«

»Ach, die paar Minuten. Wir gehen ja nicht weit weg. Komm.« Sie nahm seine klamme Hand. »Ein bisschen frische Luft wird uns beiden gut tun.«

*

Heilige Scheiße!

Wo war die Polizei, wenn man sie mal brauchte?

Jimmy rannte die Saddle Ridge Road hinunter und zum ersten Mal in seinem Leben betete er darum, dass ein Streifenwagen vorbeikommen möge.

Es kam keiner.

✳

Es hieß ja, dass es manchmal so war.

Man traf jemanden und sofort war alles klar.

Abigail studierte das Gesicht der jungen Frau, die neben ihr auf dem Barhocker saß. Zum ersten Mal seit Monaten dachte sie nicht an Eliza.

✳

Der See lag friedlich da und der Herbstmond spiegelte sich in ihm.

Es kostete Eliza ihre ganze Willenskraft, nicht zurückzuzucken, als Samuel ihr den Arm um die Schultern legte. Besser um die Schultern als um die Taille.

»Glaubst du wirklich, es könnte doch was mit uns werden?«, fragte er sanft.

»Ganz bestimmt«, log sie.

Warum fährt denn kein Auto vorbei? Bitte, lieber Gott. Mach, dass jemand vorbeikommt. Bitte, bitte, bitte.

Samuel blieb stehen und drehte sie zu sich um.

»Ich liebe dich, Eliza.« Er hob ihr Kinn und beugte sich vor, um sie zu küssen. Sie erwiderte den Kuss. Ihr Leben hing davon ab.

✳

»Und wo bist du gewesen, junger Mann?«, wollte Jimmys Mutter zornig wissen.

»Mama! Mama! Wir müssen die Polizei rufen!«

»Findest du nicht, dass du in den letzten Tagen oft genug bei der Polizei warst?«

»Du verstehst nicht, Mama.«

»Ich verstehe sehr gut. Ich habe deine Mätzchen ja so was von satt. Du solltest in deinem Zimmer bleiben. Jetzt hast du endgültig Hausarrest.«

Jimmy stampfte in sein Zimmer und ließ sich auf das Bett fallen. Er sollte es dabei bewenden lassen, aber er konnte nicht. Er griff nach dem Telefon neben seinem Bett, rief die Auskunft an und verlangte die Nummer der Polizei von HoHoKus.

Er war im Stimmbruch und seine Stimme schnappte über, als er seine Geschichte zu erzählen begann.

»Wer spricht denn da?«, fragte der Dienst habende Beamte scharf.

»Jim Willis.«

»Der Junge, den wir gestern Abend hier hatten?«

»Ja. Aber das ist doch jetzt egal. Ich sage Ihnen, fahren Sie zu dem Haus von dieser Nachrichtenmoderatorin. In der Saddle Ridge Road. Sie und dieser Mann waren in der Küche und ich hab gesehen, wie sie heimlich nach einem großen Messer gegriffen hat. Es sah echt unheimlich aus.«

»Klar, Junge, klar. Fröhliches Halloween.«

*

Eliza hatte die Augen nicht geschlossen und so sah sie, wie Samuel mitten im Kuss die Augen öffnete. Er löste sich von ihr.

»Was ist los?«, fragte er.

»Nichts. Gar nichts.«

»Warum siehst du mich so an?«

Eliza ließ die rechte Hand zum Bund ihrer Jeans gleiten.

»Du weißt es, nicht wahr?«

»Was soll ich wissen?«

Sie tastete nach dem Messer.

»Das von mir.«

»Was denn, Samuel?« Sie konnte das Zittern in ihrer Stimme nicht unterdrücken. Warum kam nicht endlich jemand? Wenn sie schrie, würde sie vielleicht niemand hören, aber Samuel würde wissen, dass sie ihn durchschaut hatte.

»Lüg mich nicht an, Eliza. Ich sehe doch, dass du lügst. Vor mir kannst du das nicht verbergen. Dafür beobachte ich dich schon zu lange. Ich habe immer ›KEY am Morgen‹ gesehen, als du die Sendung moderiert hast. In den letzten Monaten habe ich dich in ›KEY aktuell‹ gesehen. Ich habe jede Sendung aufgenommen und wieder und wieder angeschaut. Oh, ich weiß genau, wann du lügst.«

»In welchem Punkt sollte ich denn lügen, Samuel?«

»Du weißt, dass es nie eine Sarah gegeben hat. Ich weiß es. Spiel nicht die Unschuldige. Ich habe sie erfunden, um an dich heranzukommen.«

»Aber ich habe ihr Foto gesehen. Sie sieht dir ähnlich.«

»Das war ein Foto meiner Nichte. Der Tochter meines Bruders Leo.«

Eliza packte das Messer.

»Ich musste einen Weg finden, um dich kennen zu lernen, Eliza. Wir sind füreinander bestimmt, ich weiß, dass wir füreinander bestimmt sind, und ich hoffte, du würdest es auch erkennen. Es lief doch alles so gut. Wir waren uns näher gekommen. Du hattest Vertrauen zu mir. Aber du hast es dir verscherzt. Du hast alles kaputtgemacht.«

Elizas Gedanken überstürzten sich.

Linda hatte sich verfolgt gefühlt, aber als sie dann Polizeischutz bekam, hatte niemand sie belästigt. Hatte sie sich ihrem Agenten anvertraut und damit unwissentlich ihren Mörder gewarnt? Hatte er sich von ihr fern gehalten, solange sie von der Polizei beschützt wurde?

»Ich habe gehofft, es würde nicht dazu kommen müssen.« Samuel blickte auf das glitzernde Wasser des Sees. »Aber du liebst das Wasser, genauso wie ich – und genau wie Linda. Das Wasser ist ein so stiller, friedlicher letzter Ruheplatz. Ich denke oft an Linda. Wie wundervoll, im gewaltigen Atlantischen Ozean zu ruhen.«

»Ist Linda dort begraben?«

Er zuckte die Achseln. »Jetzt kann ich es dir ja sagen – du wirst es niemandem weitererzählen können. Ja, Lindas Grab ist an der Küste vor Sandy Hook. Ich denke gern daran, dass sie ihren Frieden in der Nähe des Strandes gefunden hat, an dem wir so glücklich miteinander spazieren gegangen sind.«

»Aber Lindas Leiche wäre doch sicher irgendwo angespült worden.« Eliza versuchte, ihre Stimme ruhig zu halten.

»Ein bisschen was könntest du mir schon zutrauen, Eliza. Ich habe Linda aus dem Kofferraum geholt, sie auf eine gute, stabile Luftmatratze geschnallt und mit ein paar Gewichten beschwert. Und dann, kurz bevor ich ihr Begräbnisbett in die dunkle See treiben ließ, habe ich einen Schlitz in die Luftmatratze gemacht. Ich sah zu, wie Linda im Mondlicht hinaustrieb und dann unterging.«

Elizas Entschluss war getroffen. Mit einer einzigen schnellen Bewegung stieß sie das Messer in Samuels Seite.

*

Der Polizeibeamte hätte einen Wochenlohn darauf verwettet, dass der Willis-Junge log. Es würde ihm einen perversen Kick bereiten, wenn auf seinen falschen Alarm hin ein Streifenwagen losjagte.

Aber was war, wenn der Junge die Wahrheit sagte? Er würde in Teufels Küche kommen, wenn er so einen Hinweis unbeachtet ließ.

Besser, er schickte einen Streifenwagen hin.

*

Samuel schrie auf vor Schmerz, machte einen Satz nach vorn und umklammerte Elizas Hals. Sein Griff hatte die Kraft eines Wahnsinnigen. Eliza wehrte sich, aber er war zu stark.

Was sollte sie nur tun?

Es gelang ihr, ihn in den Unterleib zu treten. Sie spürte, wie sein Griff sich löste, und konnte sich befreien. Aber der Tritt war nicht kräftig genug gewesen, um ihn in die Knie zu zwingen. Sie rannte schneller als jemals zuvor in ihrem Leben und hörte seine schweren Schritte auf dem Schotter hinter sich. Trotz der blutenden Wunde in der Seite holte er auf.

Dann hörte sie ihn aufstöhnen, als er ausrutschte und hinstürzte. Durch die Gänseköttel hatte sie ein paar kostbare Sekunden gewonnen.

Sollte sie zu den Feeneys laufen?

Aber dann wäre Janie allein. Wenn sie erstmal im Haus war, konnte sie die Polizei rufen. Aber so voller Wut, wie Samuel war, könnte er sich leicht den Zutritt erzwingen.

Instinktiv kehrte Eliza trotzdem ins Haus zurück, um in der Nähe ihres Kindes zu sein. Sie schloss die Tür hinter sich ab und rannte zum Telefon. Sie wählte, so schnell sie konnte, und nach nur einem Klingeln hörte sie: »Polizei von HoHoKus.«

*

Der Streifenwagen, der einen Funkspruch erhalten hatte, fuhr gehorsam zur Saddle Ridge Road.

»Es könnte ein Halloween-Streich sein, aber gehen Sie der Sache trotzdem mal nach.«

Der Polizeiwagen war nur noch wenige Straßen von Elizas Haus entfernt, als der zweite Funkspruch kam.

»Der Verdächtige ist bewaffnet und gewalttätig. Wir schicken Verstärkung.«

✳

Eliza wartete voller Angst und traute sich nicht, aus dem Fenster zu sehen. Wo blieb die Polizei? Wo blieb nur die Polizei?

Wenn Samuel ins Haus gelangte, würde sie ihm selbst die Stirn bieten.

Aber womit? Sie blickte panisch um sich.

Sie ging zum Kamin und ergriff den eisernen Feuerhaken.

✳

Samuels Wunde schmerzte furchtbar, als er in den Garten hinter Elizas Haus taumelte und die schwere Abdeckplane vom Swimmingpool zog. Eliza würde doch noch zu ihrem Ende im Wasser kommen. Mit der Kraft eines Wahnsinnigen wuchtete er einen der schweren Steine hoch, die die Beete begrenzten, und schleuderte ihn durch die Glasscheibe der Küchentür.

Eliza wartete schon auf ihn.

✳

Der Streifenwagen raste in die Auffahrt. Der Polizist stieg aus, hämmerte an die Haustür und wartete auf eine Reaktion, die nicht kam.

Er zog seine Waffe. Er wusste nicht, was ihn drinnen erwartete.

Er musste auf die Verstärkung warten.

*

Samuel trat über die Glassplitter in die Küche und lauschte.

Wo war sie?

Vorsichtig schlich er sich ins Esszimmer, ins Wohnzimmer und ins Arbeitszimmer, eine Blutspur hinter sich zurücklassend.

Sie muss nach oben gegangen sein, um ihr Kind zu schützen.

Entschlossen stieg er die Treppe hinauf. Oben angelangt, schaute er sich um. Und sah in Elizas wartende Augen.

Mit aller Kraft, die der Mutterinstinkt ihr verlieh, ließ sie den Schürhaken auf seinen Kopf niedersausen. Die Wucht des Schlags ließ ihn rückwärts die Treppe hinuntertaumeln.

Eliza stand regungslos, als sie Schritte hörte und dann sah, wie blau uniformierte Männer neben der zusammengesunkenen, blutenden Gestalt unten an der Treppe niederknieten.

Janie verschlief die ganze Sache.

NOVEMBER

EPILOG

EIN BEISSENDER WIND fegte über das aufgewühlte graue Wasser von Sandy Hook und fuhr der kleinen Versammlung am Strand in Haare und Mäntel. Ganz vorne standen Florence und Monica Anderson im nassen Sand und lauschten der Bibellesung des Pastors.

»Der Herr gibt und der Herr nimmt ...«

Mit den anderen Trauergästen gingen Eliza Blake und Abigail Snow am Wasser entlang und warfen rosa Nelken in den Atlantischen Ozean.

Eliza wartete, bis sie an der Reihe war, Lindas Mutter ihr Beileid auszusprechen. »Es tut mir so Leid, Mrs. Anderson.« Sie wusste nicht, was sie sonst sagen sollte.

Florence Anderson umarmte sie.

»Ich danke Ihnen, meine Liebe. Zumindest weiß ich jetzt, was mit Linda geschehen ist.«

Eliza trat einen Schritt zurück und blickte in die traurigen, aber trotzdem noch Leben sprühenden blauen Augen. Sie hoffte inständig, diese Mutter möge endlich Frieden finden.

»Haben Sie Zeit, noch mit zum Essen zu kommen?«, fragte Florence Anderson.

»Vielen Dank, aber ich muss zurück. Wir arbeiten an einem Bericht über die Wahlen.«

Eliza bot Abigail an, sie mit zum Sender zurückzunehmen. Doch statt das Angebot übereifrig anzunehmen, lehnte Abigail ab. Sie würde mit ihren früheren Kollegen vom Garden State Network essen, die zu dem Gedenkgottesdienst gekommen waren.

»Ich werde Sie nicht mehr belästigen, Eliza. Das wollte ich Sie nur wissen lassen. Ich habe jemanden gefunden.«

»Das freut mich für Sie, Abigail. Das freut mich wirklich.«

Allein kehrte Eliza über den Strand zu ihrem wartenden Wagen zurück. Ihre Gedanken wandten sich Mack zu. In ein paar Wochen, zu Thanksgiving, würde er nach Hause kommen. Vielleicht konnten sie die Sache ja doch noch bereinigen.

Jeder machte mal einen Fehler.

*

»Als Linda Andersons Agent hätte Samuel Morton ein nettes Sümmchen kassiert, wenn er einen Vertrag mit einem der großen Sender ausgehandelt hätte. Die Polizei hat ihn befragt, genau wie Lindas übrige Freunde und Bekannte, ihn aber nicht als Verdächtigen betrachtet. Er war ein gebildeter, selbstsicherer Mann mit geschliffenen Manieren, offenbar ohne Motiv. Morton hätte von Lindas Weiterleben nur profitiert.«

Als Eliza vom Gedenkgottesdienst zurückgekehrt war, informierte Joe Connelly sie darüber, was er von dem für den Fall Linda Anderson zuständigen Kriminalbeamten erfahren hatte.

»Und er konnte einfach so aus New York wegziehen?«, fragte Eliza. Das gab einfach keinen Sinn.

»Klar doch. Er war ja keines Verbrechens angeklagt. Der Polizei war bekannt, dass er ungefähr ein Jahr nach Lindas Verschwinden nach Florida gezogen war. Es sah nicht nach Flucht aus. Er zog in eine schöne Stadt mit erstklassigem Klima, um in die Anwaltskanzlei seines Bruders einzusteigen. Was war daran merkwürdig?«

»Hat die hiesige Polizei sich je bei der Polizei von Sarasota nach ihm erkundigt?«

Joe nickte. »Ja, hat sie, obwohl sie nicht dazu verpflichtet war. Aber allen Berichten zufolge war Morton ein vorbildlicher Bürger, ein großer Menschenfreund, der sich sehr für soziale Dinge engagierte.«

Gott, man wusste doch nie. Der urbane, kultivierte, intellektuelle Mann, der bei einer Benefiz-Gala neben einem saß, konnte sich als besessener Wahnsinniger entpuppen.

»Was ist mit Samuels Bruder? Wusste er irgendwas über die Sache?«

»Die Polizei von Sarasota glaubt das nicht. Leo Morton meinte, er hätte sich Sorgen wegen der Depressionen seines Bruders gemacht. Er sagte aus, Samuel wäre manchmal nicht in die Kanzlei gekommen und hätte als Erklärung vorgebracht, er hätte am Strand spazieren gehen müssen. Leo machte sich Sorgen um ihn, aber der Gedanke, dass sein Bruder ein Mörder sein könnte, wäre ihm nie gekommen. Leo war anwesend, als die Polizei Samuels Stadthaus durchsuchte. Sein Entsetzen, als die Videos von Linda Anderson und von Ihnen gefunden wurden, wirkte echt.«

»Wusste er, dass Samuel ein Foto von seiner Nichte besaß und sie als seine Tochter ausgab?«

Joe nickte. »Jetzt weiß er es. Wie ich höre, hat er eine Stinkwut deswegen.«

»Hätte ich auch, wenn jemand Janies Foto so missbrauchen würde.« Eliza versuchte, an die Zukunft zu denken. »Und was passiert jetzt?«

»Wenn Sie ein bisschen besser gezielt oder etwas stärker zugeschlagen hätten, müssten Sie diese Frage jetzt nicht stellen. Aber wenn seine Verletzungen ausgeheilt sind, kommt er vor Gericht. Sie werden aussagen müssen, Eliza. Auf seine verrückte Weise wird er das genießen – so wird er Sie noch einmal aus nächster Nähe sehen.«

*

Die Polizei hatte ihren Verlobungsring sichergestellt, die Brillant-Ohrringe, das Smaragdarmband und die Schmucknadel, die ihr so viel bedeutete. Die Kriminalpolizei von HoHoKus teilte ihr mit, im Büro der Tankstelle seien Schlüssel zu anderen Häusern, in denen eingebrochen worden war, gefunden worden. Augie Sinisi würde ins Gefängnis kommen.

»Du siehst heute so heiter und gelassen aus«, bemerkte Doris, als sie Elizas helle Haut mit einem Schwämmchen bearbeitete.

Und als Doris in den Regieraum ging, um einen letzten Kontrollblick auf Elizas Make-up unter dem grellen Scheinwerferlicht zu werfen, stellte sie mit Befriedigung fest, dass die Moderatorin auf dem Monitor strahlend schön rüberkam. Keine Spur mehr von nervlicher Anspannung in dem schönen Gesicht.

*

Janie schaute aus dem Wohnzimmerfenster, als die Autoscheinwerfer die Auffahrt erhellten.

»Mama ist wieder da!«, rief sie Mrs. Garcia zu.

Janie begrüßte ihre Mutter mit einer Aufzählung dessen, was sie heute gemacht hatte. In der Schule lernten sie gerade etwas über die Pilgerväter. Daisy machte auf Befehl »sitz«. Mrs. Garcia hatte Janie zwei neue spanische Wörter beigebracht.

Eliza hörte aufmerksam zu, schwelgte in den ganz normalen, kostbaren Details, aus denen das Leben bestand. Sie beugte sich herab, nahm ihre kleine Tochter in den Arm und drückte sie fest an sich. Nie wieder würde sie etwas als selbstverständlich betrachten, schwor sie sich, obwohl sie wusste, dass sie es natürlich doch tun würde. Das lag eben in der Natur des Menschen.

Danksagung

Im Laufe der Jahre, in denen ich hinter den Kulissen als verantwortliche Redakteurin so viele Nachrichtenbeiträge produziert habe, dass ich sie gar nicht mehr zählen könnte, habe ich mich oft gefragt, wie es wohl sein würde, vor der Fernsehkamera zu stehen oder zu sitzen. Sicher, es wirkt glamourös. Ein Traumberuf. Millionen von Augen sind auf das Gesicht der Fernsehreporterin gerichtet, wenn sie über die neuesten Entwicklungen berichtet. Aber wenn sie in die dunkle Kameralinse blickt und zu einem unsichtbaren Publikum spricht, hat sie keine Ahnung, wer ihr alles zuschaut. Was könnte in irgendeinem verdrehten Gehirn da draußen vorgehen, während sie sich Abend für Abend »allen Blicken aussetzt«?

Die Vorstellung brachte mich zum Frösteln.

Als ich Fernsehjournalistinnen fragte, erklärten sie, sie versuchten, nicht daran zu denken, dass psychisch labile Personen unter den Zuschauern sein könnten. Sie könnten ihre Arbeit nicht verrichten, sagten sie, wenn sie ihre Zeit damit zubrächten, sich wegen der »Psychos« Sorgen zu machen. Sie versuchten das Wissen zu verdrängen, dass es immer Zuschauer gebe, die auf sie fixiert seien, behaupteten sie. Und doch hatten alle, ohne Ausnahme, Erfahrungen mit obsessiven Fans gemacht, manche an ganz unwahrscheinlichen Orten. Es war bizarr, wie weit manche dieser »Fans« zu gehen bereit waren. Einige dieser

Leute, die ihnen auflauerten und sie unerbittlich verfolgten, waren krank, manche schlicht böse, aber alle wollten sie zu große Nähe zu ihren Opfern.

Meine Freundinnen, die Nachrichtenfrauen Liz Flock, Bobbi Harley und Elizabeth Kaledia, haben mir Geschichten erzählt, bei denen mir der Mund offen stehen blieb. Ich danke ihnen, denn aus diesen Samenkörnern sind die Ideen für das vorliegende Buch gewachsen.

Mein aufrichtiger Dank gilt Stan Romaine, dem Sicherheitschef von CBS, der sich die Zeit genommen hat, meine Fragen zu beantworten, als ich wissen wollte, was ein Fernsehsender unternimmt, um gefährdete Angestellte zu schützen. Es war außerordentlich großzügig von ihm, mir so genau Auskunft darüber zu geben, welche Schritte eingeleitet werden, um einen Stalker zu erwischen. Stan wusste faszinierende Geschichten zu erzählen, aber das Zwinkern in seinen Augen vermittelte mir den Eindruck, dass dies nur die Spitze des Eisbergs war. Er weiß sehr viel mehr, als er mitteilen kann. Aber ich bin unheimlich froh, dass er bereit war, mich zu unterrichten.

Von Christina Weisberg, Maskenbildnerin und selbst eine glänzende, entzückende Persönlichkeit, stammt mein Wissen über Fernseh-Make-up und die Einsichten, die ich brauchte, um die fiktionale Figur der Doris Brice zu erschaffen. Ich könnte dir nie gerecht werden, Christina, aber ich habe es versucht.

Joy Blake hat mir erneut mit ihrem Wissen über die Feinheiten des Immobilienhandels geholfen. Ich schätze ihr Fachwissen, aber es ist vor allem ihre Freundschaft, die mir unendlich viel bedeutet.

Mittlerweile muss der Strafrechtler Joseph Hayden es schrecklich leid sein, ständig telefonisch gefragt zu werden, mit welchen juristischen Konsequenzen meine Figuren zu rechnen hätten; aber er hat den Anstand, es nicht zu zeigen. Vielen Dank, Joe.

Linda Karas hat mit mir die weltbeste Stadtführung durch London gemacht, und das in Rekordzeit. Sie ist eine der schnellsten Denkerinnen, die ich kenne, und ihr fällt immer etwas Gescheites ein, wenn ich ihr ein Problem vorlege. Wir haben vor langer Zeit zusammen im Nachrichtenwesen angefangen und im Laufe der Jahre hat Linda mir stets Kraft gegeben und mich getröstet. Und es macht immer Spaß, mit ihr zusammen zu sein.

Colleen Kenny hat hart an der Gestaltung meiner Website www.maryjaneclark.com gearbeitet. Zudem war sie immer für mich und meine Kinder da. Ich kann wirklich von Glück sagen, dass ich dich habe, Col!

Für einen Priester ist Pater Paul Holmes wirklich ein hervorragender Advocatus diaboli. Als der Abgabetermin bedrohlich näher rückte, war Paul bereit, mir in vielerlei Weise beizustehen ... von Brainstorming-Sessions bis hin zu Hilfe bei den Recherchen, vom Entziffern meiner Klaue bis zum Eingeben der Änderungen, die ich in letzter Minute noch vorgenommen hatte. Pater Holmes ist die Antwort auf die Gebete zumindest dieser Autorin ..., ein vom Himmel gesandter freier Lektor.

Evas Mutter Laura Dail ist zudem, zum Glück für mich, meine unermüdliche, treue und begeisterte Agentin. Immer wieder tut Laura weit mehr, als sie als Literaturagentin müsste. Ich bin Ihnen so dankbar dafür, dass Sie diese zusätzlichen Anstrengungen auf sich nehmen, Laura. Ebenfalls vielen Dank für die Einblicke in die Kultur der Guatemalteken und die Hilfe mit dem Spanischen.

Die Anregungen von Jennifer Enderlin, meiner neuen Lektorin, haben ganz eindeutig dazu beigetragen, das Buch noch zu verbessern. Jen war wesentlich daran beteiligt, die Spannung zu erhöhen, und ich bin ihr dankbar dafür, dass sie diesem Buchprojekt so viel Zeit gewidmet hat. Ebenfalls vielen Dank für die besondere Aufmerksamkeit von Sally Richardson, Matthew Shar, John Murphy und Linda McFall. Die St. Martin's-Crew ist sehr nett zu mir gewesen.

Und zum Schluss möchte ich meiner geduldigen Familie und meinen lieben Freunden danken. Es ist mir eine Freude, euch in meiner Nähe zu haben.